彩雲國物語

蒼迷宮巫女

作者●雪乃紗衣
插畫●由羅カイリ

Kadokawa Fantastic Novels

目次

彩雲國物語

蒼迷宮巫女

劇情簡介

◆身為彩雲國第一位女性官員，於監察官員的部門——御史臺，努力執行勤務的秀麗，奉命前往紅州說服展開經濟封鎖的紅家宗主，卻在途中失蹤。原來，出了貴陽之後，秀麗的身體狀況急速惡化，為了保住秀麗的性命，璃櫻將秀麗帶到具有異能的縹家宮殿之中。

◆另一方面，國王的近臣藍楸瑛也前往縹家來到秀麗身邊，並設法離開與世隔絕的縹家。同時，秀麗一行人也獲知了史上最大災害「蝗災」即將侵襲王都的消息……!?

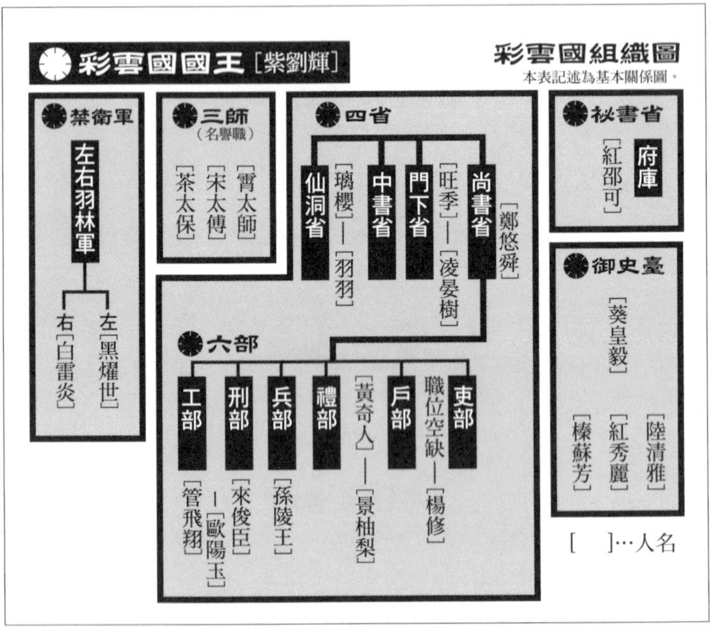

插圖／由羅カイリ

紫劉輝

彩雲國國王，單戀秀麗。
正努力成為一位賢明的君主，
不過目前遇到許多煩惱。

紅秀麗

名門紅家的千金小姐（家貧）。
以第一位女性監察御史的身分
在御史臺學習中，個性堅強。

藍楸瑛

原羽林軍將軍，出身名門。
為了對劉輝獻出真正的忠誠，
放棄了自身所有的一切。

李絳攸

原吏部侍郎，黎深的義子。
為當今第一才子但是個路痴，
與同期的楸瑛有孽緣。

璃櫻

仙洞省令君（長官），
出身縹家卻無天生異能，
很擔心秀麗的安危。

茈靜蘭

紅家家僕，也是秀麗的保鏢。
其真實身分是劉輝的兄長——
清苑皇子。

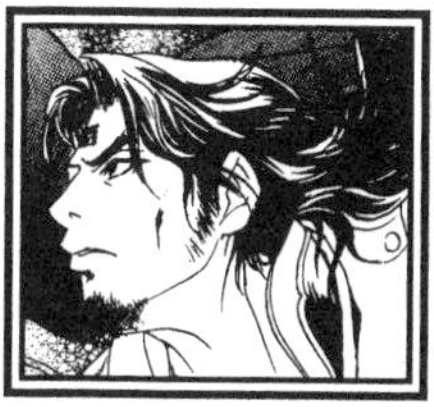

司馬迅

原死刑囚，與楸瑛一起長大，
也是十三姬原本許配的對象。

榛蘇芳

巡迴地方的監察御史。也是秀麗
暴走失控時，能安撫她的人。

旺季

門下省長官，貴族派的大老。
對劉輝似乎懷抱著
某種念頭……

孫陵王

兵部尚書，也是旺季的盟友。
外表看來難以捉摸，其實是
身經百戰的實力派武將。

凌晏樹

門下省次官（副官），
皇毅的兒時好友，
對秀麗頗感興趣。

葵皇毅

御史臺長官，秀麗的上司，
名門貴族．葵家唯一的生還者，
行事作風冷酷。

紅黎深

原為吏部尚書，邵可的胞弟，
深愛兄長與侄女秀麗，
乃一世英才。

鄭悠舜

以宰相身分輔佐國王。為紅家的
天才軍師——當代的「鳳麟」。

黃奇人

戶部尚書。由於貌美驚人，
於是將容貌隱藏在面具之下。

劉志美

與黎深等人同期國試及第，
目前消息不明……

楊修

取代絳攸，升遷為吏部侍郎。
目前空缺的尚書工作也由他
兼任，是一位幹練的官員。

歐陽玉

工部侍郎。出身碧州名門歐陽家
的名士。對珠寶飾品及服飾打扮
具有相當堅持。

羽羽爺

仙洞省令尹（副官），特徵是
蓬鬆的白鬍鬚與矮小的身軀，
年事已高，精於法術。

紅邵可

秀麗的父親，曾經是暗殺組織
「風之狼」的首領「黑狼」，
目前為現任紅家宗主。

縹瑠花

擁有強大異能的
縹家大巫女。
眼中只有弟弟縹璃櫻。

珠翠

原本是後宮的首席女官，
繼承縹家血統，具有異能。
暗戀邵可。

縹璃櫻

縹家宗主，小璃櫻之父。不老
體質，偏執於秀麗母親薔薇公主。

景柚梨

戶部侍郎，與朝廷諸位個性獨特
的官員相比，算相當知情達理。

內頁插畫／由羅　カイリ

序章

黑暗之中，一團有如混濁沉澱物般的白色影子氤氳浮起。很快地，影子出現了形狀，化身為一位美麗的少女。正昏昏欲睡的縹家宗主璃櫻，因感到了這股氣息，而慵懶地睜開那有著銀色睫毛的眼睛。

看到眼前少女的身影，連向來對一切毫不關心的璃櫻，都不免感到驚訝。已經是第幾次了，這姑娘還真是學不乖。打從她回縹家之後，已無數次試圖從獄中脫逃，到最後甚至被關入「時光之牢」。沒想到，即使如此她竟還能保有足以「離魂」的力量。

雖然也可以對她視若無睹，但璃櫻決定對她這份毅力略表敬意。

「妳又脫逃了是嗎？珠翠。我想妳應該很清楚，妳是逃不了的。」

珠翠發現璃櫻之後，便踩著踉蹌的腳步來到他身邊，失去平衡的身子頹然坐倒在地。這副景象真實地彷彿珠翠本人就在眼前，甚至連她身上散發的刺鼻藥草味都幾乎聞得到。離魂的效果，就是如此貼近現實。看來，由於受到再次洗腦，她被餵了不少藥。即使如此，她卻仍然……

「……璃櫻大人……請讓我……請讓我與『母親大人』見面……她在哪裡？」

上次璃櫻見到珠翠時，她還只會躲在邵可背後發抖，但如今她的目光卻已變得如曙光般堅強，令人完全無法與當時的她聯想起來。

璃櫻之所以記得珠翠，是因為她是薔薇公主最後的侍女。

淡然照料著被囚禁的薔薇公主，守護她的人，就是珠翠。事實上，當時的她，仍是個只懂得貫徹被交付任務的會走動的美麗人偶——「暗殺傀儡」。

然而，之後她卻自己斬斷了牽引傀儡的線，逃離操縱者的控制，成為一個真正的人。

逃啊逃啊，不斷地逃亡，最後仍又回到這裡，只是她始終拒絕恢復人偶的身分。

即使受到無數次的「洗腦」，她仍堅持不放棄「珠翠」。只要一逮到機會，就又嘗試脫逃。

但就算脫逃成功，在她的腦中依然存留著潛在的暗示，所以不管做什麼都是徒勞無功。儘管如此，她仍不放棄。

「為什麼回來了呢?珠翠。要是真這麼不願意，不如死了一了百了。妳應該很清楚回來的下場就是這樣吧?被餵下各種藥物，被洗腦，被強迫變回一個可愛的人偶。妳拚了命保護的那個小『珠翠』，就像紙屑一樣輕易就能被捏扁。妳為何不一直待在貴陽，像一隻飽受驚嚇的小鳥一樣發著抖，躲在邵可與霄瑤璇身後就好呢?」

珠翠雖然聲音顫抖，卻仍努力抬頭望向璃櫻。眼中展現依然堅強的眼光，不斷重複著：

「……讓我見……讓我見『母親大人』……」

往日的珠翠，是個美麗的少女人偶，有著叫人百看不厭的美貌。同時她也最乖巧聽話，不做任何反抗。就像是一個由誰費心打造出的最棒的「擺設」。

然而現在的珠翠，卻令人不忍卒睹。散發著數種藥草與汗水混合的刺鼻氣味，遍體鱗傷渾身是血，一頭長髮因汗水濡濕而貼在臉上，用盡全身力氣，紊亂地喘著氣。過去那恬靜的表情，如今已被不甘心的神色取代，美貌也變得扭曲。這樣的她，一點也稱不上美麗。

相反地，現在的她卻給人更深刻強烈的印象。眼前的珠翠正拚命主張著「我」就在這裡，讓人無法將目光從她身上移開。她的眼神是活生生的。

不經意地，璃櫻想起了身邊曾經也有個帶著同樣眼神的女孩。

只不過，那也已經結束了。

璃櫻伸出蒼白的指尖，輕輕地托起珠翠的下巴。在很罕見的情況下，可以碰觸到離魂者的身體，目前似乎正是如此。珠翠的體溫升高，很溫暖。

那是活人的溫度，活人的眼神，過去的珠翠不曾有過的堅強意志。

「……妳的確已經成為一個真正的人了呢，我可愛的珠翠。雖然外表看起來如此不堪，但現在的妳卻比過去任何時候更美。能走到這一步，妳真的很努力了。來，好好睡一覺吧。」

珠翠咬緊牙根，用力搖頭。

「……不要……」

「反正又不會要妳的命，只是回到原本的模樣罷了啊。不過是少了一個『珠翠』，對誰都無所謂的。」

對誰都無所謂的——

璃櫻的聲音聽起來就像是在唱催眠曲，卻字字句句刺中珠翠內心最痛楚的地方。

對誰都無所謂。正是如此。並不是沒有人關心珠翠，需要珠翠。但是對任何人而言，她都不是獨一無二，無可取代的存在。不會有誰願意拋棄一切，只為了追尋自己而來。

沒有任何人。

不知不覺，從珠翠的眼角落下一行清淚。真奇怪，為什麼心會這麼痛。這種事情不是早就心知肚明了嗎？能擁有喜歡上誰的這份感情，已經很幸福了。只要有人對自己說「妳待在這裡沒關係」就足夠了。能夠為那些喜歡的人們做些事，就已經欣喜萬分。這是真的。

那麼為什麼璃櫻大人的話卻還是如此令人心痛。

（不會……我不會上當的……我……我——）

不是早已決定不再逃避了嗎？已經決定要奮戰到底，就算只有自己孤軍奮戰。

與自己的命運奮戰，與縹家奮戰——與「母親大人」奮戰。

明明應該是為了這個才回來的。

璃櫻的手指，為她抹去沿著下巴滑落的一滴淚。

「可憐的珠翠。這麼努力從這裡逃出去，即使膽怯也一路守護著小『珠翠』，結果卻跟以前一樣，無論對誰而言都不是必須的。妳何不做回人偶就好呢?如此一來就不必哭泣了。人一旦對別人以心相許，就無法再獨自活下去了。可是看看妳，卻依然這麼孤單。」

璃櫻這番話，比任何藥物、任何拷問、任何法術，都更能令珠翠的心懦弱退縮。珠翠的決心、意志，一切的一切都因此而支離破碎，隨波逐流了。

——因為，他說的是事實。

「睡吧，我可愛的人偶。妳只是作了一場夢而已，雖然那是一場幸福的美夢，但畢竟只是場夢罷了。當妳醒來，又會回到現實，回到縹家。就算想再作一次相同的夢，也不可能了。恢復人偶的身分，忘記一切吧，這樣對妳比較好。如此一來妳將會非常輕鬆，什麼感覺都不會再有，不再無力、不再絕望、不再悲傷也不再孤獨——也不會有那難以言喻的靜默與孤寂。」

忘了是誰，在久遠的過去曾說過，自己是否允許擁有愛人的幸福。

『如果這是夢，醒來的時候，我一定無法再活下去了。』

潸潸滑落的淚水，模糊了視線。覺得好寂寞好寂寞，寂寞得心都痛了。明明自己也希望十三姬能夠進入後宮，但聽到她真的成為首席女官時，還是覺得好落寞。雖然想說服自己絕非如此，但內心仍免不了認為自己輕易就能被取代的想法。

成為真正的人之後，珠翠知道心是有溫度的。也知道一旦失去這顆溫熱的心，就再也無法活下去。但珠翠不知道的是，寂寞這種感情竟能使人的心變得如此脆弱。縱使擁有從無數次洗腦中逃脫所鍛鍊出來的強韌精神力，然而面對寂寞時也變成不堪一擊的散沙。

（有誰……）

不必成為某人最重要的人也無所謂。只是，如果能聽到有誰呼喚自己的名字該有多好。這個珠翠拚命守護下來的屬於「我」的名字。只要聽到有人呼喚這個名字，即使孤單一人，珠翠也一定能奮戰下去。奮鬥不懈。

……然而，卻連一個人也沒有。

漸漸的，離體的魂魄又被拉回肉體。

……最後，來自遙遠記憶的水底深處，似乎傳來某個人的聲音。

『為了妳，我一直都在這裡啊。』

紅州府——

在紅州府區內某個角落，有個男人正抬頭望著天空。從外表看不出他的年齡。

這時，傳來一陣奔跑而來的腳步聲，男人低聲嘆了口氣便又仰頭望天。

「——劉州牧！在州牧室不見你的身影，原來跑到這種地方來了，你到底在這裡做什麼？」

「休息啊，休息。一直關在辦公房裡人都要喘不過氣來了。休息一下應該可以吧？」

紅州州牧——劉志美，看著自己那老愛頂撞上司，囉唆得像個刻薄小姑似的副官，不禁微微笑了起來。

「討厭啦，荀彧，別擺出一張這麼恐怖的臉嘛。在這種忙得要死的時候，要是不笑一下怎麼撐得下去呢。」

與志美年齡相近的州尹——荀彧，依然惡狠狠地瞪著上司州牧。但他既不會高聲怒罵，也不會因此語氣粗魯。從這一點就可看出他的教養與出身，和從低等小兵一路爬上來的志美不同。

「請不要用這種口氣說話好嗎？很噁心耶。這樣怎能讓下面的人服從。別忘了您已經年過五十了，請有點自覺好嗎？」

「……你這傢伙，講話真的很不客氣耶。都當我幾年副官了，還是不習慣。」

志美不情不願地恢復成「老伯州牧」的形象，一邊目不轉睛地盯著荀彧瞧。志美對於保養外貌相當在意，也很有自信自己看起來比實際年齡年輕。但相比之下，自己這位副官雖然一樣是上了年紀的「老伯」，卻不是那種會被當成巨型垃圾的中年老伯，而是走著相當帥氣中年男子的路線，這令努力維持外表的志美不禁感到相當火大。

「——然後呢？什麼原因讓你擺出這種表情？其實也大概想像得出來啦。」

「碧州全區，所有農作物都因遭到蝗災而幾乎全毀。同時碧州又因頻頻發生地震，與各地相連的運輸路線坍方，導致現在的碧州幾乎已成了一座陸上孤島。不僅如此，地震造成的死亡人數超過千人，負傷人數更在這個數字以上。如果沒有紅州給予食糧援助，概估今年入冬之後碧州的死亡人數，恐怕將達數千人。」

聽著這段報告，志美原本撥弄瀏海的手也不禁停了下來。

「蝗蟲沿著天山江北上，擴散至紅州全區，目前紅州的農作物已有三成因此毀損。受害程度正以超乎想像的速度擴大中。照這個速度發展下去，不到一個月，所有栽種穀物地區的運作體系都將崩解。下面呈上來的報告也指出，紅州並沒有多餘的糧食能夠供應給碧州。」

志美緊閉雙眼。其實這一切大致都在他預測範圍之內。只是蝗蟲的速度實在快得出乎意料。雖然當初接獲御史榛蘇芳的報告時，他已馬上指示下屬採取應變對策，但畢竟面對的是已有數十年未曾發生的蝗災，沒有經驗的州官們也苦於應變，無法順利採取行動。加上州官多是紙上談兵，實際上卻不善於運籌帷幄的國試派，導致地方郡府根本打從內心瞧不起他們，工作也就更難推動了。可惡，要是之前沒有紅家實施經濟封鎖浪費掉這段時間的話——志美強抑內心的怒氣，只是悶哼了一聲……畢竟現在說什麼都沒用了。

不過，沒有多餘的糧食能夠供應給碧州，這是怎麼回事？

「……紅州應該還有紅家商人儲存下來的屯糧吧？加上之前經濟封鎖時保留下來的部分，現在留在紅家的屯糧應該堆積如山才是。紅家宗主也已經換人了，可以要他們毫不保留地釋出了吧？還有藍州，藍州應該尚未遭受蝗災損害。那裡的地理位置處於逆風，蝗蟲無法越過山嶺飛過去。我估計那些藍家商人一定隱瞞了屯糧的真正數字，他們的收成量應該和紅州不相上下才是。藍家一定也囤積著許多小麥與農作物。憑姜文仲的能力，去跟藍家交涉，要他們吐出來也絕對不是問題。先王和霄宰相就是為此才派他擔任藍州州牧吧。」

「……是，的確，蝗蟲無法飛越山嶺。但聽說從夏天起，藍州就莫名地久雨不斷。」

「……久雨？等等，你該不會是指……？」

志美聞言緩緩閉上雙眼，接著，表情輕微扭曲了起來。藍州向來有著水都及鹽都的稱號，這代表著除了絕美的水都景色，相對地也意味著隨時有蒙受水災的可能性。荀彧垂下眼睛，表示無言的肯定。

「……河川水量增高，在藍州各地都已氾濫成災。靠海的農作物因為鹽害的緣故全部遭到損毀。內陸地區則包括最大的龍牙鹽湖在內，大大小小的鹽湖都出現災情，鹽害與水災導致今年的收成量低於歷年平均的一半。這還已經是多虧了姜州牧適時採取對策，將災難降到最小之後的數字。如果沒有他在的話，藍州或許早已求助中央政府了……所以，此時藍州也沒有足以支援其他地區的剩餘屯糧。」

換言之，兩大穀物倉庫之一的藍州，亦無法抱以任何期待。

「……目前，紅家商人堅持紅州的剩餘屯糧不應該開放給其他州，而必須保留給紅州人民。不只如此，這個意見連州官們都表示贊同——理由是，明年甚至後年發生大飢荒的可能性相當高。」

因為蝗災一旦發生，數年之間將會頻繁地重複發生。荀或副官面無表情地這麼報告著。

「……現階段若將剩餘屯糧開放給他州，到了明年之後，將變成紅州人民失去可使用的存糧。所以，為了備不時之需，現在應該將屯糧保存在紅州。紅家商人與州官都是這麼報告的。蝗蟲一旦沒有足夠的食物，就無法維持成群行動，接著就會自然消滅，所以頂多只要撐個幾年就好。以上為他們所言。」

「……撐個幾年就好？」

好想抽菸啊，志美內心這麼想。沒有菸的話，喝柚子茶也可以。年輕時仗著年輕氣盛，也曾接觸過來路不明的藥物，不過現在已經改成用抽菸和喝柚子茶來代替了。然而眼下恐怕兩樣都沒有吧，也只能放棄了。才剛這麼想，副官就遞上菸管。這個副官真是稱職得叫人火大。志美一邊這麼想，一邊開始往菸管裡裝填菸草。

視線追隨著菸管中噴出的裊裊青煙朝上看，眼前是一片美麗的秋日天空。

竟然說「撐個幾年」，等蝗蟲自然消滅就好？

「……在硬撐的這幾年當中，將會死多少人？想必精明的你已經算出來了吧？」

副官在一陣幾乎難以察覺的短暫沉默後，一字一頓地緩緩報出那個數字。

「最糟的情況是，全國的死亡人數將達十萬。根據計算的結果，三年後國家人口將會減半，也就是平均每兩人中會有一人死亡。但要另外補充一點，若現階段紅州隱瞞尚有的儲備屯糧，則紅州本身可維持八成的人口生存率。」

不是保留，而是隱瞞。沒錯，說隱瞞才是對的。要是此時副官膽敢說出「保留」這個詞，一定會被志美一拳打飛出去。副官一直都是如此實際，不加修飾，才會至今沒被志美解僱。

「減半是嗎？那麼反過來說，如果現階段紅州就將屯糧開放給碧州與其他各州的話，結果又會如何？」

「那麼大家都可撐過今年。但是由於已可預知明年將完全不會有農作物收成，今年無論播種栽植多少稻苗與作物，被蝗蟲鋪天蓋地啃蝕殆盡的可能性相當高，如此一來為了謀求糧食，各州人民將會蜂擁而至，可想而知，在貧困與爭奪的狀態之下將會出現大量傷亡。到這一地步時，國家人口一樣減半，紅州人民的生存率卻會降到三成。這就是紅家商人與州官之所以堅持『隱瞞屯糧』的緣故。」

換句話說，就是要紅州對其他州的人民見死不救。志美仰天深吸了一口氣。他並不打算怒斥眼前的副官。因為他深知報告這件事，是多麼令人討厭的一件工作。但總是冷靜沉著的副官，並未將這件工作搪塞給下屬，而是自己滿頭大汗飛奔而來。他真的是一位具有血性，難能可貴的硬漢州尹，所以志美才會提拔他，將他留在身邊——可不是因為他長相好看喔，嗯。

無論狀況多麼棘手，荀彧總是維持冷靜的表情，正確地將事實傳達給身為上司的自己。沒錯，就是「事實」。

如果眼前面臨的是無可逃避的事實，那麼剩下的就只有做出決斷了。而做出決斷就是身為州牧的職責。沉重而欲哭無淚的職責。

志美的視線追隨著如有生命般裊裊飄動的青煙，每當這種時候，自己還是個少年兵時曾經目睹的光景總會在眼前復甦。

在堆滿了屍體的戰場上，志美茫然若失地坐在一棵樹幹下。耳邊傳來火焰燃燒時劈里啪啦的聲響，定睛一看，身旁有個男人正從焚屍的火中，引火點燃一管菸。

『……用屍體身上的火點燃的菸，味道難抽得令人想哭。但只要這麼做，每當我抽菸時，就會想起那些被我殺掉的傢伙，或是因我而死的部下。就當作是以菸草代替拈香吧。』

在滿是屍體的戰場上叨唸著莫名的抱怨，一面咬著菸管的男人身影，像個傻瓜般瀟灑。隨著青煙漸漸朝上竄起，志美的目光也無意識地追隨著那股裊裊青煙，不經意地抬頭望天。

不知有幾日沒看過天空了，一隻白鳥正在天上劃出一個圓，飛越那清澄的蔚藍。

志美默默濕了眼角。內心一陣哽咽。啊——戰爭終於結束了。

『是啊，戰爭結束了——歡迎來到只比最悲慘的狀況好一點的世界。』

男人咬著菸管，悠然地笑了。

那時的自己，還真是輕鬆自在啊！所有事物，一切善惡，都是如此坦然而單純，人生只有生或死這兩種選擇。不需要為了活下去而思考煩惱。

那是非常輕鬆的一件事。不需要思考、不需要煩惱、就像動物一樣，和生而為人不同，非常輕鬆。現在志美感受到的沉重，正是只有人類才會感受到的沉重。如果將這份沉重拋棄，那一切就都完蛋了。要在沒有戰爭的時代中活下去，比起戰時難上一百倍。這是毋庸置疑的。就因為大家都在努力掙扎，所以世界才能變得比最悲慘還要好一點。

志美點燃手中的菸，青煙裊裊飄升。在那之後，他就養成了每當在室外抽菸時，便會自然而然仰頭望天的習慣。同時也總不忘尋找那片蔚藍青空與白鳥。這個世界還是一樣，比起最悲慘只有好一點點。然而再過不久，這紅州的都城梧桐，也將遭到如烏雲罩頂般的蝗蟲軍團大舉入侵了。

志美在腦中將資訊一一組合起來。檢視著手中的王牌，並思忖著他人手中可能握有的王牌。

「……我說，荀彧。你已經交待下去，讓他們準備挖洞了嗎？還有，已經調查好境內乾涸的水井數了嗎？」

副官荀彧臉色大變。深呼吸幾口後，才冷靜地點了點頭。

「……這些已經，指示下去了。我畢竟……是必須守護紅州的州尹。如果您打算解僱我，就請便吧。」

志美瞇細了雙眼。呼地一口吐出青煙。倒轉手腕，將菸管中的菸灰抖落在地。

「我很清楚，你向來看不起出身國試，原本只是個下等兵的我。國試及第時已經一把年紀了，而且成績也不算好。但你以為這樣的我，會無法做出決斷嗎？要知道，你無法負起這個責任。你的命令，就等同於我的命令。所有的責任，由我來承擔——聽著，在蝗蟲來襲之前，將所有存糧，全都挖洞埋藏起來。所有乾涸的水井也可用來存放，再從上方釘上鐵板封死住——將食糧藏匿起來。」

一隻雪白的鳥，正朝虛無飄渺的天空飛去。少年時代手中握住的某種重要事物，彷彿也一起飛走了。

志美背向那隻白鳥，並且決定再也不回頭看。

「——剩下的，就看中央政府怎麼打算了。」

『對了，所謂十惡，指的是對現今國王的謀反。要是妳保護了我，說不定那就不再是十惡之一了，也不一定喔。』

第一章 不可能下的雪

秀麗猛然睜開眼睛。

微微散發青色的月光灑滿古樸的天花板。花了一點時間，秀麗才想起自己究竟為何躺在這裡，這裡又是哪裡，以及自己至今到底去了哪些地方，又做了些什麼。

忽然，一個獨眼男子閃進秀麗的視野之中。

「唷，小姐，妳起來啦。」

「……哇啊啊啊啊啊！」

猛然想起被化身為司馬迅外表的殺手引誘，因而差點被殺掉那件事，秀麗不禁反射性地放聲大叫並企圖逃開。沒想到一腳絆住寢床的墊布，整個人重心不穩從床上滾落就算了，額頭還狠狠地敲在地板上，鼻樑重重一撞，眼淚都流出來了。

「好痛！嗚……你一出現馬上就沒好事耶，迅。」

「……欸，我可是什麼都還沒做吧。怎麼把責任都推到我身上。」

秀麗一邊摸著鼻子一邊迅速環顧房內……這裡還是原本璃櫻為自己準備的那間房間。記憶雖然還有些許混亂，不過在瑠花那間有著白色棺木的房間中發生的事也漸漸回到腦海中了。

依然帶著警戒的眼光看著迅，不，眼前的人到底是不是真正的迅還不能確定。萬一又是那奇妙的法術怎麼辦？

（想想看，快想想看，應該有什麼可以判別的方法啊——對了，「莫邪」！）

如果是蹩腳的術者，即使以幻術都無法重現莫邪。秀麗狠狠地盯著迅，只不過她的眼神雖然正氣凜然，姿勢卻是抬高屁股躲在寢床後方，實在不是很威風。不過總比貿然挺身而出卻被殺掉好，所以一點都不丟臉。

「迅！『莫邪』！請讓我看看你的『莫邪』！咦，怎麼沒有？你手中沒有『莫邪』嗎？」

「……有啊，在這裡。妳看。」

面對莫名其妙的人，最好的辦法就是先不要忤逆她。迅遵照這個法則，坦率地將背在背上的「莫邪」從劍鞘中抽出來展示給秀麗看。這麼一來，秀麗總算想起相對於藍將軍總將劍掛在腰上，迅則是習慣背在背上。好像是因為這對劍的長度「說長不長，說短不短」，要怎麼攜帶都可以的緣故。剛才似乎只是因為迅將劍背在背上，所以秀麗才沒看到。眼前迅所遞出來的「莫邪」，看起來應該是真的。

（也就是說，這是迅本人沒錯囉？）

但秀麗依然未從寢床的掩蔽中走出來。與瑠花之間的對話，漸漸從記憶之中復甦。

——從朝廷，也有某人派了殺手過來。首先必須先應付那一方。

「迅……你還未曾告訴過我，你來縹家的目的。殺了我也是你來的目的之一嗎？」

在微明的月光之下，迅的獨眼看起來帶著微笑。

「……這次，似乎應該好好回答妳的問題才行——不，那不是目的之一。」

當然，即使迅這麼說，但並不能保證這句話一定所言不虛。光是這樣就相信，那才叫奇怪。只是，迅至今的確未曾對秀麗出手，就連現在，只要迅有意殺秀麗，想必也是易如反掌。但至少，迅和那些引出秀麗，不由分說就要殺她的「暗殺傀儡」不一樣。

來到縹家之後，迅雖然時而不見人影，但每次都會好好歸隊，大部分的時間也都用在照顧秀麗的安危上。與其說他的目的是殺秀麗，不如說——這說法雖然有點奇怪——但迅似乎是以秀麗為「據點」在縹家活動著。

「如果妳希望我從妳眼前消失，不如我現在就出去吧？」

只要秀麗開口這麼要求，迅一定真的馬上就會這麼做吧。然而秀麗卻留住了他。

「——請等一下！」

「妳口氣都變了喔，小姐……怎麼啦？」

「那個……對了，保證──請你給我一個保證。就是現在，在這裡。」

迅雙手抱胸，似乎覺得很有趣地微笑起來。彷彿從秀麗這一句話裡就看穿了她的想法。果然迅是一個腦筋轉得很快的人。雖然早就隱約察覺這點了，不過或許他真的比藍將軍還要聰明。才智縱然是不相上下，但在如何運用這一點上，就分出勝負了。十三姬也是如此，那對兄妹或許是對自己的實力太有自信吧，如果要分類的話，總覺得他們應該是偏向玉石俱焚的特攻隊型人物。

「保證是嗎？原來如此。可以啊，妳說說看，想要我保證什麼？」

「──在我再次與瑠花大人見面之前，你都要保證絕不會殺我。而且，最好還能保護我不被殺。也就是直到我見到瑠花大人為止，你都要保證我能活命。」

迅笑了。那笑容中摻雜著些許苦笑，這應該不是秀麗的錯覺。

「……小姐，妳的頭腦真的很好呢。妳是篤定我絕對會答應這個條件，所以才說出口的對吧？」

「……總之，請給我一個確實的保證。」

「好，我明白了。我就給妳這個保證吧。在小姐妳再次與瑠花見面之前，就讓我來保護妳吧。在那之前絕對不會殺妳，也『不會讓其他人取妳性命』。這是承諾，所以，妳快出來吧。」

過了一會，看到秀麗真的乖乖從寢床後方露出一顆頭來，迅不禁微笑了起來。

「喔，妳真的相信我的話？不是還懷疑我嗎？」

「我相信你。再說，藍將軍也說過，你對於說出口的話，一定會信守到底──還有我想，迅你一定也是為了見瑠花大人，才會來此。可是你卻找不到她。而只要和我在一起，就能幫助你更快找到瑠花大人，你是如此判斷的，對吧？所以才會打從一開始就一直幫助我，就算暫時行蹤不明，最後還是會回來。因為你明白我是最有可能接觸到瑠花大人的人。所以我認為，直到我再次見到瑠花大人為止，你一定會遵守承諾，會在我身邊保護我的安危。」

迅依然微笑著，既不否認，也很謹慎地不表達肯定。

「喔？那麼，妳不想問我嗎？我為什麼要見瑠花，以及我來這裡的目的。」

「……現在我不問你，所以請你也不要問我。」

「妳本來不是還很猶豫嗎？現在為什麼突然又下定決心要去見瑠花了呢？妳剛才說『再次見到她之前』，這麼說來，妳已經見過她一次了是嗎？」

這次，輪到秀麗像一顆緊閉的蛤蠣似的，硬是不張嘴回答。如果瑠花曾於言語中暗示過「朝廷中的某人為了封住瑠花的口而派來的殺手」真的是眼前的迅，那麼最後——秀麗就必須保護瑠花不被他傷害。一旦迅得知秀麗與瑠花交談過的內容，他可能馬上就會消失。搞不好還會被他倒打一耙，說些「嘿嘿嘿，小姐……被我套出來了吧？」之類的話呢。

「……我說小姐……妳是不是在想像什麼奇怪的畫面啊？」

「才沒有！我什麼都不知道，所以你什麼都別問我！」

「……」

「……這句話……你就當沒聽到吧。」

秀麗很清楚自己雖然不是大嘴巴，卻也藏不了事情。而相反的，迅又是特別敏銳的人。正因為如此，保持緘默是最好的對策——應該說，秀麗能做的只有保持緘默了。要是表現出「對某些事知情」的態度，迅一定就能從她口中套出話來。迅似乎也察覺到秀麗這份心思，因此只是聳聳肩，不再追究。

「……唔，看來瑠花應該對妳說了什麼囉？但妳並不希望我繼續深究這一環，是嗎？也罷，如果彼此都有不想說的部分，那就定下互不追究的協議吧。」

秀麗爬上寢床趴下，按住昏昏沉沉的腦袋，嘆了長長一口氣說道：

「太好了……暫時獲得一名護衛……應該多少有點幫助吧……」

「什麼？我說小姐啊，話不是這麼說的。妳剛這句話我可就不能假裝沒聽到了。我這麼說或許聽起來很像老王賣瓜，但能得到『司馬迅』的護衛，這可是很值得炫耀的事。那些用金錢就收買得到的護衛，實力怎麼能跟我比，就算對手是藍家宗主，我一樣一腳就能把他踹飛出去。能有我司馬迅的護衛，妳要懂得感恩，知道嗎？」

「……你不是說自己和藍家的『司馬迅』沒有關係嗎？」

「哈哈，我這句話，妳也當作沒聽到吧。別提這個了，現在我總可以靠近妳一點了吧？」

秀麗慌張地點點頭，直到剛才都謹守禮儀一步也不動的迅，這才踏著大步靠近秀麗的寢床。

「那麼，讓我們先交換一下彼此手中的情報吧。我不在這裡時，發生什麼事了嗎？剛才看妳大呼小叫的模樣，簡直像是有『誰』假扮成我的樣子企圖取妳性命似的。」

「……是啊。我中了『暗殺傀儡』集團的圈套，被他們從這裡引誘出去。」

秀麗簡單扼要地說明了假扮成迅的「暗殺傀儡」將自己引誘出去的事件始末。也說了之後見到瑠花一事。一面說明，秀麗腦中混亂的記憶也漸漸清晰起來。

「……『暗殺傀儡』對妳出手？看來妳比我想像中的還要深入這件事啊……」

秀麗抬頭看迅精悍的側臉……從之前就這麼覺得了。

「……迅，我從之前就覺得，你似乎總是洩漏一些情報給我，而且我想，那應該是刻意的吧。」

「嗯？被妳發現啦？哈哈，可以這麼說。」

「……為什麼要這麼做呢？」

迅無聲地笑了笑。雖然表情在笑，臉上卻又籠罩著陰影。本來在迅臉上就從未見過像燕青那樣不加修飾的率直笑容，但現在這個表情，卻又比平常的他看起來更為落寞。

「……為什麼啊？有幾個理由。不過，我想應該是因為，我認為對象如果是小姐妳，就算說了也沒關係吧。」

「咦？」

「因為我覺得如果是小姐妳的話，或許可以『開啟一條讓一切順利獲得解決的道路』也說不定。」

秀麗想起與迅在貴陽初次見面時的情景。

「……這個，你以前也說過呢。」

「是啊。如果能這樣，不是很好嗎？」

不知為何，一句完全出乎秀麗自己意料的話，不經意地從口中說了出來：

「你是不是希望，我能夠阻止什麼人？」

迅驚訝地倒抽一口氣，接著便苦笑了。他想起從前「黑狼」也曾對自己說過：「為什麼你明明猶豫不決，卻仍這麼做了呢？」父女果然就是父女。說話犀利而一針見血，這種地方真的很像。

「……是這樣嗎？其實我自己也不知道。」

迅一邊撥弄著額前長髮，一邊垂下那隻獨眼，靜靜地嘆了口氣。

「……我一直思考著究竟該不該阻止，到現在都還沒得出答案，卻也走到如今這一步了。我還是一樣迷惘，還不知道該怎麼做才是對的，所以才會總是將許多情報透露給妳吧……或許是我認為若自己無法親手阻止，小姐妳或許辦得到也說不定。」

阻止誰？秀麗並沒有問。因為即使現在問了，也不會得到答案。

「話說回來，楸瑛真是個笨蛋啊……先不提璃櫻，現在這種狀況之下，楸瑛那個笨蛋竟敢將小姐妳一個人留下來自行離開。要不是他們前腳一走，我後腳就回來，還不知道會發生什麼後果。悲哀的是，這的確是那傢伙會做出的笨事。」

「……嗯？你說後腳馬上回來，所以他們一離開你就回來了嗎？」

「是啊。看到他們兩個臉色大變飛奔出去，我還以為是小姐妳被擄走了呢。不過馬上就察覺這間房裡傳出不尋常的氣息，等了一會進來之後，就看到妳昏倒在地，才趕快將妳扶到床上。先別提這些了，準備一下我們也快出發吧。」

當然，秀麗也認為必須盡快去找瑠花。但是，內心畢竟放不下為蝗災一事而奔走的璃櫻與楸瑛。目前需要緊急處置的事項該是蝗災，解決蝗災的問題也是御史的工作。

察覺到秀麗內心的想法，迅伸出大大的手掌拍拍秀麗的頭。

「不是去瑠花那裡。首先去跟璃櫻與楸瑛會合吧。我也有事要找他們。沒辦法，雖然不想祭出我的王牌，但也只好先丟出一張囉——關於蝗災的事，其實我也有令在身。」

「——咦？你的意思是說，你早就知道蝗災的事了？可是，怎麼會……」

不對，藍將軍說劉輝那邊是接受了蘇芳的報告而得知災情的。現在回想起來，秀麗真想掐死蘇芳。與秀麗一起前往紅州的旅途上，蘇芳一定已經得知蝗災即將出現的預兆了。想來，他應該是在那趟旅程中，將報告書寄給朝中的葵長官。

（等等。迅也知道這個消息，那就表示呆呆傳送回去的情報——也就是御史臺的機密情報，洩漏給某個「大官」了？可惡，我怎麼竟然沒察覺到呢？這麼說來，十三姬遭到暗殺，還有我和清雅一起受到襲擊，一定也是御史臺的情報早一步洩漏出去的緣故！）

直到此刻之前，秀麗都還認為御史臺的機密一定不會外洩。不，或許曾懷疑過吧。但能將這種程度的情報洩密的人，就只有葵皇毅或陸清雅了。或者……

腦中不經意浮現其他可能性，但這個可能性實在是太突兀了，秀麗馬上要自己打消這個念頭。不可能……不可能發生這種事才對。

「請問……你所謂的命令是指？」

「妳說呢？先別管這些，我們快動身吧！既然他們兩人也不知瑠花身在何處，能去的地方想必只有璃櫻老爹那裡了。我想也正是因為如此，他們覺得帶妳去會有危險，才將妳一個人留在這裡。」

「啊……對，璃櫻是這麼說了。說不希望我們見面，所以叫我留下來。」

「嗯……我承認璃櫻很努力，但恐怕這是沒用的。既然找不到瑠花，就算找璃櫻老爹也解決不了問題。」

雖然有點拉不下臉來問迅，但不懂裝懂比承認不懂還要可恥，所以秀麗也只好豁出去，決定開口問了。畢竟無法進入話題實在更丟臉。

「不好意思，因為璃櫻其實沒有告訴我詳細情形，只是臉色突然變得很難看，就匆匆離去了。你能告訴我為什麼一聽到發生蝗災，璃櫻就那麼突然地飛奔出去嗎？縹家掌管的應該只是神事，不是嗎？」

迅並沒有嘲笑不恥下問的秀麗。要是清雅的話，一定早就不屑地嗤之以鼻了。

「原來如此，不過，也難怪妳不知情。長久以來，縹家已經幾乎變成只有祭祀時才會露面……妳還記得，我上次和妳提過的事嗎？我說，小姐妳很適合縹家的工作。」

「嗯，我記得，你那時提到遇到戰爭或災害時，縹家會總動員進行救援工作……難道，所謂的災害……啊！」

「沒錯。縹家原本就是以濟弱扶傾為目的，由第一代蒼遙姬一手建立的家系。過去在大業年間之所以會有所謂的縹家信仰，說起來也是因為對遭逢戰亂的人民而言，縹家是唯一不求回報給予庇護的地方。上一代宗主『奇蹟之子』出現後，以他特殊的療癒異能，一口氣將縹家信仰擴展到貴族階級之中，似乎也因此漸漸開始渴求金錢與權力……這暫且不提，總而言之，從醫療到治災，所有相關知識與研究的累積，縹家都是數一數二的豐富。因為他們一向秉持著『不戰護民』的理念。」

秀麗的表情隨著迅的一席話變化著，最後更是用力一握拳頭說道：

「那麼，難道說，關於蝗災，縹家也……？」

「沒錯。縹家很有可能擁有無論朝廷或『外面』都沒有的知識與對策。加上縹本家這裡與世隔絕，從未經過戰亂洗禮，也就是說，這裡與『外面』不同，不須擔心因戰爭或內亂而導致貴重書籍與研究知識散佚的問題。在這裡，應該保存了千年以來不斷累積的知識。所以只要縹本家願意動起來……或許能以極高的效率控制住災情。」

「——既然如此，就必須快點去和縹本家交涉。這正是御史的任務啊！我也得趕快追上去才行！

話說回來，這個璃櫻真是的，怎麼會把我留下來呢？真令人難以置信。啊，鞋，我的鞋呢？」

秀麗迫不及待地從寢床上跳下。但才一跳下床，就馬上因為地板太過冰涼而又跳回床上。

「呀！好冷……咦，奇怪？這、這、這房間原本就這麼冷嗎？」

秀麗一面搓著手臂打著寒顫，一面趕緊一腳踩上散落在地的單邊鞋子。赤裸的腳丫一靠近地板，立即感受到一股如蛇一般從腳底鑽上來的寒氣。明明昨天還不覺得有這麼冷啊。看來時序很突然地由秋轉冬了。

「……這麼說來……好像的確如此，氣溫突然下降了許多哪。」

被秀麗這麼一說，迅也露出恍然驚覺的表情。口中呼出的氣，全都化成了雪白的霧。

「怎麼會一口氣就進入冬天了呢……唔唔，多披幾件衣裳再出去吧……」

「不……不大對勁。我之前也說過了吧，這座縹家宮殿，隱藏於杳無人煙的萬里大山脈正中央。這一帶原本就不適合人居，周圍的大雪山地帶，也早已進入寒冬，到處都積滿了比我身高還高的積雪，並不是今天才急速變冷的。」

正在綁頭髮的秀麗聽見迅這麼一說，馬上停下手上的動作。

「……什麼？你說萬里大山脈……我們現在正處於萬里大山脈之中嗎？那個打從蒼玄王時代以來，至今無法征服踏入，連標高都難以測量的大靈山地帶？」

「……我沒告訴過妳嗎？正是如此。比起位於國土最北方凍土地帶的黑州、白州，這裡位於更北的領域。所以，連朝廷也不會來佔據此地。因為就算攻了進來，這裡什麼也沒有，連人都不能住。」

「為什麼當初要特地選擇這樣的地方落地生根呢？這不是超級不方便嗎？啊，還是因為這裡的地便宜？」

「……並不是。我想這與地價或方不方便應該沒有關係。我沒記錯的話，似乎是當初蒼遙姬與其兄蒼玄王所定下的約定。詳細情形我也不清楚。總而言之，現在這種氣溫一定有異狀。璃櫻應該也說過，這裡是一直靠著大巫女的神力，才維持住得以安居的狀態吧？從縹瑠花想要奪取小姐妳的身體這點看來也可得知，或許——瑠花的力量已經開始面臨衰竭了……說起來，過去本來就未曾出現年過八十還繼續擔任大巫女職務的例子。一般來說，都會在那之前就找到繼任者進行交接了……」

秀麗攏緊胸前的衣襟，抬頭望著迅，口中吐出的氣息凝凍成一片雪白。

「……下一任的巫女，是誰？」

「沒有人。原本應是由縹英姬擔任繼任者，但她卻逃到『外面』去了，之後，這個位子便一直空缺著。」

聽到過去在茶家照顧過自己的英姬之名，秀麗不禁大吃一驚。這才想起，她的確也姓縹。

「咦，英姬夫人原本是縹家的繼任者？啊，這麼說來，春姬也具有異能……」

「……無論有沒有，都沒有用。如果英姬能夠將春姬的異能隱藏起來，就表示她的力量連英姬都不及。我聽到的說法是，即使具有異能，若程度不足也一樣沒有用。」

面對有問必答的迅，秀麗不禁佩服起他的學識淵博。

「……迅，你知道得真詳細……」

「不，應該說身為御史的妳連這種程度都不清楚，實在不夠認真喔。特別是身在充滿機密情報的御史臺，只要自己有興趣去調查，這種程度的知識簡簡單單就能獲得不是嗎？」

被踩到痛腳，秀麗頓時無言以對。迅說得沒錯，自己今後只有更努力才行。

——不管用什麼手段，都一定要活下去。瑠花是這麼說的。

秀麗也在得知了這些過去之後，明白瑠花將巫女們的身體據為己有，利用殆盡，並不只是為了想活下去，或想要維持強大的力量這種自私的理由。

「……如果瑠花大人不在了……縹家將會變得如何？」

「……很難說。這一點必須由縹家自己來決定。我們沒有置喙的餘地。」

明明天就要亮了，溫度卻急速下降，白雪紛紛落下。

原本打理得井然有序的美麗庭園，也瞬間染上一層雪白。

縹璃櫻眯細雙眼，望著突然開始飄落的大片雪花。

「——父親大人！」

以彷彿要將「門」踢破的氣勢衝進來的是兒子小璃櫻。在他身後，另一個未曾謀面的青年跟著跌跌撞撞地跑了進來。看來他似乎是第一次通過「門」，正瞪大眼睛不斷張望著四周。

「哇？怎麼會突然從這個地方跑出來啊，璃櫻？剛才那扇門，我這陣子在找尋珠翠時嘗試了好幾次想要打開，但不管怎麼試都絕對打不開？老實說我甚至企圖破壞那扇門，但連破壞都破壞不了？而且看那個樣子，就算打得開，裡面也絕對不可能有這麼寬敞的空間啊？」

「你這傢伙不要隨便破壞別人家的門好嗎？那只是外表看似一扇『門』而已，實質上可說是一種『通路』——由於我父親總是待在這裡不出去，為了不讓可疑人物隨便跑進來，才設置成那樣的。」

「你在暗示我是可疑人物嗎？咦，哇！那是璃櫻你的父親？為什麼這麼年輕？他不是應該是個老爺爺了嗎？早知道我也把頭髮梳整齊，打扮一番再來啊！」

「你這是哪來的對抗意識啊？好了好了你別吵了，先閉嘴啦！」

楸瑛嘴裡還叨唸著：「因為很不甘心啊！」但小璃櫻已經完全不理睬他，直接朝父親身邊走去。父親一直交互凝視著自己與楸瑛，這讓小璃櫻不禁漲紅了臉，感到一陣害臊。畢竟過去自己在父親面前從未像剛才那樣與人拌嘴吵鬧。

「驚、驚擾您了，真抱歉。」

「……你在『外面』也結交到朋友了啊，璃櫻。這男人是縹家少見的類型呢。」

朋友？又不能否認，但又不知道是不是該承認。

縹璃櫻依然凝視著趨前的楸瑛。

「……藍家的血緣很濃……你應該是藍家的直系吧？沒想到會有彩一族直系的男人來到我縹本家。如果是未婚的女子過去倒是常被送進來。」

只是看長相就能如此準確斷定，楸瑛內心不禁相當吃驚。只是不管怎麼看，除了那頭銀髮之外，眼前的男人就外表而言，和自己的年齡根本就不相上下。

「我叫做……藍楸瑛。初次見面，璃櫻大人。」

在楸瑛如此應答之後，縹璃櫻彷彿已對他失去興趣似的，馬上將視線轉移到兒子身上。

「……然後？你是送早飯來給我的嗎，璃櫻？已經是這時候啦？」

楸瑛一陣無力。看來果然是個老人。這讓楸瑛內心恢復莫名的優越感。

「不是這樣的！我有話對父親大人您說。」

「沒用的。」

「我什麼都還沒有說呀？」

「不用開口我也知道你想說什麼。」

縹璃櫻慵懶地嘆了一口氣，搖曳著一頭銀髮，打開扇子。

「……是不是羽羽對你說了什麼？」

「是的。所以我求您，請聽我說。」

小璃櫻握緊拳頭，直盯著父親那不帶任何情感，幾近虛無的黑色眼瞳。

「發生了蝗災。從羽羽那邊捎來請求，希望縹家打開全部的門，一個不留，全部開放。」

「……所以？」

「請現在馬上指示縹家麾下全部神社寺廟，打開所有的門，動員九族投入救災工作！同時為了協助朝廷，請公開縹家手中握有的，關於蝗災的全部相關知識。蝗災在我們縹家制定的危機等級之中，被認定為第一級的災害吧？如果是現在——在蝗災剛發生的現在，或許還來得及，還能將受災狀況控制在最小範圍之內。我在縹家沒有任何權限，但父親大人您是縹家宗主。如果是您的命令，相信全神社寺廟都會服從的。所以，請您幫忙，父親大人！」

「……我不是說了嗎？沒用的。璃櫻，我辦不到。」

將手肘撐在長椅上，縹璃櫻一副麻煩得不得了的模樣聳聳肩膀。

「我們縹家向來是女人當家，人們也只遵從力量強大的大巫女命令。當今掌管統轄縹家門下所有術者、巫女、『暗殺傀儡』，以及眾神社的人，是我的姊姊。我雖然擁有某種程度的自由，但仍無法顛覆姊姊的命令。看來你是受到『外面』的觀念影響太深。別忘了，這裡是縹家，璃櫻。在這裡，男人是無法決定任何事的。」

「……」

的確，父親說的是事實。父親雖然身為縹家宗主，至今幾乎對縹家大小事毫不關心，也不曾經手過任何家中事務。一切重要事項，向來都是瑠花姑媽決定的，當然這一點小璃櫻也很清楚。特別是上一代身為「男性」的宗主，在與朝廷的政治鬥爭中落敗，敗壞了縹家的名聲不說，最後更遭到瑠花一手肅清。而小璃櫻也已隱約察覺到，在那之後縹家族人認定了若讓男人當家，必會使一族沒落。他們雖然默認父親身為宗主的事實，但這也是因為父親「無為」的態度。族人都知道他只是在其位，卻不行其事，實際掌握權力的還是瑠花姑媽。所以大家才放心容許。可是，現在……

「可是——再怎麼說，父親大人您還是宗主，不是嗎？以優先順位來說，應該和姑媽同等吧？」

「問題是，璃櫻，族人並不是這麼想的。還有，我自己也不這麼想。」

打從千年之前開始，這一點就沒有改變，也不打算改變。將全族的一切交給族中巫女統領的，正是一族本身。這一點，縹璃櫻早已察覺。而他自己也一樣如此。

「那麼，請您告訴我姑媽目前所在之處！我去找她——」

「你去？」

縹璃櫻重新打量眼前的兒子。真的是整個人都不同以往了。過去那個安靜聽話的兒子，像個受操控的人偶，絕對服從縹璃櫻說的話，完全是縹家典型的男人。

「如果只有姑媽辦得到，那麼我就去求她。只要她知道發生了蝗災——」

「不，我想她應該已經知道了。」

縹璃櫻搖著手中的扇子，目光移向窗外紛紛飄落的白雪。

「……已經知道了？」

「應該已經知道了才是。來自全神社寺廟的情報，固定會將有關氣溫、氣候、地形變化、流行疾病、農作豐歉的情形都彙報給姊姊……如果有什麼異變，她應該早已接到報告了。此外也有可能從天文方面觀測出來。尤其是蝗災，只要看飛蝗體色的變化便可輕易察覺，所以我想姊姊應該早已察知了。」

「明明知情，姑媽大人卻不採取行動嗎？」

「大概是無法行動吧？你難道不覺得，羽羽沒採取行動也很奇怪嗎？現在不管是姊姊，還是羽羽，都無法將心力放在這上面。他們應該是沒有多餘的心力，去命令全神社寺廟展開救援行動吧。」

「這是怎麼一回事……」

小璃櫻表情僵硬了起來。縹家內部難道發生什麼事了嗎——

「……真懶得說明。我就簡單從最近占星盤和八卦中顯示出來的徵兆來說好了，聽清楚了。聽完之後，你應該大致上就能明白。首先是藍州，從好一陣子之前就已出現水的卦象。這條情報是縹家封閉對外聯絡之前傳進來的，由此可知打從夏天開始，藍州就應該久雨不斷。」

楸瑛聞言臉色大變。藍州是個水都，久雨不斷就代表很可能轉變成水災。

「蝗災應該是始於碧州吧。因為出現了屬土的卦象。飛蝗約莫也是受到土卦的牽引才會提早出現的。還有，說到碧州的土卦，另一件指的就是地震了。目前，應該已經傳出因地震頻繁而釀成的大災了。」

「……父親大人——」

「在茶州，觀測到一顆縹家的星辰隕落。英姬應該已經遭遇某種不測。茶州代代以來的人運都不好。英姬嫁過去之後，才靠她鎮壓住這種情形，呈現一時的安定——那就是茶鴛洵的時代。然而現在星辰隕落，安定也崩解了。可預見茶家即將展開一場內部的人事紛爭。」

楸瑛瞠目結舌。當然，楸瑛也知道天文是一門學問，但過去從未認真看待過。如今聽到縹璃櫻以這麼條理井然的方式說出來，不禁認同天文知識乃確有其事。

「紅州出現的是風卦與土卦，在這個時期，這兩個卦象的出現乃屬常態。原本秋天出現強烈的風卦與土卦，代表的是豐收。然而今年卻呈現很糟的結果。飛蝗將隨著風向流動，從碧州朝紅州遷徙。碧州的凶運也將乘著風卦與飛蝗一同朝紅州流入。雖然不至於全滅，但想必程度不輕。剩下的就看人運的好壞了。前往紅州的人，將能左右最後的結果。」

縹璃櫻一副沒幹勁的樣子繼續說著：

「黃州則是在金卦上起了異變。藍州的水災、碧州的地震、紅州的歉收……全都將帶來餘波盪漾般的影響，造成物價高漲，已可見經濟暴落的徵兆。為了避免這個結果，金卦的氣息也增強了。商業都市黃州的金氣一旦過強，就不會有什麼好事發生。因為這股金氣將馬上轉為代表武器的金氣，侵入北方二州。原本黃家宗主的命星之中所帶的金氣，就已經高於一般人……」

這次連楸瑛也馬上察覺到縹璃櫻話中的含意，不禁蒼白了臉。身為武功世家的北方二州，也就是黑家與白家，如果接收太多代表武器的金氣，會導致什麼結果不言可喻。別的不提，光想到黃家的另一稱號——

「父親大人……這些是由何人、經由人為的方式造成的嗎？」

聽見小璃櫻僵硬的聲音，楸瑛回頭一看，小璃櫻也正望著自己。

「我在初夏時，也曾為國王讀過天文星象。但當時並未出現這樣的情形。至少當時還是正常進入夏天的星圖，可是藍州的天文位置中並未顯示水災或久雨的徵兆。所以，當我聽到你們之中不知是誰在九彩江破壞了寶鏡時，也才會一方面生氣，一方面覺得事有蹊蹺。」

「也就是說……是因為寶鏡被破壞才導致異常的大雨發生？是這樣嗎？」

楸瑛因為有龍蓮這個弟弟，所以即使聽到這些說法也不會嗤之以鼻。而且他對當時九彩江發生的豪雨也還記憶猶新。

「……是啊。不過那大概一開始就是一場誤會。照你說的，姑媽大人在九彩江離魂了。而當時寶鏡也已經破壞了，沒錯吧？可是，如果那面鏡子並非寶鏡山的神體呢？仔細想想，姑媽大人離魂並不一定要動用到寶鏡山的鎮山之寶啊。」

綜合當時的情報，與姑媽大人對峙的，應該就是「黑狼」。姑媽與黑狼都是談判高手，可以假設兩人都知道那只是普通的鏡子，所以才毫不顧忌地打破，這個說法似乎還比較有說服力。

「可是，那之後確實下起了豪雨……那種雨勢，絕對不是普通的雨。」

「不，那件事，也可以用其他理由說得通。只不過就不必對你說明了。」

羽羽爺曾說過，秀麗體內存在著「雨師」。或許是當時牽制雨師的力量鬆散了吧。在貴陽時也是如此，那場豪雨恐怕是雨師為了保護秀麗而發動的，並非寶鏡被打破的關係。

「當時的豪雨只是一時的，在藍龍蓮的笛聲之下雨也『停了』不是嗎？既然如此，那就和現在藍州下個不停的久雨狀況不同。我想真正的寶鏡應該絲毫未損……至少在當時。」

「那麼……」

「沒錯，鏡子被人再度打破了。就在你們下山之後，真正的寶鏡被某人懷著某種企圖刻意打破了。也因此仙洞省才會接到打造新寶鏡的委託。然後是藍州發生的異常久雨。一切都銜接上了。那時以為鏡子是你們打破的，還大發了一頓脾氣，是我不好，抱歉。」

「被某人打破，那會是誰呢？」

小璃櫻低下頭，沉默不語。沒錯，問題在於是誰出手打破的。

「……父親大人，既然天文與占星術都可觀測、推算出這樣的異常變化，就表示羽羽與姑媽大人早就算出此事，並應該採取行動。現在，他們兩位沒有出來採取對策——是否因為這次的星圖演變乃是『出乎意料之外』呢？在很稀有的情況下，也會出現足以影響天時、導致命運改變的人物。也就是那些被稱為變數因子，類似妖星的人。所以我認為是否有人為了某種企圖，在背後拉著那條看不見的線……是這樣嗎？」

「沒錯。似乎有個傢伙正在縹家作亂。羽羽和姊姊現在應該正拚了命地壓制狀況，使其不繼續惡化。代表各地神社寺廟神體的神器若遭到破壞，不僅位居要衝的貴陽，就連守護我們縹本家的他們兩人，都將首當其衝代替神體承受。我話先說在前頭，無論是藍州的水災或是碧州的地震，都是他們兩人消耗自己的生命力去壓制，如今才得以將災情控制在最小範圍內。你說蝗災是第一級災害，與其相比，縹家現在其實處於比那更嚴重的特級事態。巫女與術者們幾乎都不在家裡，就是為了保護尚未遭到破壞的神器，而正火速趕往各地。不只如此，就連唯一能代理姊姊的英姬，都被對方先下手為強，遭到殺害了。現在的情況如此危及，姊姊根本沒有多餘的時間來對付蝗蟲。」

「等等……請等一下，父親大人。話雖如此，我們也不能坐視蝗災不顧——」

縹璃櫻那幾乎不含感情的雙眸，望向死命堅持的兒子。

「……真奇怪，璃櫻。去年茶州的石榮村發生疫情時，你比朝廷和茶州州府都先察知，卻不曾想過通知或阻止。那時的你既然能袖手旁觀，為什麼這次這麼拚命呢？」

小璃櫻頓時不知所措，同時感覺到楸瑛驚訝的視線正刺痛著自己。

沒錯，當時自己的確早已接獲縹家神社寺廟上呈的報告。所以璃櫻才會比秀麗更早潛伏進石榮村。漣也正是因為早已掌握瘟疫的徵兆，才能事先利用瘟疫煽動那一切。當時的璃櫻，確實袖手旁觀。因為他……對那些事一點感覺都沒有。

「蝗災這種事，只要放著不管自然就會止息。是啊，只需十年。不過是十年，一轉眼就過了。根本不需要這麼擔心，頂多就是人口減半罷了。就算真的那樣也不是你的錯。」

「——父親大人！不對，不是這樣的。這種想法，絕對是錯的！」

小璃櫻表情扭曲地吶喊了起來。

他想起秀麗帶著醫生，抱著醫學書籍趕往石榮村的事。當看到朱鸞哭著說「謝謝妳沒有捨棄我們」時，璃櫻或許就已經明白了。

自己寧可忤逆姑媽與父親大人，也決定幫助石榮村與秀麗的理由。

小璃櫻在這縹家之中，不僅是個「男人」，而且「無能」，一直以來都認為自己是個毫無價值的人，所以什麼也不去做。

可是，就算沒有異能，也能成為有用的人。人與人之間，是能夠互相幫助的。那時候的小璃櫻正是明白了這一點。

「羽羽他——羽羽他說過，並非只有具備異能才是縹家人的證明。人們信賴縹家，追隨縹家的理由，並不在於那區區的異能。我與父親雖然都沒有異能，但是並不能說因為如此，就什麼都辦不到。我——成為仙洞令君之後，在『外面』的世界、在羽羽身邊雖然只有短短半年的時間，但是見識到了很多。如果您要說我這是受到『外面』世界的影響，我也無話可說。既然羽羽對我說，要我打開縹家全部的門，那就代表他認為我做得到。術者有術者的工作，相對的即使是『無能』如我，也一定能夠為縹家貢獻一份力量。這個道理，羽羽告訴了我無數次。我乃是仙洞令君，父親大人。身為縹家的一分子，我必須善盡我在『外面』的職責。如果羽羽或姑媽大人無法採取行動，而父親您也不願意有所作為的話，就讓我來吧。應付蝗災不需要異能，只要一句命令就好。對需要幫助的人伸出援手，這才是縹家之所以是縹家的證明，也是我們存在的意義。父親大人——請您將宗主之位讓給我吧。這麼一來，就能由我去晉見姑媽大人了！」

下個瞬間，楸瑛的劍已抵在縹璃櫻的頸項之上。

「——回答我，珠翠姑娘人在哪裡?我一定會全力找出她來的。」

縹璃櫻目光朝頸上的白刃一瞥，忽然又望向了「門」。

從那裡傳來「啪啪啪」地，像是有誰在拍手的聲音。小璃櫻一驚，回頭一看，出現在那裡拍著手的人，原來是司馬迅。不知為何，他背上還背著秀麗。

「啊，迅!你究竟跑到哪裡去了?你對秀麗大人做了什麼?」

「什麼都沒做啊。因為她跑得太慢，所以我才背她過來而已。好了，小姐，現在該自己下來站好了吧?」

「什麼我跑太慢，是迅你跑太快了吧!」

眼前的秀麗一如往常，小璃櫻打從心底鬆了一口氣。將她一個人留在那裡——加上小璃櫻發現小白老鼠就是姑媽的化身之後，真的很擔心秀麗會與姑媽硬碰硬。雖然必須優先來見父親，但內心深處還是擔心著她。現在看來，似乎是沒發生什麼事。

「……話說回來，你們怎麼會知道我們在這裡？而且還連『門』的事情都知道？不是縹家人，是不可能打開『門』來到此地的。」

迅舉起手中的「莫邪」晃了晃，和秀麗對看一眼。

「不，我們只是朝著劍發出共鳴的方向前進而已。我想應該是受到『干將』的呼喚吧？」

「劍發出聲音之後，門就自然而然打開了。」

在過去，由「縹家的人」鍛鑄出來進貢的雙劍。能夠將門打開，或許正是因為這劍是由縹家人所鑄造的緣故，又或許是因為雙劍彼此呼喚的作用吧。真是兩把不可思議的劍。

「喂，小姐，妳是官吏吧。別忘了工作啊，工作。」

官吏與工作這兩個字馬上令秀麗有了反應，先是刻意「咳咳」地清了清喉嚨後才開口說：

「雖然只知道一半的來龍去脈，不過事情我已經聽說了。啊，雖說是遇上了麻煩事，但至今仍未向您請安，真是失禮了。初次見面，您應該就是縹家宗主吧？」

秀麗率直地望向楸瑛劍下的那位銀髮男子。

「我叫做紅秀麗——欸，咦？」

總算看清楚縹璃櫻長相，秀麗不禁驚訝得說不出話來。

這並非因為訝異於他的年輕或他的長相俊美。

而是這張臉，似曾相識。

（這個人……是去年冬天在朝廷遇過的人……沒錯吧？）

沒錯，他就是秀麗以茶州州牧的身分前往朝賀時，在朝廷偶然相遇的人。

當時，因為父親介入，所以沒有更深一步的接觸，然而——

（這個人，就是縹家宗主？）

被那雙彷如永恆虛無的雙眸凝視時，秀麗的雙腳顫抖，內心震撼不已。

怎麼回事？這種感覺，當時也曾有過。覺得這個人——好可怕、好可怕。明明像是看著自己，但眼中卻又沒有自己。雖然人確實站在眼前，但可以感到他根本不認為世界上有「紅秀麗」的存在。不——對這個人來說，「我」是「不存在」的。

他認為我是不需要存在的存在。

秀麗感到內心有什麼縮成了小小一團。這種感覺，很久很久之前也曾有過。那是知道母親代替自己死去時，取代母親活下來的自己所背負的罪惡感和歉意，那種令人顫抖的心情。為什麼？在這個人面前，又會被引發了呢？

「小姐？妳怎麼了，振作點啊。」

被迅抓住肩膀用力一搖，秀麗才終於回過神來，拚命地抬起頭。

「……我叫做紅秀麗。在朝廷……擔任監察御史的工作。」

縹璃櫻只是懶散地眨眨眼，不發一語。

「如果……您有辦法協助我們控制蝗災的災情，請務必幫忙。如果方便的話，還想請您告知回到縹家之後的珠翠，以及瑠花大人目前所在的地方。」

停了三拍左右之後，縹璃櫻才低聲開口：

「……如果妳願意現在馬上死給我看，我就告訴妳。」

小璃櫻聞言，馬上擋在秀麗身前作勢保護她。

「父親大人！」

「都是為了要讓妳活下來，我重要的人才會死掉。我一直……找尋著，等待著，等待著……一直一直……但是，我一直等的人不是妳。」

當聽見縹璃櫻如此低喃的瞬間，不知為何，秀麗眼中突然湧出了淚水。

內心深處某個地方，似乎有誰在哭泣。那是在得知母親已經不在時，年幼自己的哭聲。和眼前這個人一樣——為了讓自己活命而自我犧牲的母親——躲起來每天哭泣著。

這記憶彷如昨日般清晰地席捲而來，令秀麗胸口一陣梗塞。不，這不僅是回憶，對這個人來說，即使到了現在，或許都還歷歷如昨。就像是一個無論經過多久都無法癒合的傷口，只要輕輕一碰，就會疼痛退縮。

縹璃櫻一面看著秀麗的眼淚，一面滿不在乎卻又悲傷地低聲說了一句：

「就算如此，若她希望妳能活下去……也罷。我只需要再等一會兒就好。不是為了妳，是為了我所愛的人。或許是為了這個，我才被上天賦予了如此漫長的壽命……」

……這個人眼中看到的究竟是「誰」，秀麗了然於心。

而他的這番話，也神奇地打動了一直以來，為了自己的存活懷抱罪惡感的秀麗。

他說，只要再等一會兒就好。

「對不起……」

如果是面對父親或靜蘭，絕對說不出這句話。

只是一會兒的話，那就算了。再活一下也沒關係。

「請你再原諒我一會兒……」

原諒我活著。

這句話或許不是對他，而是想對給自己這條命的母親說。

而秀麗也終於明白了，自己其實是想活下去的。

不是無可奈何地活，而是把握有限的生命，好好地活。

在那雙似看非看的雙眸之中，縹璃櫻這才露出終於正眼看見秀麗的神情。

秀麗第一次從那雙漆黑的雙眸之中，看見映在其中的自己。

縹璃櫻的眼神從秀麗身上離開。

「……璃櫻。」

「是。」

「就算你接替我成為縹家宗主，事情也不會有任何改變的……至少目前還不會變。現在縹家一族，仍只願意聽姊姊——縹家大巫女的命令。如果你想為蝗災做點什麼……那就去找珠翠吧。」

小璃櫻感到一陣困惑。

「找珠翠？」

「……姊姊現在人在何方，連我也不知道。我也沒興趣知道。但如果有了珠翠的『千里眼』，或許就能『看見』姊姊的所在之處。現在，在這座隱宮中，所有具有異能的術者與巫女幾乎都不在。可是……如果是她，或許就能打開一條路，如果還不太遲的話。」

楸瑛這時候才終於把劍從縹璃櫻身上移開。

「珠翠姑娘人究竟在哪？所謂太遲指的是——」

「『時光之牢』……進入那裡的人，幾乎無一倖免，全都陷入發狂或成為廢人。姊姊的肉體已經無法再繼續維持了。或許下一個將被強制使用而必須消失的，就是『珠翠』也說不定。」

不合季節，不斷撲簌落下的大雪，轉眼間就如一頂白帽，覆蓋了整個庭院。

『請你再原諒我一會兒……』

所愛之人心愛的女兒。

『就算如此，若她希望妳能活下去……也罷。我只需要再等一會兒就好。』

為什麼那女孩會這麼說，縹璃櫻也不清楚。

自己只是一心盼望見到「薔薇公主」，抱著這唯一的心願熬過分離之後的這二十年罷了。

從誕生在這世上的那一刻起，就不會說話，也不進食，像個人偶一般放棄生存的縹璃櫻，第一次產生「活著」的念頭，是在無意間見到被囚禁的「薔薇公主」時。

從那時起，縹璃櫻才真正成為縹璃櫻。

拚命認字學說話，拚命學習如何擺動手腳動作，為了安慰她更學了二胡。

這以人類來說未免太長……太長的生命，如果是為了她的話，似乎也可以試著活下去。

等生命到了盡頭時，就算要拿整個世界來交換，他也絕對會解開囚禁她的枷鎖。若這是沒人辦得到的事，自己一定可以。縹璃櫻認為自己這條命，就是為此而生的。

縹璃櫻的一切，都是為了她而存在。

縱然外表不斷改變，但只要一見到她那如雷光般堅定不移的雙瞳，無論幾次璃櫻一定還是會陷入情網。

縹璃櫻不經意地伸手撫觸自己蒼白的臉頰。一滴透明而冰冷的淚水，沾濕了指尖。

皺起一張臉，縹璃櫻哭著笑了。

「……我的公主……只有妳，無論何時，都能令我變成一個真正的人……」

失去「薔薇公主」之後已經過了二十年，長久以來明明連一次都未曾哭過。

……或許直到現在，縹璃櫻才真正發現自己已經失去她了。

愛過，因失去而悲痛過，最後仍得不到那個重要的人。即使如此依然無法忘卻這股感情，無法忘懷這縷思念。但無論何時，能令縹璃櫻擁有感情，恢復成一個人的還是只有她。

無論何時都只有她，告訴縹璃櫻自己確實是一個有血有肉的人。

「無論如何，我還是……愛著妳。」

陪伴在她身邊五十年。而之後的二十年，不知道她為了與獨生女的人生交換，早已不在這個人世。和她漫長的生命比起來，就連長命的璃櫻，頂多也只比普通人多陪了她非常短暫的一段時光而已。因此璃櫻從未想過會以這樣的形式，與近乎永恆的她擦身而過。無論是等待，或是不停的找尋，這些都是可以辦得到的。怕的是不管怎麼找，她卻已經不在的事實……她已經不存在於任何地方了。

得知她已經不在人世之後，這一年來，璃櫻一直思考著。

她並沒有回到天上，而是選擇了留在凡間，與普通的人類男子一同過著普通人類的生活。而且那不滿十年的光陰，就算用人類的時間觀念來看，都短得形同剎那。

將明知可能短命的女兒生下，又為了讓女兒的人生能至少延長一點，而選擇了長眠。下一次她醒來的時候，無論是邵可或女兒，都將不在這世上了。做出長眠藉以換取女兒生命的選擇時，就等同與邵可及女兒永別了。她接受了愛情、悲傷、死亡、離別，以及一切只要與普通人類共度就無法避免的許多思念。

縹璃櫻無法理解這樣的選擇。或許就是因為無法理解，所以她才沒有選擇自己吧。

她所選擇的，比起與璃櫻共度的一成不變的五十年，以及璃櫻那如圓環一般封閉的愛情，是正好相反的東西。持續愛著不變事物的璃櫻，可以說愛的只是鏡中的自己。這一點，或許早已被她看透。一如姊姊對自己的執著，璃櫻對「薔薇公主」的執戀，本質上並無不同。不僅如此，還擅自認為囚禁她的這段時光，只不過是「彈指之間」，事實上根本是以自己的欲望為優先，這樣的璃櫻，或許也早被她看透了。

即使如此，五十年的光陰，她仍留在璃櫻身邊。周圍的人們一眨眼就蒼老死去，只有她無動於衷，毫不改變地和他在一起。璃櫻如果拉了二胡，她就聽。

因為有過那五十年，所以沒有她的這二十年，璃櫻才有辦法活下來。

『對不起……』

那個既是「薔薇公主」而又不是「薔薇公主」的女孩。他一直認為如果那個女孩再次出現在眼前，自己一定會毫不猶豫殺了她，好換回薔薇公主。這一點，無論是紅邵可或璃櫻自己都沒有懷疑過。所以得知小璃櫻將紅秀麗帶回縹家後，縹璃櫻卻刻意不去見她。因為只要不去見她，就不會動手殺她。沒錯，正因為不想殺她，所以不去見她。

自己所愛之人的心愛女兒。她擁有的時間，是薔薇公主希望留下來的。

哪一天再見到她時，如果無法讓她微笑傾聽自己演奏二胡，那就沒有意義了。

『怎麼，璃櫻，你也多少成長了一點嘛？』

那個女孩現在活著，並出現在這裡，正是自己所愛之人祈求的願望。璃櫻深刻察覺到這一點。

與那一成不變的五十年不同，她離開後的這二十年，璃櫻說不定也一點一滴改變了。而且，小璃櫻更是在出去「外面」之後，整個人脫胎換骨了。

『——父親大人！不對，不是這樣的。這種想法絕對是錯的！』

不像自己長生不老，也不像姊姊一樣擁有異能。

然而，在這段漫長光陰、時光停滯、不思改變的一族之中，只有小璃櫻一個人正試圖想要改變什麼。和僅僅一年前的他相比，現在的小璃櫻，有著確實活著的眼神。那眼神，令人不經意想起了那個姑娘。

『我是為了改變，所以才來到縹家，才嫁給你的——讓我改變吧。』

雪無聲地落下、堆積。呼一口氣，馬上就變成雪白的氣息。氣溫急速下降，秋日紅葉上覆蓋著這個時節不該有的白雪。

一直以來守護著縹家的強大力量，正急速削弱著。

「……姊姊……妳的壽命，快要走到盡頭了嗎……」

漫長的八十年來，靠著一己之力支撐起整個縹家的大巫女。

在眾人都拋棄縹家，離開這裡到「外面」去時，只有她不離不棄，為了縹家犧牲奉獻自己的全身心靈。即使羽羽頭也不回地離開了，她也不去追回，理所當然地選擇了縹家。

縹璃櫻對姊姊不帶任何關心與感情。不過，他很清楚一件事。一如自己不為「薔薇公主」解開枷鎖，姊姊則是用「縹家宗主」這條鎖鏈繫著他，不讓他從身旁離開。在所有人紛紛離開她時，只因為「血緣關係」這樣的理由，異常執著地愛著自己。因為她必須藉此才能維持住精神的均衡狀態。至少羽羽還在她身邊時，她對弟弟璃櫻的執著還未誇張到如此程度。或許，就是從那時開始，姊姊的心便已損壞了吧！

璃櫻自己是個感情異常淡薄的人，除了極少數的對象之外，他對任何人都不關心也不執著。這是一種保護自己的方法。如果對什麼事都一一投入感情，或許就沒辦法活這麼久。

相對的，姊姊卻不同，她連一個「白色小孩」都無法棄置不顧。為了這一族、為了縹家，她自己選擇成為大巫女，活過這八十年。而這份自傲，也是唯一支撐她的力量。然而強大的異能與孤獨，卻也一點一滴地侵蝕姊姊的精神與自傲，令她慢慢走上與愚蠢父親相同的道路。

最後她只能對血緣相繫的弟弟灌注自以為是的偏執感情。無論做什麼都無法解除的血緣關係，是她最後緊抓不放的一根稻草。這份愛，與其說是愛著誰，不如說只是形同愛著一個人偶。而璃櫻對這樣的姊姊，沒有任何義務回報同等的愛，也從未正眼關心過她，一直以來都無視她的存在。這麼說來，兩人倒是半斤八兩。

……不過，璃櫻為了姊姊，僅做過兩件事。

其一，不是因為姊弟關係，而是為了表達對於大巫女的敬意，一次也不曾企圖從她身邊逃離。

不過，這一點，也很快就要面臨結束了。

「……現在，就算替換身體，也已經撐不下去了……」

這數年來，姊姊那些「肉體」的使用期限越來越短。

瑠花不像璃櫻長生不老。她原本的身體已超過八十歲，隨著年齡而衰老，早就不堪使用了。就連璃櫻也將近十年沒有見到姊姊真正的身體。長久以來，她用離魂的方式，露面時一直都維持著美少女的外貌。漫長的孤獨，對人類而言超出負擔的異常神力，加上年過八十的衰老肉體，這些都毫不留情侵蝕著姊姊那勉強維繫住的正常精神狀態。

並非不回到原本的身體之內，或許是根本回不去了吧。

還有羽羽也是。

……有時璃櫻會想，羽羽究竟是「為了誰」才活到這把年紀呢？

『我的大小姐。』

從以前，羽羽就是這麼稱呼姊姊。用他那黃昏色調的聲音，帶著溫柔的微笑。

璃櫻在不知不覺之中也模仿起他，如此稱呼「薔薇公主」，那心愛的人。

最後，小璃櫻的話再次從腦中響起。

『對需要幫助的人伸出援手，這才是縹家之所以是縹家的證明，也是我們存在的意義。』

……說著這句話的他，和從前那堅強美麗的姊姊真是一模一樣。

從未想過，有一天會從自己兒子口中聽見這句話。

縹璃櫻輕閉雙眼，轉身背對被大雪完全覆蓋的庭院。

● ● ● ● ●

（「如果你想為蝗災做點什麼……那就去找珠翠吧」……）

離開縹璃櫻居處之後，秀麗一直深入思考著。

當然本來就絕對要救出珠翠，只是，縹璃櫻這句話一直讓秀麗百思不得其解。只是因為獲得的線索還不夠充足，只好決定暫且擱置之後再慢慢想。

不知是否看到秀麗的表情而誤會了，璃櫻緊咬了一下嘴唇說：

「……秀麗，抱歉，我父親他……對妳說了很過分的話。」

「啊……不，沒關係的。或許我內心深處，反而希望有誰能來對我這麼說。」

不可思議地，縹璃櫻的話讓秀麗內心平靜。或許他那番話，也是自己想說的話吧。

另一方面，楸瑛則用懷疑的眼光，緊盯著突然消失又忽然現身的迅。

「……喂，我說迅，你到底是怎樣？」

「我不是說了嗎？目前我暫時還不是小璃櫻的敵人。同時我也會保證小姐的安全。暫時哪。」

「就是這個『暫時』莫名其妙啊！」

總而言之，眾人先交換情報，互相交待彼此不在之中發生的事之後，秀麗向小璃櫻確認道：

「璃櫻，關於在縹家之中藏有蝗災的相關知識，這是真的嗎？而且我聽說不需要動用不可思議的力量就能夠……就我所知，人類對蝗災應該處於束手無策的立場才對……」

「……我想也是。『外面』的世界經歷了幾次戰爭的洗禮，書籍與知識還有珍貴的研究都因此散失了。特別是先前的大業年間，情況更是嚴重。可是，在縹家這裡不一樣。不只是縹本家，從蒼遙姬時代起享有治外法權，位於『外面』的縹家各神社、寺廟也是如此。縹家一直守護著這些東西免於戰爭之害，毫髮無傷地保留下來了。這個部分，就和司馬迅說的相同。」

雖然小璃櫻不禁有些在意，司馬迅未免對縹家的情形太過知之甚詳了。

「關於蝗災，記憶中的確有一點印象。我學習過關於災害的知識，但我想，想要真正解決災害問題……最終還是需要姑媽大人的力量。」

秀麗想起那有著少女般容貌的瑠花。無論如何，秀麗都必須去見她。不管是為了蝗災一事，或是為了關於命令「殺害國王」一事。

「照這麼看來，想要見到瑠花大人，有必要先找到珠翠。所謂『時光之牢』究竟是……」

「……那裡不是一般人可以進去的地方。正如我父親所說，我也聽說過那是為了令人精神錯亂而存在的場所。雖然實際上我未曾見過被送進那裡的人，但我聽說，珠翠已經被關進那裡好一陣子了……會被關進那裡，必然表示在那之前，珠翠已經好幾次從洗腦中逃離，並逃獄而出吧……如果她乖乖聽話，說不定還有救……」

「——那地方在哪裡？」

面對楸瑛強硬的語氣，璃櫻猶豫地轉移了視線。

「……正確位置我也不確定。這整座宮殿就像姑媽大人的居處一樣，不是具備異能的巫女或術者，有很多地方都無從進入，像是隱宮或祕塔我就束手無策，當然我父親也是一樣。不過我記憶中，有一個區域一直以來都是閉鎖著的……」

連孩童如自己，都莫名感到嫌惡，根本不曾想過踏進去一步。

「時光之牢」一定也是一直閉鎖著的地方。

「或許，那裡就是了。」

這時，一直沉默不語的迅開口了。

「——璃櫻，你認為我們能夠兵分兩路嗎？」

「咦？」

「救出珠翠的任務，可以交給楸瑛一個人嗎？還是你認為需要多一點人手才有辦法？」

小璃櫻瞥了秀麗一眼。

「……不，事實上四個人一起進入『時光之牢』，是一件相當危險的事。我聽說進去裡面就會『迷路』。這座牢在本質上，應該受到什麼強力的法術控制著，而且自古以來就是如此。」

「自古以來？」

「我在書上看過，關於這座『時光之牢』當初建造時的目的與用途，現在已經不可考了。而且，記載這段的書籍本身都已經有幾百年的歷史。不知從何時開始，那裡被當作『牢房』使用……因此到了現在，『時光之牢』究竟是怎樣的一個地方，我想應該無人知曉吧！可以確定的只是，那裡的確是一個足以令人精神錯亂的場所，如果沒有具備相當強韌的精神力與意志力，恐怕無法再次從中逃脫。否則姑媽大人也不會長年以來都將那裡閉鎖。這麼一想，的確應該避免四個人一起貿然前往……」

「好，明白了。」

迅「砰」地敲了一下楸瑛的肩膀。

「——就這麼決定了，楸瑛，你一個人負責帥氣地去把珠翠救出來吧。」

「什麼？」

驚訝著大叫出聲的不是楸瑛，而是秀麗。

「等、等一下，等一下迅！這樣未免太過分了吧？」

「才不會過分呢。怎麼想，這樣做都是最適當的，不是嗎？與其大家一起迷失在時光之牢裡，萬一一起死掉了那多不划算。如果能和珠翠一起死在裡面，就像殉情一樣，也算是圓了楸瑛的心願，他也可以死而無憾了嘛。對藍家來說，少了第四個兒子也不算損失慘重。至於朝廷的話，反正他現在已經不是將軍了，所以無所謂。這不是剛剛好嗎？」

楸瑛抽搐著臉頰瞪著眼前的老友。

「……喂，迅。你說夠了沒？最讓人火大的，就是你說得還真對。」

「所以你會去吧？應該不至於要小姐以及還是個孩子的璃櫻陪你一起去吧？也不至於說你不願意去救珠翠吧？畢竟你的優點除了那張臉，就是滿腔的愛了啊，那就貫徹到底吧！」

「我說迅，你廢話少說兩句可以嗎？我當然會去啊！你就不能說，你願意和我一起去，萬一遇到什麼危險，願意為了保護我而死嗎？」

「我才不想和你一起殉情呢！再說我必須保護的人是小姐又不是你。而且你被那位真命天女甩了這麼多次也該受不了了吧？這次可是上天給你的最初也是最後的機會，你就去吧。」

「嗚哇，交到你這個朋友真是太不值得了！你不要因為被十三姬甩了，就把氣出到我頭上好嗎？還有，不許你珠翠珠翠的直呼她名諱！真令人火大。」

「你才是廢話太多，不要趁機損人啦！」

兩人一拌起嘴來，連楸瑛講話的速度都變得飛快，不一會就吵翻天。

秀麗和小璃櫻想插嘴都不知從何介入。

「聽好了你這個笨蛋楸瑛，認真一點把珠翠救出來之後，請她用『千里眼』，告訴你我們所在的地方。如果她辦不到的話，那珠翠就任憑你處置。我們隨後會過去接你，只要讓『干將』和『莫邪』彼此共鳴，總有辦法的。」

「你才是笨蛋呢，迅。不管你為了什麼目的進入縹家，現在你得先答應——在我回來之前，不許對秀麗大人和璃櫻出手。你如果想殺他們兩人，得先過了我這一關。唯有這一點你一定要答應，那我就願意相信你說的話。」

迅睜大眼睛又眨了眨，苦笑了起來。

「……你真是徹頭徹尾的少爺性格耶。你說的這番話，也得以你一定會活著回來為前提吧？」

「那當然！或許我不在了，藍家和朝廷軍隊都不會覺得有所損失，但是——國王一定會很困擾的。能和珠翠殉情雖然也無怨無悔，但不能是現在。所以我當然會活著回來。」

秀麗內心一陣激動，抬頭望著楸瑛。

「你無怨無悔，珠翠恐怕會不甘願吧。不過，我明白了，就和你約定無妨。現在要是小姐與璃櫻真的有什麼萬一，我也會很困擾。所以，在你回來之前，以我的名譽為證，我一定會好好保護他們。再說沒有珠翠，恐怕也見不到瑠花吧——你就快去吧，你來這裡，有一半也是為了這個吧。」

「……你這人真的是……什麼都逃不過你的眼睛，真可惡。」

楸瑛嘆了一口氣，臉上掛著非常嚴肅的表情，轉過身子面對秀麗。

「秀麗大人……迅說得沒錯，我不能帶妳和璃櫻一起去。如果我一個人無法安全將你們帶回來的話，就算妳和璃櫻一起來了，也無濟於事。抱歉，請原諒我又得丟下妳……我看我一定會被國王揍扁了。」

「不。要是珠翠有個什麼萬一，我想劉輝和我才會真的揍扁你。」

秀麗握住楸瑛的手。現在就算跟去了，也只會成為楸瑛的絆腳石，反而應該感謝楸瑛明白告訴自己這一點。

「——就拜託你了，藍將軍。請你一定……一定要帶著珠翠一起回來。」

「我會的。璃櫻，就請你告訴我該如何前往吧。」

璃櫻內心雖然還有些許猶豫，但和秀麗一樣，他也很清楚自己的武藝與藍楸瑛無法相提並論，加上這次楸瑛說的全都很有道理。關於「時光之牢」，璃櫻所知道的並不比楸瑛更多，而在場也無一人具有破除法術的異能。若大家真的一起進入「時光之牢」，最有可能的下場就是因迷失方向而互相走散。萬一真的變成那樣，就是最糟的狀況了。

既然各有一半的風險，不如讓楸瑛一個人去，勝算還比較大。璃櫻望著楸瑛手上的「干將」，那是一把破魔劍，而且楸瑛出身藍家直系，有優異的體能以及對珠翠的愛。或許這些加乘起來，會發揮意想不到的作用。再說留在這裡的迅，危急時也能派上用場。璃櫻終於點了點頭。

「……我明白了，那珠翠就交給你吧。那地方在——」

璃櫻於是告知「時光之牢」的所在。

秀麗一直佇立著，目送楸瑛直到再也看不見他身影為止。迅敲了敲她的腦袋說：

「小姐，我知道或許要妳不擔心是不可能的，但有件事我可以斷言。在藍家五兄弟之中，運氣最強的就是楸瑛了。他生性樂觀，基本上對任何事都不會往壞的方向想。或許就是這種性格，總是能為他帶來好運。一直以來，事情只要交給那傢伙，無論如何他總是有辦法應付，所以我才決定交給他。而且，無論珠翠現在處於什麼狀況之下……唯有楸瑛或許有辦法救她。反過來說，如果連楸瑛都辦不到，那我們其他人想必也束手無策。」

秀麗微微笑了笑。雖然有一半是勉強裝出來的，但另一半也確實覺得迅說得很有道理。

「好……」

「那麼，我們也該動身了。」

「咦?要上哪去?」

比起愣愣反問的秀麗，璃櫻馬上採取警戒的態度望向迅。

「……這麼說來，你從『一開始』，就問我能不能兵分兩路。」

「是啊，在將珠翠交給楸瑛這段期間，有個地方想請你幫忙帶路……你不需要這麼警戒，我答應小姐的事還有答應楸瑛的事，都會好好遵守承諾。我也不是怕楸瑛礙事才支開他，單純只是不想浪費時間而已。與其在這空等，不如善用時間還比較有效率不是嗎?」

「……那麼，你想要我帶路的地方是?」

「收藏了從初代蒼遙姬時代起，縹家所有藏書與研究的學術研究殿，又名『隱者之塔』。」

璃櫻與秀麗都睜大了雙眼。

「在我所奉命處理的事務之中，也包含蝗災的部分，這我應該說過了吧?我知道研究殿地下樓層只有位階高的巫女才打得開，不過只要帶我到進得去的地方就可以了。我想確認那裡面所有關於蝗災的資料。」

「什麼?你說的是真的嗎?那我們的確不是在這裡發呆的時候!當然，我也要去!」

雖然璃櫻本來就打算這麼做，卻沒想到迅連這個都知道，至此對他的懷疑已經到了無法忽視的地步。

關於縹家的事，迅知道得未免太詳細了。

的確，縹家這座學術研究殿的存在本身，並不是什麼祕密。對於追求學問的人來說，這裡一向是有名的大圖書館。在瑠花的基本方針之下，也曾開放允許「外面」的人逗留查閱。可是，那都已經是小璃櫻出生前的事了。

現在的縹家，幾乎沒有「外人」來訪。所以可以說，外面的人根本不可能熟知縹家的事。這類基本情報只要去一趟仙洞省當然也可以取得，但也僅限於某種地位以上的官員，一般人不可能接觸得到；再說，要調閱這些情報，需要事先獲得璃櫻或羽羽的許可。

「……你為什麼對縹家的事情知道得如此詳細？就算令堂有可能出身縹家，你這次應該是第一次進入縹本家才對吧？」

「嗯？跟我母親一點關係也沒有。更何況我連見都沒有見過她。來這裡之前，我的確做了某種程度的事前調查，不過其中大部分……都是我聽熟知詳情的人告訴我的。」

「熟知詳情的人？熟知縹本家內部的詳情？」

迅一臉困擾地摸著下巴。

「……我還不能透露太多。不過，可以告訴你的是，是一位與你關係匪淺的人。」

「與我？我在『外面』並沒有認識什麼人啊？直到去年前往茶州之前，我甚至沒有離開過縹家一步。」

「……算了啦，這件事現在不重要吧？你打算怎麼做？願意帶我去嗎？不快點決定，可能會有棘手的客人來訪喔。」

說著，迅忽然拔出「莫邪」，單手輕輕抱起秀麗縱身朝後方一跳。與此同時，一柄小刀咻地飛來，直直刺入半秒前他們還站著的走廊上。見到這一幕的秀麗，從躍在半空中的迅懷抱裡往下一看，似曾相識的黑衣人正是上次假扮成迅，企圖殺害秀麗的「暗殺傀儡」。

「呀，又來了又來了他們又來了！迅，就是他們！你可得保護我喔！」

「是是是，我知道。嗯，妳這『快保護我』的反應，還真是新鮮……如果是螢的話，一定早就邊說『可別小看我！有膽就殺過來啊！』邊飛身撲上了吧……」

迅快速飛身離開庭院。腳下傳來踏上積雪時的聲音。下個不停的雪，非但沒有停歇的意思，反而越下越大了。秀麗抬眼望向陰暗的天空，冰冷的雪片落在頭上與肩上，接觸到臉頰的雪花瞬間融化，彷彿眼淚般沿著臉龐滑下。

雖然縹家周圍的高峰山嶺終年籠罩一層白雪，但縹家範圍內頂多只會有一些小雪花乘著山風飛來。然而現在，昨天還是一片紅葉景色的庭院裡，已經轉為雪景。

（……這就是瑠花大人的力量正逐漸衰弱的證據……）

憑獨自一人的力量持續守護縹家的少女。

沒時間了。秀麗突然深刻感受到這點。對瑠花而言，也是如此。

然而，即使必須花費她那寶貴的時間與精力，孤高的少女卻還是來到秀麗身邊。

那麼美、那麼高傲，又那麼聰明的一個人。絕不可能只為了見秀麗一面，毫無理由的現身。這讓秀麗不得不推測，瑠花冒著可能危害自身安全的風險出現，一定有什麼原因。

瑠花——目前，她一路支撐而來的重要事物，即將面臨全面崩壞。有什麼正等待著她。

喚醒茫然失神的秀麗，治療她，最後更巧妙地激起秀麗前往追尋她的念頭。她做這一切一定有什麼理由。

「你們這些傢伙真正的目的究竟是什麼？命令你們的人，不會是父親大人也不是姑媽大人，那麼到底是誰？」

璃櫻猶豫著是否該拔出護身用的劍，但最後還是放棄了。與其和數名「暗殺傀儡」正面衝突，不如專心閃避，將打鬥交給迅，自己還是負責逃才是上策。

「可惡……看來我們的行動，會讓『某人』感到困擾是吧？但是別開玩笑了，這裡可是我家！咦？哇！」

迅突然無預警地將懷中的秀麗拋給璃櫻。這突然的舉止別說璃櫻了，連秀麗都嚇了一大跳。

「嗚哇！好冷！不對，等一下，迅？你是把我當成球來踢嗎？」

「抱歉了小姐，那些傢伙太纏人了，先讓我去處理他們。璃櫻，小姐就交給你了。」

璃櫻趕忙伸出雙臂牢牢抱住秀麗，倉促之間朝迅大喊：

「——別殺了他們！畢竟他們還是我縹家的人！」

迅揚起一邊嘴角微微一笑。

「……知道了，我只會讓他們暫時昏厥過去。你們先到前面等我。」

姑且不提暗殺的手段，光是看到他們已經暴露身形，璃櫻就知道這些暗殺傀儡決不會是迅的對手。於是他抱著秀麗穿梭於積雪較淺的庭院樹蔭之下避難，而秀麗也一手按著額頭，拚命抓緊璃櫻的衣袖。

「璃櫻，我也拜託你，請帶我們前往大圖書殿吧！雖然迅身上還有很多疑點，但現在也顧不了那麼多了。再說，整治蝗災的方法，就算被迅知道了應該也不至於對縹家不利吧？」

「是沒錯……」

的確，璃櫻目前在意的只是迅對於縹家內部知之過詳，在蝗災這件事上倒是沒有異議。原本璃櫻便打算離開父親居處之後，就要直奔學術研究殿。只是尚未行動前就被迅先提出，才會令璃櫻起了疑心而猶豫不決。

「……是不至於對縹家不利。其實說來，大圖書殿的存在也不是什麼祕密，就算存有機密要件，也如迅所言，只有階級夠高的巫女才有辦法打開，連我都進不去。萬一被看到什麼不該看的，以現在姑媽大人將縹家全面封閉的狀況，他也帶不出去。」

「就這麼決定，我們走吧。我和璃櫻你還必須盡快趕去其他地方。而且不得不承認，像現在這種情形，如果沒有迅的保護，我們或許哪裡都去不成。」

秀麗說得沒錯。藍楸瑛之所以同意將迅留下，也是預測到會出現這種情形。璃櫻雖然習過武，但當對手是專業殺手時必定不敵。而迅的任務目前還暫時無法不依賴璃櫻與秀麗，所以一定會將他們保護妥善。他的武功強到沒話說，沒有他在反而傷腦筋。

「……我明白了，走吧。縹家對於蝗災能提供多少協助，這點也絕對有調查的必要。去大圖書殿是無妨，問題是……司馬迅來這裡真正的目的到底為何？妳和姑媽……或許是他的目的之一，但總覺得不只如此。看他的樣子簡直就像早已掌握蝗災情報，而專程前來似的。」

秀麗也一直思考著迅為何如此熟知縹家內部情報，以及他究竟所為何來，有時突然消失又是去了哪裡。事實上，秀麗心裡已推敲出一個可能性。只是，那想法實在太出人意表，秀麗才一直沒說出口。

「喂，你們兩個，這邊都解決囉。」

聽到迅的聲音，秀麗這才小心翼翼從草叢中探出頭，看到殺手都已被迅五花大綁，集中安放在走廊的另一端。不僅如此，迅還選擇了一塊降雪飄不進去的位置。秀麗心想，迅真是一個說話算話的人。

「……現在呢？你們的結論是？願意帶我去圖書殿了嗎？」

秀麗與璃櫻交換一個眼神後，一起點了點頭。

「走吧。」

「我會帶你去。因為那裡只有縹家人，以及獲得姑媽大人許可的人才能進去。」

忽然，迅手中的「莫邪」發出鳴響。聽起來像是搖晃鈴鐺的清脆聲響。

璃櫻凝望著「莫邪」。

「……和『干將』產生共鳴。藍楸瑛……似乎已經進入『時光之牢』了。不過這把劍會發出鳴響就表示……那不是普通牢房……一定有什麼強大的法術保護著……話雖如此，我們在這裡擔心也只是浪費時間而已——走吧，我帶你們去大圖書殿。」

璃櫻一腳踏上逐漸堆高的積雪，轉身向前走。周圍發出雪從紅葉上落下的聲音。

一抬頭望天，冰冷的雪片宛如砂礫一般打在臉上。這種不合時節的大雪，璃櫻記憶之中從未發生過。這裡總是那麼靜謐、幽玄，雖然有時氣候也會轉寒，但冬天美麗依舊。

（……姑媽大人。）

璃櫻終於體會到，姑媽所守護的是多麼重要的東西。而一直以來，自己都把這守護當作理所當然地享受著。

如果沒有瑠花姑媽，這寒冷而美麗的故鄉，根本連居住都有困難。

說不定，一族之中最不明白這一點的人就是璃櫻自己。不明白姑媽的偉大，以及她所守護的東西多麼有價值。為什麼一族之人如此無怨無悔，無條件地對瑠花姑媽盡忠，不是因為她具有強大的神力，而是因為唯有她，不管採取的手段多麼扭曲，仍持續守護著縹家，守護著在「外面」世界無容身之處的人們。或許只有璃櫻始終不明白這一點。

而過去那足以發揮強大神力的姑媽，她的力量正確實面臨衰退。璃櫻這才察覺到，自己過去從不認為這一天會來臨。

有什麼，正面臨終結。

（在那之前，我必須去見姑媽……去見那個人。）

——非去見她不可。

過去璃櫻連一次都未曾想要主動去見她。那傲慢、獨善，視自己為不容懷疑的絕對真理，有如冰雪一般君臨天下的女王。雖然她的確建立許多功績，但也會像利用漣時那樣無情，用過即丟。所以璃櫻不曾像漣一樣期待姑媽給予溫柔與親情。既是男人又「無能」的璃櫻，不僅不曾受過姑媽一絲一毫的期待，甚至不曾被當成一個獨立人格來對待。對她而言，璃櫻只不過是「弟弟的兒子」，只是這樣的存在罷了。

因此璃櫻從來都稱不上喜歡她。對於她的作風，無法認同或認為不合情理的部分太多了。可是，如果事實並非眼睛所見，璃櫻認為自己有必要知道。這也是為了自己。

姑媽一路守護而來的事物，即將面臨終結。所以必須在那之前——

「璃櫻？」

聽見秀麗的呼喚，璃櫻的眼神才離開翩翩飛舞的雪花，轉頭看向她。

……若說自己有什麼地方不同以往，那一定不是去了「外面」的緣故。而是在「外面」和羽羽爺、國王、悠舜、旺季——還有這個女孩相遇，自己才開始思考許多過去不曾想過的事，並且不知不覺能用自己的心思考了。

（……珠翠也一定和我一樣。）

過去身為「暗殺傀儡」的她，是個自行切斷身上的操縱線，幾度逃離洗腦與牢獄，卻仍自願再度回到縹家的「人偶」。但她會這麼做，璃櫻一點也不覺得奇怪。

一定是因為在「外面」生活的二十年，讓珠翠發現什麼對自己而言才是最重要的，並自願選擇了它。

（之所以回到縹家……）

不是身為一個人偶，而是身為一個人類的選擇。

璃櫻伸手壓住被風雪吹得鼓脹拍打的上衣，點了點頭。

「……走吧。我帶你們前往縹家珍藏祕籍的學術研究殿——隱者之塔。」

……令人懷念的，久違的氣息，如海嘯般席捲而來。

過去感受到這股力量時，總會情不自禁將身子蜷縮起來，避之唯恐不及。

或許是因為一直受到囚禁的關係，似乎連敏感的神經都麻痺了。

黑暗之中，珠翠緩緩睜開眼睛。

眼前是那位散發神聖光輝，充滿令人畏懼的威力及魔性之美的少女公主。

珠翠微笑了。同時，她心想這或許只是與平日無異的夢境或幻覺罷了。自己竟然能對「母親大人」微笑，這根本是不可能的。不過，就算是夢也無妨。如果現實中連一次面都見不到的話，在夢裡實現也好。她發出沙啞但堅定的聲音低喃：

「……終於見到您了，『母親大人』。」

瑠花用徹底冰冷的眼神睥睨著珠翠，從髮稍到睫毛一一凝視她的全身。宛如是用眼神檢查著珠翠，不放過她身上任何一個變化。

「『母親大人』……抱歉，『母親大人』。我見到『外面』的世界之後，找到了屬於自己的重要東西……也擁有了許多想要守護的人事物……就算沒有……就算沒有任何人需要我……也沒關係。對我來說，能夠獲得無可取代，心愛的人事物，就已經足夠改變我了。」

瑠花依然面無表情，絲毫不為所動，但原本冷冽的空氣，似乎產生了一絲波動。珠翠心想，唉，這果然是夢。「母親大人」會對自己說的話有所反應，根本是不可能的事。儘管如此，珠翠還是斷斷續續地說下去：

「為了守護……那些重要的事物……我回到了這裡。不會……再逃離第二次了……不再離開縹家……也不離開『母親大人』。絕對……絕對，不逃了。」

瞬間，從珠翠的眼中湧出溫熱的淚水。

在她心中，一直感到很後悔。

雖然那二十年過得非常幸福，可是偶爾，她會想起這座美麗的天空之宮。包圍在深幽靜寂之中的神聖森林。外圍是一年到頭都被白雪隔絕的蒼銀世界。還有那濃霧與布穀鳥的啼聲。廣大的湖泊，以及令人泫然欲泣的黃昏夕陽。

儘管生活在這裡的大多數時間，自己是一個什麼都不看，什麼都不思考，只將感情封印起來的「暗殺傀儡」，但這座隱宮的絕美景色卻仍依然美得深深烙印在心上。

跟隨邵可與夫人、北斗時，也曾旅行各地，但從沒有任何地方，能在珠翠心中留下如此深刻的印象。

離開這裡，然後回來，珠翠才終於發現這一點。這二十年，真是繞了好長一圈。

不管在這裡受過什麼折磨，即使在這裡根本沒有快樂的回憶。

「這裡……是我，歸來之所。那時，逃離了，對不起……『母親大人』。我不會再逃了……無論今後將多麼痛苦。」

瑠花冷冽的眼神，依然睥睨著珠翠。

眼神之中有著不容動搖的絕對意志力。

……這是當然的。瑠花是秉持絕大神力君臨縹家八十年的女皇，而珠翠只是個原本「無能」的「暗殺傀儡」，離開縹家逃亡了二十年，留在這裡的時間還比在「外面」的時間少。即使如此……

「我，要和妳……戰鬥到底，『母親大人』。為了改變。」

「說什麼蠢話呢。至少等妳能逃離這座時光之牢再說吧。」

不期然地，珠翠感到瑠花的笑聲不再那麼強勢。或許是錯覺吧。

「……那麼，妳在這『時光之牢』中，已經過了一千刻了。」

瑠花透明的指尖，托起珠翠小巧的下巴。

「要是辦得到，就試試看吧。已經沒有太多時間了。」

接著，瑠花的朱唇無聲地接近珠翠，與她的嘴唇重疊。

「呼」，感覺到一陣甜美氣息吹來。

剎那之間，透過兩人的雙唇接觸，珠翠感到有什麼——如烈火一般熾熱的團塊被吹入口中，通過喉嚨，強迫地塞入腹部深處。

下個瞬間，珠翠就發出了慘叫。應該說，她以為自己發出了叫聲，事實是過度的痛楚讓她根本無法發出聲音。感覺就像有一團火球在體內橫衝直撞，灼燒著五臟六腑。那火球之灼熱，使她覺得眼中滾出的淚水，也如高溫的熔岩一般燒痛臉頰。

在冷然一瞥珠翠這副模樣後，瑠花就消失了身影。

「——！」

珠翠不成聲的吶喊，完全沒有人聽見。

第二章 撼動王都

從各州各地紛紛快馬加鞭傳回報告，促使朝廷連日來徹夜召開緊急朝議。雖然實際上，由於兵馬權已轉移到旺季手中，重要事項的決定權也幾乎都握在旺季與孫陵王手上。

「碧州受到蝗災與地震的侵襲，已經成了一座陸上孤島，滿目瘡痍……各郡府與州府之間的連結道路也都阻斷了吧。失去了指揮系統，州軍與人民想必陷入一片混亂狀態——喂，皇毅，小慧那邊情形如何？」

小慧。聽到這個名字，葵皇毅蹙起眉頭一時無法回應。一想起方才剛收到的御史情報，就連皇毅也不忍心再說什麼挖苦人的話了。

「……碧州州牧慧茄大人，在奔走於各受災地區下達指示的途中，為了幫助一對遭到頻發地震捲入的母子，自己卻掉落山崖。接到的報告是……大人被崩落的石頭埋住，目前下落不明。這是半個月前發生的意外，目前慧茄大人生還的可能性已是低得教人絕望。」

室內倏地陷入一陣沉默。事態之嚴重令旺季也不免大吃一驚。

姑且不論管飛翔或黃奇人，連刑部尚書來俊臣都大受震撼，僵直了身體。現任碧州州牧——慧茄，是與旺季、孫陵王同一世代的名臣。朝廷中先王世代的大臣為數眾多，之所以能放手讓年輕的尚書世代按照自己喜愛的方式從政，也是因為一旦遇到問題，還有慧茄這般足以信賴依靠的重鎮存在之故。

孫陵王仰天無語。雖然慧茄因為討厭派系糾紛，時常對旺季多所抱怨，但每當他回中央朝廷時，都一定會殺到旺季家中把酒論政，直到隔天早上將祕藏美酒都喝乾了才再次回到工作崗位。平常看似是個老不修，但身為一個大官，他的能力其實超一流。過去的他身經百戰都存活下來了，沒想到這次卻……

「……不會吧，小慧。在這種忙得不可開交的時候你怎麼能說死就死呢。難怪碧州的情報傳來這麼慢，原來是出了這種事——他下面那些毛頭小子，一定因為小慧的死正手足無措吧！」

聽到這番話，黃奇人與景侍郎等人才終於從驚訝中回神，正視到大官慧茄死亡的事實。沒錯，死亡。掉落山崖還埋於土石之下半月有餘，在這種狀況之下幾乎不可能生還。可是、可是，接下來的後續，該如何是好？戶部景侍郎心頭一陣混亂。碧州現在面臨蝗災還有地震，在這非常時期，還有其他人能代替慧茄執行任務嗎？

孫陵王瞥了一眼眾高官的表情，最後視線雖停留在國王身上，但只是一瞬間，就馬上轉頭望向悠舜與旺季。只消一眼，便判斷這幾位才是能夠「商討大事」的對象。

「要代替慧茄，對太年輕的州尹來說負擔過重，有困難——還是讓我或皇毅前往碧州吧。」

然而，這個提議卻同時遭到悠舜與旺季的反對。

「恐怕沒辦法。」

「不行。」

在人人臉上掛著彷彿陷入惡夢一般的神情時，只有這兩人依然非常冷靜。

連一個眼神都沒有互換，旺季再次開口重複一次剛才的答覆。

「不行。位於中央的御史大夫與兵部尚書，怎能這麼簡單就離開現任職務。身為監察首長的葵皇毅若不鎮守中央，中央官吏將會多麼不安？而兵部侍郎如今從缺，如果連身為兵部尚書的你都離開，兵部豈不無人鎮守。統領軍隊的上位文官離開職守，這可是不得了的大事。黑家與白家現在正因為紅家的經濟封鎖而殺氣騰騰——你得留守中央坐鎮壓制才行。找人取代你，更是不可能。」

刑部的來俊臣，瞄了一眼低頭垂下眼睛的葵皇毅。從他的表情就能看出，他原本一定也打算前往碧州，卻被旺季這番話搶白。不過，旺季所言甚是，他們兩位的確是中央少數無人可取代的大官。和離開之後，到現在為止倒也看不出有什麼差別的紅黎深、李絳攸、藍楸瑛那幾位不一樣。

受到阻止的孫陵王，一臉不服地雙手抱胸站著。雖然他都明白，可是——

「可是，其他還有誰能去嗎？又不能讓晏樹和悠舜去。清雅雖然有能力，但怎麼說官位都還太低。位居八品的二十歲小夥子，就算赴任了也不會有人聽命於他。特別是碧家人啊。」

「不，其他還有更適合的人選。無論是官位或年紀、實力都沒話說。只不過，我們還是先聽聽鄭尚書令的意見吧。」

面對旺季的視線，悠舜靜靜地點了點頭。

「是，我也贊同旺季大人的意見。而且，我想『那位』也很清楚自己是適任者。」

悠舜將羽扇收至胸口，目光朝一位高官直視而去。

「——我推薦，由工部侍郎歐陽玉大人暫代碧州州牧。我想，他是最適合的人選了。」

霎時，現場一陣騷動。旺季與悠舜推舉的臨時碧州州牧人選，原來是年輕有為的歐陽玉。

除了黃奇人與管飛翔之外，戶部景侍郎也不禁佩服：「原來還有這個辦法！」歐陽玉與楊修同為年輕世代官員中的雙璧，也是三十來歲官員中的實力派。雖然因為上司管飛翔不按牌理出牌的個性，讓人容易忽略輔佐的他，但論頭腦或決斷能力，歐陽玉都深受中央官員的認可，確實是一位年輕有能的官員。正值青年的他，也不至於不堪勞動，傷了筋骨。更重要的是他出身碧門歐陽家，是受到碧州人民尊敬的名門。如果是由歐陽玉暫代州牧，想必州府以下人人皆樂意從命。

「本來，如非特例，是不允許出身該地區的官員擔任州牧的，但此刻乃非常時期。歐陽大人熟知當地地理，對救災也相對有利。所以我在此請求御史臺與吏部，對此人事令給予特例。」

旺季以沉穩的表情看著在場每位大官。

「目前聚集的各位官位都夠高，應可當場做出裁決。現在所有尚書與侍郎，以及各省長副官都到齊了，只要獲得過半數的認可，就可當場任命歐陽大人為碧州臨時州牧。接著直接進入與『現任碧州州牧』協議的程序，馬上就能展開應變措施。如此一來將可省去不少時間。人事令的發布，事後再補上即可。」

景侍郎內心不禁大嘆佩服。今天這個場合，只有旺季與鄭悠舜兩人彷彿與其他人站在不同次元對話。只要多花點時間，景侍郎自身或許也可得出相同結論。然而就是這「一點」時間的不同，造就了身為一名官員在能力上的差異。站在這裡，景侍郎正深切感受到這一點。同時，他也察覺到鄭悠舜成為尚書令之後，朝廷產生多麼大的「不同」。悠舜的最大特色就是條理分明的頭腦，而這如今正如皮影戲一般，諷刺地襯托出旺季過去一直被國王所忽視的出色資質。同時，也對比出一旁的國王有多麼無法進入狀況。

過去悠舜總會考慮到國王的立場，在朝議時適度聽取國王意見，然而這次卻完全沒有這麼做。因為當前最需要的是刻不容緩的決斷，必須省下一一上奏聽取意見的時間。實際上也正是如此，景侍郎雖然仍有些顧慮，但說實話內心也認為國王現在最好不要隨便插口，以免造成困擾。再說，尚書令的發言即代表國王的決斷。尚書令夠優秀，也就能證明國王是優秀的。如此想來應該完全沒問題才是……然而事實卻不是如此。

為什麼，在眾人眼中卻是相反的呢？

鄭悠舜這個人，太優秀了。景侍郎想起過去曾有人這麼說過，太優秀的人，反而不利自己，因為他的優秀對照出上司的無能。這就是鄭悠舜。當時，景侍郎不明白這句話的意思，現在總算深有所感……如今回想起來，在那之後不久，悠舜就被貶到茶州了。

孫陵王也不禁發出讚嘆。本來還以為只有自己或皇毅足以肩負此一任務，沒想到不只這提議遭到反對，在目前朝廷人才如此不足的時刻，竟還能夠提出更加適任的人選。孫陵王目光也投向了當事者歐陽玉。

「喂，歐陽玉，你的意見呢？從工部侍郎升為碧州州牧，官位上雖然只提高一等，但這次可是要去代理慧茄，絕非易事。碧州州府已習慣慧茄的領導，而他又是全國首區一指的名吏。說實話，現在的你想取代慧茄還不夠資格。還太早了，不過說早也不算太早就是。」

聽到這番話，歐陽侍郎不帶感情的雙眼才總算動了起來，望向孫陵王。從剛才開始，不管是聽到悠舜的提案，或是在那之後，歐陽侍郎的表情都如冷卻凍結般，不動聲色。

彷彿對這件事既不驚訝，也沒受到動搖。

「做好心理準備吧，你所愛的美麗故鄉已經不在了。現在的碧州，只有傾倒的瓦礫堆，隨處可見的死傷者，耳邊盡是哭喊的聲音，放眼望去只見滿天蝗蟲，以及因地震而崩裂的地層與引發的火災。另一方面食糧、醫藥與大夫都已嚴重缺乏。還有，你要是想繼續戴著那些戒指耳環，到了那裡只怕會割傷自己吧。赴任之後，你必須將少數食糧分給人民，自己每天只能吃鹽烤蝗蟲果腹，同時不眠不休地奔走公務。因慧茄的死而陷入混亂的官民，都將由你來支撐。這些，你辦得到嗎？辦不到的話，還是別去吧。時間所剩無幾，現在馬上決定——你，要去嗎？」

眾人的視線齊聚在歐陽侍郎身上。上司管飛翔，也望向站在身邊的歐陽侍郎。

歐陽侍郎先是嘆了一口氣，接著只用眼睛瞥了一眼老友楊修。只見楊修用食指托著眼鏡框，那是楊修在忍笑時的習慣動作。似乎在說著——有沒有搞錯啊，「說早也不算太早」？

「……您的意思是說，我也差不多該出去吃點苦頭了，是嗎，孫尚書？」

「有管飛翔這個上司，想必你也享受夠了輕鬆自在的身分了吧。你和楊修，你們這個世代的官員，明明個個年輕又優秀，卻始終不願拿出真本事。時機正好，你們兩個將成為引領下個世代的前鋒，具有足以擠下目前尚書世代官員的實力。你就趁這次好好去磨練成長一番吧。想表現得游刃有餘，是要像我這種正值壯年的成熟男人才有的特權。小夥子，你們想學啊，還太早。」

孫陵王臉上浮現他獨具的，充滿男人味的從容微笑。在這種時候還能笑得出來的人，也只有他了。同時也只有他，以一個游刃有餘的微笑，就能令現場的氣氛不可思議地鎮定下來。

「你不是最喜歡老家了嗎？既然如此，就到碧州去好好幹活吧，無論醒著還是睡著，全副心思都只能用在思考碧州災情，像個殭屍一樣青白著一張臉忙得團團轉吧。現在的你雖然還無法取代慧茄，若能拚命瘋狂工作，那就另當別論了。畢竟，應該不會有比你更認真為碧州著想的碧州州牧了。你就去吧，去成為一個像慧茄一樣的『怪物』——我說得對吧？悠舜，旺季。」

悠舜苦笑了起來。真是的，風頭都被孫陵王搶盡了。不過，這番話從孫陵王口中說出來或許再適合不過了。再怎麼嚴肅的事，他就是有辦法巧妙地說出重點。

「沒錯，正是如此——剩下的，就看歐陽侍郎的意願了。」

悠舜這麼說完後，旺季也靜靜地將視線投向歐陽侍郎。

「如何？歐陽侍郎。你願意去嗎？」

歐陽侍郎依然沉默不語，只是一臉麻煩的樣子將手伸向耳垂，開始熟練地取下那總發出叮鈴聲，做工精緻的耳環。接著手鐲、戒指，也都一件不留地取下，全部放在桌上。

見狀，上司管飛翔不禁睜大了眼睛。一向最重視修飾外表，無論何時身上都一定至少佩帶著一副戒指或耳環的歐陽玉竟會這麼做。就連管飛翔都是第一次看到身上沒有任何裝飾品的他。取下所有飾品後，歐陽玉看來比平常還要精悍許多。

「……耳垂或手指要是受傷扯裂了，我會很困擾的。」

歐陽玉如此靜靜低語後，抬起頭。他回話的對象並非旺季，而是國王。

「要是派出像我家上司這麼粗魯的人到碧州去，我可受不了——除了我之外，還有誰能去？原本我就打算要去，陛下，請允許我前往碧州。」

歐陽玉望著國王的眼神無比冷冽，充滿了公事公辦的淡然。從蝗災發生的消息傳來時，他便始終如此。語言之中雖還維持著基本禮節，態度卻是無禮的。這也難怪。姑且不提屬於天災的地震，在蝗災這件事上，若是當初劉輝剛即位時能採取正確措施的話，原有相當大的機會防堵災情擴散。

而現在，國王也只能低聲地說聲：「准。」

悠舜點點頭，馬上望向楊修與葵皇毅。

「那麼現在就請吏部侍郎及御史大夫批准特例，馬上進入裁決程序吧。」

「現在是非常時期，御史臺這邊願意照准此特例。」

皇毅很快如此回答。楊修則是伸手推了推眼鏡框。

「吏部也沒意見。在確認慧茄大人的生死之前，就先請歐陽大人暫時代理。因為是臨時措施，必須請大人繼續兼任工部侍郎。歐陽大人離開朝廷期間，看是要像兵部一樣暫時從缺，還是由其他人臨時升任代替，就請工部尚書管大人決定吧。」

「——不，不需要他人代替。就空著吧。」

管飛翔立刻乾脆地做出決定。楊修也輕輕頷首。

「那麼，就決定先以空位從缺。在確認慧茄大人已逝，或即使生還也難以繼續執行政務的情況之下，吏部會特例認可歐陽侍郎就任碧州州牧。只是，萬一慧茄大人大難不死，生龍活虎地生還，屆時就請將政權交回，或在慧茄大人趕你回朝廷之前，繼續留任碧州擔任輔佐。」

在楊修回應悠舜這番話時，旺季與孫陵王不甚專注地一邊聽著，一邊目光朦朧地望向遠方。不愧是楊修，連慧茄年輕時的佳話都知之甚詳。

「……如果是小慧的話，還真有這可能呢……不管怎麼說，他可是『凶運慧茄』啊……」

「……畢竟慧茄那傢伙總是如此，在麻煩事都結束了才出現，然後被眾人臭罵一頓……已經有七次了吧？大家都以為他死了，連葬禮都辦完了他才出現。有一次甚至在撿骨撿到一半時，看到那傢伙晃晃悠悠地跑出來……」

那撿的又是誰的骨頭啊？悠舜咳了兩下，旺季與孫陵王才趕忙閉口不談。沒錯，那些年輕官員們，因為慧茄的死已經夠無精打采，就別再嚇他們了。再加上，這次的狀況看來，慧茄幾乎沒有生還的可能，這一點兩人也再清楚不過。無論從如何激烈的征戰之中都能生還的慧茄，就這麼死在救助一對母子的意外之中……沒有比這更適合慧茄的死法了。

念頭一轉，孫陵王突然感覺到自己離死期也不遠了。連那麼頑強的慧茄都死了，自己與旺季想必也很快就得面對死亡了吧。不知不覺中，大家都已經活到什麼時候死都不奇怪的年紀了。慧茄的死，讓他再次體悟到剩下的時間已經不多。沒錯，沒有時間了。不能再作夢了。

「——那麼，赴任期間就暫定到春天為止。現在開始進行各省長官副官，以及各位尚書侍郎的意見表決。」

悠舜的聲音，讓才稍微輕鬆的氣氛又一口氣劍拔弩張地凝重起來。明明他的聲音那麼沉穩，卻冰冷無情，有如一把抵上喉頭的利刃。這種時候，景侍郎總是覺得不可思議。悠舜平日給人的穩重溫柔印象，只要一瞬就能顛覆。太過優秀，太過能幹。沒錯，現在眼前的他，和景侍郎所認識的「鄭悠舜」判若兩人。這麼說來，過去所認識的他又是怎麼一回事？景侍郎的心思，就這麼飄到奇妙的地方。

「只要超過半數，就可當場認同歐陽玉大人臨時赴任碧州州牧的人事命令——那麼，用舉手方式表決吧。」

官員們接二連三地舉起手來，當舉手人數超過半數時，悠舜望向歐陽玉。

「——確認舉手超過半數，在此當眾宣布任命歐陽玉大人為臨時碧州州牧，碧州政權管理，將全權轉移給大人。那麼歐陽玉大人，接下來請你以碧州州牧的身分發言，如果有什麼想提出的話，請不要客氣。」

就像早就思考過千萬遍似的，歐陽玉馬上接著開口回答：

「我想提出的事堆積如山。首先，我要求即時派遣中央軍隊前往碧州。受到頻繁發作的地震影響，碧州各地都出現山崩，道路早已寸斷。修復運輸道路的任務是刻不容緩，我請求出動中央軍隊進行此一任務。」

眾人開始竊竊私語。和旺季為了整治蝗災而請求兵馬權時一樣。說起來，為了戰爭與討伐盜賊之外的事請求中央軍隊出動，這在過去根本是不可能發生的事。為了救災而動用精銳部隊——這種事若出自高官旺季之口，眾官員也只好摸摸鼻子同意，但現在面對年輕的歐陽玉，就不免引來非難了。然而歐陽玉只是雙手抱胸，一臉傲慢表情，堅持著毫不退讓。

「茶州瘟疫之時，紅秀麗不也驅使羽林軍護衛中央醫官奔走救治嗎？這種差遣官兵的事既然早已有此先例。更何況可以允許那個丫頭，沒道理不允許我的請求吧？我，現在，馬上有這個需求。就算是那種毫無美感的軍隊，在這種情況下我也願意睜一隻眼閉一隻眼來用他們——誰有意見，就衝著我來啊。」

最後撂下的那句狠話，讓現場的空氣為之凍結。上司管飛翔與老友楊修，則不約而同地移開目光。很久沒看過歐陽玉發飆了。他一發飆，可就沒人阻止得了他。

「看來沒人有意見是嗎？這也是應該的。那麼請交出一隊精銳軍，馬上出發前往碧州。軍隊必須完全遵從我的指示，我不在的時候也能正確完成交辦事項，隨時保持正確的規律與美感，恪守每一條綱紀，無論任何情況之下都不能失職，同時軍隊中必須包括碧州人民也耳熟能詳的絕美名將。請借給我這麼一隊精兵吧，孫尚書。」

就連統轄全軍的孫陵王，聽了這席話也不免無言以對。真是個毫不留情的男人啊。

「……等一下啊，小玉。」

「誰是小玉啊。我又不是你家附近的貓。不過既然喊得這麼親密，想來你也不好意思拒絕了吧，孫尚書。」

「——至少美感這方面可以妥協一下吧？」

「當然能兼顧美感是最好。你想叫我小玉，要付出的代價相對的也會比較高喔。」

「不好意思嘛！再說軍隊要是有美感，反而不正常啊？如果關於這點可以妥協的話，還可以考慮看看。」

只見歐陽玉的眉毛挑動了一下，沉默三拍之後，口中差點沒噴出一聲，露出惱怒的表情。當場的每個人，都在心中吶喊著：「幹嘛這麼堅持這一點啊？」喊一聲小玉的代價實在太高了。

歐陽玉最後確認地再問了一次。

「那麼，除了美感之外，全都能辦到嗎？軍隊可是重質不重量的喔？」

「當然。我也贊成少數精銳部隊的作法。現在的碧州正陷入大混亂中，具備大器，足以喝令指揮混亂軍民的名將，以及『無論何時都軍紀森嚴』的精銳部隊的確是必須的，否則只會造成反效果拖累你而已。相信你會這麼要求就表示有此必要，我明白了。」

雖然只是近乎無法察覺的一瞬，但歐陽玉臉上確實閃過安心的表情。那些內心不滿他提出過分要求的官員們，也都心服口服。

孫陵王一邊摸著下巴，用試探的眼光望向悠舜與國王。

「……如果不需要美感的話，我有一個提案——那就是近衛羽林軍。請大將軍白雷炎或黑燿世親自率領少數精兵，連夜趕往碧州。兩位將軍都是名實兼備，全國首屈一指的名將，加上天下第一的近衛軍，有陛下的信望加持。如果是這樣的組合，他們光是鎮守碧州，相信就能發揮鎮定效果……只不過，這需要陛下與尚書令的允許與御印。」

「——請等一下！」

出乎意外的，這時大喊出聲的人竟是戶部侍郎景柚梨。就連他的上司黃奇人都露出驚訝的表情。景侍郎竟會針對軍隊關係發表意見，這可真稀奇。

景侍郎先是深吸了一口氣。

「……我也明白的確有此必要。然而，這個作法實在令人在意。以目前現狀來說，兵馬之權已由旺季大人掌握，這時若連近衛大將軍都調離陛下身側，並不是一件好事。」

至此尚未開口發言的凌晏樹，第一次緩緩開了口：

「哎呀哎呀，景侍郎，您說在意指的是什麼？聽你話中的意思，似乎很沒禮貌地暗指我的上司有什麼企圖是嗎？」

景侍郎暗下決心。沒辦法，幸好自己並非出身名門大戶，能夠失去的東西也只有這份工作。只要能與心愛的妻子相守，就算窮一點也無所謂。不過，妻子可能會覺得有所謂吧。但該說的話還是要說。

景侍郎臉上先是浮起一抹微笑，接著馬上一臉肅穆地面對凌晏樹。

「——您說的話真教人大嘆不可思議啊，凌黃門侍郎。您這番話，才會讓人覺得你們是不是真的有什麼企圖吧。」

瞬間，周遭陷入一片沉默。每個人都僵住了。

景柚梨，竟然敢直接向那個凌晏樹單挑。

他應該很了解，過去有多少官員這麼做之後，最後獲得什麼下場。

就連孫陵王也不免一陣心驚膽跳。沒想到那個不起眼，向來孜孜矻矻的景柚梨——不是黃奇人或管飛翔，而竟是他——勇於向凌晏樹正面提出戰書。

凌晏樹微微一笑。那笑容看似非常高興。

「……那麼景侍郎，你的意思是要對碧州州民見死不救嗎？」

「我並沒這麼說。如果最終還是必須派出羽林軍與大將軍，才是最完善的方法，我當然不會反對。只是，本來近衛羽林軍乃直接隸屬國王，是保護國王安危的最後一道防線。再者，中央禁軍除了羽林軍外尚有其他十六衛，其中也不乏許多可與羽林軍相提並論的優秀將兵。按照常理若要派遣軍隊，理應先從十六衛中挑選才是。為何會直接提出羽林軍，令人百思不解。比起這個，更奇怪的一點是，要將近衛大將軍——也就是守護陛下安危的最重要人物，從陛下身邊撤離，而在場卻沒有一個人覺得有所不妥。」

不急不徐，但也堅定流暢地，景侍郎一口氣說完這段話。

凌晏樹與旺季等，與劉輝關係不甚親密的大多數大官，都瞇起眼睛打量著景柚梨。而禮部魯尚書等數名官員則明顯跟著點頭，甚至有幾人舉手表示贊同。只不過，這僅僅只是少數幾人而已。大多數重臣還是尷尬地將目光移開。

劉輝稍微睜大了眼，但馬上又低下頭去。悠舜從羽扇後方環視在場官員，接著幾乎可以說是今天第一次，開口詢問了劉輝的意見：

「……這件事，就聽取國王陛下的意見吧。陛下以為如何？」

短暫沉默之後，劉輝也輕聲回以一樣簡短的答覆：

「……悠舜……你認為如何最妥善，孤都交給你決定。」

這樣的回答形同將問題丟回給悠舜，令重臣們瞬間各自露出不同的神色——其中也有人變得面無表情。劉輝並未抬頭看悠舜，所以當時悠舜臉上究竟露出什麼表情，也就不得而知了。

在悠舜開口前，似乎有半個瞬間的停頓。但因為實在太短了，劉輝心想或許單純只是自己的錯覺也說不定。隨著悠舜搖晃羽扇的動作，感覺到他似乎輕輕點了點頭。

「遵命。那麼臣提出我認為最妥善的方法吧——景侍郎說的，的確很有道理，但是這次，我想採用孫尚書的意見。我也認為，派遣近衛羽林軍與大將軍前往碧州，是最妥善的作法。」

辭退景柚梨的意見，採取孫陵王的意見。

「現在這種情形，打頭陣的軍隊是很重要的。只要碧州州民能在第一眼感到『得救了』，接下來州牧的負擔便會減輕許多。頭陣軍隊氣勢越強越好。如果是羽林軍的話，想必光是軍旗的出現就能帶來相當戲劇性的效果。因為這代表的是『來自國王的救援』。同時，羽林軍的實力也無話可說。因此，就讓羽林軍打頭陣吧。選拔的工作就交給孫尚書，至於十六衛，在第二次出陣時派出即可。」

既然國王已經明言「交給悠舜決定」，那麼就沒有任何人能顛覆這個命令了。包括景侍郎在內，原本持反對意見的大臣們也不能再有異議。就連劉輝也無從置喙。

歐陽玉原本緊繃的呼吸這才鬆了一口氣。同時也才發現自己在不知不覺中握緊了拳頭。沒錯，

「得救了」的感覺，可說也適用在歐陽玉身上。在這十萬火急之時，朝廷能派出多少援助給他——也就等於是給碧州。近衛羽林軍。沒想到國王與尚書令會二話不說接受這個要求。歐陽玉的心情也產生不小的動搖，不過表面上依然裝作若無其事地垂著頭。還有許多重要的事，等著他去做。

「謝謝各位。不過還有一件我現在必須問清楚的事。那就是——目前還有食糧，能夠分配到碧州支援嗎？」

瞬間，現場又增添了幾許緊張的氣氛。

碧州是本次災害發生的根源地，根據目前接到的報告表示，幾乎全區域的農作物都已毀損。如不趕緊想出對策，今年冬天，可以預見死於饑饉的人民將比地震還多。

當然，這一點在紅州也一樣。特別是經過黑色暴風蝗蟲的侵襲，紅州境內的作物也必被啃蝕殆盡，如此一來便不可能將存糧開放給他州共享。至於紫州，雖然現在因為風向的緣故，蝗蟲都流向紅州境內，但風向改變也只是遲早的問題。

明知如此，歐陽玉還是非提出這件事不可。

「碧州畢竟是蝗災的源頭，幾乎沒有時間應變。若是紅州或紫州，尚可能來得及儲備幾成的食糧。特別是紅州，向來作物產量就屬豐饒，紅州存糧的一成，足以與碧州數年份的糧食匹敵——可是，就算這樣，諸位認為紅州有可能將糧食分給碧州嗎？紫州又是如何？如果紅州州牧回答沒有餘力接濟碧州，中央又會以什麼立場給予碧州支援？現在，在這裡，我希望得到一個清楚的答案。」

歐陽玉語氣淡然，但一字一句說得清楚，堅定的聲音在室內迴響著。

「剛才，孫尚書要我前往碧州支撐人民。我想問，必須支撐到『什麼時候』？」

一旦正式進入寒冬，蝗蟲為了過冬也會進入休眠期。然而碧州卻連足以撐過一個冬天的食糧都沒有。連儲放年貢的糧倉都被蝗蟲從牆縫鑽入，擠開倉門的大批蝗蟲掠食過後，連來年預備播種用的種子都啃食殆盡。在慧茄死去的現在，如果歐陽玉不為人民爭取食糧，那麼到了今年冬天，碧州人民就會如腰折的枯木，陸續失去生命。

歐陽玉以從未展現過的堅強眼神環顧全場。碧州人民的一切，都要靠自己的肩膀扛了。

——不堅持到底不行。

「要忍耐也可以。要我支撐起碧州的話，就算到時候必須用這條命去換，我也願意。但是，前提是必須確定只要忍下去，就能等到中央的援助。而且這必須不是空口說白話，請現在給我一個明確的依據。否則，我將不會離開這裡一步。話先說在前面，我不接受『那要看紅州的決定』或『得視蝗災的程度』這種不負責任的回答——我想知道的是，朝廷將如何應付這些狀況。請現在就當場告訴我。」

不留任何搪塞的空間，同時毫不容情地直指問題核心。

歐陽玉先看了一眼在場眾人，最後僅僅一瞬間望向國王。用那消失了情感，無機質的雙眼。

劉輝眼神游移，總覺得歐陽玉真正等待的，不是朝廷的答案。他想說的一切都包含在那瞬間的眼神之中。然而劉輝卻找不到任何一個答覆。就像徘徊在連前方一寸之外都伸手不見五指的濃霧之中，什麼都看不到。甚至，連自己至今究竟為何能輕易做出答覆，劉輝都想不起來了。

悠舜比歐陽玉多等了半個瞬間，才將視線投向國王身上。然而就在這半個瞬間，凝重的沉默已如濃霧般籠罩了四周。突然「咚」地，傳來某人用手指敲打桌面的聲音。

「——會想出辦法的，歐陽玉，這就是我們的工作。」

那語氣聽起來，就彷彿目前面對的問題並不那麼嚴重，但同時卻也不是施恩的語氣。就像這只是與平日無異的一個裁決。由於那淡然的語氣太過淡漠，所以總是讓人感到冷淡與不可親近。然而僅僅一句話，便輕易化解全場沉重的氛圍。

對著始終一人愁眉不展的歐陽玉，旺季再度開口說道：

「既然剛才國王也已將因應蝗災的工作委任給我了。那麼對於你提出的這個問題，想來應該由我來答覆。」

「……您說會想出辦法的……是嗎？」

歐陽玉慎重地再確認一次。或許怕自己在獲得答案前就先掉以輕心，所以他的聲音聽起來超乎必要的生硬。然而，旺季不可能不假思索就隨便承諾。

旺季點了點頭，一副比剛才更泰然自若的模樣說道：

「碧州已經來不及了，但紅州與紫州的蝗災災情——雖與時間競賽——就像你說的，農作物還不至於全滅；至少今年不會。加上正式入冬之後，蝗蟲也將開始冬眠。這段期間能搶救下多少農作物，就是勝負關鍵。為了這個，現在已經請尚書令夫人柴凜大人協助工部徹夜趕工之中。」

「什麼？工部？等一下，你這個混帳尚書！這件事怎麼沒有告訴我？」

歐陽玉簡直是氣得怒髮衝冠，一旁的管尚書則是尷尬地東張西望。

「歐陽侍郎，是我請管尚書保密的。在知道碧州災情之後，無法保證你一定能維持冷靜，要是讓你得知此事，恐怕你的心情會更加不平靜。上級情緒一旦焦躁，一定會導致下屬不安，要是你給工部官員們帶來超乎必要的壓力，豈不更糟糕？所以我才要他們瞞著你。不過，現在既然你已是碧州州牧，那又另當別論了。」

「唔～」

旺季的說明越是條理分明，歐陽玉就越是聽得滿肚子火。雖然想大發一頓脾氣，但偏偏自己的個性愛講大道理，想發火都不知從何發起。一時之間連話都說不出來。別的不說，一想到自己竟然連一向藏不住話的上司有事隱瞞都無法察覺，這就充分證明自己的確不夠冷靜。

「紅州的災情控制在何種程度之內，現在還不確定。不過，無論如何，朝廷都會保障碧州的糧食……還有，這是我的猜測，但依慧茄的作風，或許他早有準備也說不定。」

「什麼？」

看到歐陽玉歇斯底里的模樣，孫陵王雙手抱胸，微微一笑。

「沒錯沒錯。我說小玉你就鎮定一點吧。畢竟碧州州牧可是小慧耶。他雖然是個怪老爹，但不是個普通的老頭。那傢伙是第一流的政治家。碧州州尹年紀尚輕，遇到接二連三出乎預料的災難，唯一能依靠的慧茄又突然死了，現在一定腦袋一片混亂吧——但我任藍州州牧時，在旺季千交待萬交待之下，也曾事先做好應付萬一的準備。我想慧茄一定也在某處做了某種準備才是。此外，監察御史向來也會在定例巡察的時候，定期進行防災管理指導，不是嗎，皇毅？」

「啊，是……那是旺季……大人將御史大夫職務交接給我時，交待的要項之一。御史臺一向都定期進行檢查，汰舊換新，腳踏實地執行這項工作……」

皇毅難得說話吞吞吐吐，露出些許為難的表情望著旺季。只有對旺季，皇毅才會收起平日那既高傲又冷血的態度。孫陵王這回也撫摸著下巴，露出一樣的表情。

「……不過旺季，那東西看起來並無特別之處，真的對付得了蝗蟲嗎？」

被孫陵王故作神祕地這麼低聲一說，旺季無奈地伸手搔搔太陽穴，略微別開眼神回答。

「……不，老實說，我也不知道。」

「什麼？你不知道？」

「那是十幾年前姑且準備起來的預防措施，但當年，最終並未發生蝗災。所以實際上究竟有多少效果，就得看這次的結果才知曉了……不過，我想應該有效。你們可以到南方走一遭，親眼確認看看……再說，也有其他情報來源可以證實這一點……」

最後說這句話時，旺季臉上的表情籠罩了些許的陰影，但當場能察覺到的人，恐怕一隻手都數得完。

「關於這件事，之後再請御史臺將確認的場所及說明告知各位即可。話說回來，就算慧茄事先已有準備，我想份量應該也只夠應付當前的緊急事態。中央的援助還是必須的。就用經濟封鎖時從各地徵集存放在常平倉中的食糧與物資援助各地區吧。」

「……不能只提供給碧州嗎？」

面對歐陽玉擔憂的聲音，旺季誠實地點了點頭。

「是啊。考慮到現在的狀況，我也認為應以碧州為優先考量，但是所有資源只提供給碧州，卻是不可能的。紅家的經濟封鎖，導致原本應流通至黑州與白州的渡冬糧食都中斷了。比照對碧州的援助，對北方二州的援助也非由中央來運作不可。只要想到紫州與紅州很有可能因蝗災而蒙受莫大損失，給予北方二州的援助，暫時就不得不由常平倉來供給。而前往碧州或紅州支援的軍隊所需的軍糧，一樣也必須從常平倉支出，如此一來，就算省著用……也如你所擔心的，沒錯，轉眼就會消耗一空了哪！」

重臣們聽聞這番話，明顯地紛紛露出不安焦躁的表情。

一邊望著眾人，旺季一邊輕輕按壓著太陽穴。

「不過，我可以先說的是，還有其他幾個可能性已列入考慮。如果讓大家過分期待也很傷腦筋，所以我也只能言盡於此。不過，無論是我或鄭尚書令都已有想法，也派人前往進行了。常平倉不會是唯一命脈，頂多只會當作命脈之一，尚有其他對策。歐陽侍郎身為碧州州牧，我可以理解你擔憂的心情，接下來就請鄭尚書令來說明吧。」

接收到眾人同時投向自己的驚訝目光，悠舜只能苦笑。

「……旺季大人……您這番話足以令大家過分期待了……明明還無法下定論啊。」

「沒辦法。我本來也還不想提……可是看到大家顯露如此超乎必要的龜縮，這並非好事。如果不先多少消除各位目前消極的思考與不安的情緒，難保我不在的時候，會有人因吝於開放常平倉而刻意刁難。」

一聽到最後這句話，旺季的副官凌晏樹馬上彈跳起來。

「……旺季大人！那件事不是還沒——」

「先聽我說完！」

旺季簡潔地打斷晏樹。

「我要在此請求各位在場的大官們，當前乃十萬火急之時，請不要將慎重與吝嗇混為一談。包括我與尚書令，以及四省所有大官都抱著善盡一切能力的決心，為此也已經動起來了。目前的事態還不算最壞。沒問題的，這一點我保證。」

一直以來旺季都不輕易說出「沒問題」這三個字，也正因如此，現在他這句話聽來更令人深深信服。眾臣之間擴大的不安，也總算稍見收束。

「常平倉當然不可以說開放就開放。但反過來說，如果由尚書令或大官們要求開放，那就表示一定有這個必要。不管是對北方二州的援助、對碧州的救援、以及對蝗災的整治，這些全是朝廷的工作。我們身為臣子之責，就是想出對策解決所有問題。無論哪一件事，不存在『辦不到』這個答案，必須全部兼顧。當然，對碧州的糧食援助也是其中之一。」

旺季直視著歐陽玉。

「蝗災這件事就交給我。我會想出辦法的，這句話絕無虛假。這就是我的職責。我一定會正式提出救援方案。入冬之前，也會準備充足的糧食。你只要撐到那時候就行了。碧州，就拜託你了。」

歐陽玉緊咬著嘴唇。到冬天為止，或許，自己對這個答案已必須滿足。這不是模稜兩可，虛有其表的回答，而是清楚給了一個期限。只要撐到入冬為止就行了。這麼說來，旺季心中或許已經有什麼打算了吧。可是……

「……我知道這麼說太狂妄，但請容我多說幾句。這次最重要的關鍵，我認為在於紅州。紅州蝗災的救災工作做得好不好，將會大大影響紅州州府或紅家商人後續的配合度。對碧州的糧食援助，恐怕也將深受這點牽制與影響。蝗災的事，旺季大人您說會全權處理，我想您應該也會好好考慮派往紅州的人選吧？這個人選將左右一切。如果您要我支撐碧州到入冬之前，我一定會全力以赴。可是，我想知道，最後您會決定派誰前往紅州。」

這番話又掀起在場眾人一陣騷動。悠舜不禁將臉藏在羽扇後忍著不笑。歐陽玉這番話簡直就像在說，如果要送個凡庸之輩過去他一定會阻止到底。論年紀、論經驗、論實力，歐陽玉跟旺季差得遠了。但面對旺季能夠做到這個地步，敢如此直言不諱，像這般具有勇氣與志氣的年輕官員卻是不多。

旺季並未因此惱怒，反而露出見到國寶一般的微笑。

「你的擔心很有道理。的確，前往紅州的人選將會嚴重左右局面。你想知道會由誰前往，這我可以理解——對了，我剛才不是說了嗎？『我不在的時候』。」

頓了一拍之後，歐陽玉的雙眼因驚訝而越睜越大。

「……您難道是指？」

「沒錯——紅州就由我親自前往。」

眾人議論紛紛的聲浪更大了。晏樹也開始不愉快地皺起眉頭，劉輝則彈跳似地抬起頭。這麼說來，表示旺季將會有一段時間不在中央了。

「全權負責處理蝗災的人是我，所以我會盡速趕往紅州，坐鎮指揮所有與蝗災相關的事務。等一切準備完成，我將馬上動身啟程。我想，今天也是我最後一次參加朝議了。接下來我想專心在出發前的準備事宜上。諸位如有要事，可隨時來找我無妨，我會盡量空出時間面會的。而我離開的這段時間，門下省的一切就由副官——凌黃門侍郎暫代統籌。而我方才提及不能派凌晏樹前往碧州，原因即在此。」

只要看凌晏樹一張苦澀的表情，就知道他不完全認同旺季這個決定。但是為了在眾人面前表達對旺季的尊重，晏樹也只好不情願地點了點頭，那模樣還真有些孩子氣。工部管飛翔見狀，不禁覺得有些意外。本來還以為他會因為暫時不需與囉唆的上司共事而感到開心。

「各位，目前我們眼前的問題堆積如山。鄭尚書令雖然年輕，但絕對具備其職責所需的機智與決斷力，這一點不容否認。如果各位遇到難以解決的問題，尚書令必能提出最妥善的決斷，屆時也請各位尊重尚書令的決定——那麼，我不在的這段期間，朝廷就拜託各位了。」

在場的每個人，聽到這最後一句話，無不挺直了脊梁。

景侍郎雖也帶著敬意對旺季輕輕點頭示意，但環顧四周，恭恭敬敬垂著頭的官員果然不在少數。以旺季的官位與家世來說，這當然沒什麼好奇怪的，然而——不經意地，景侍郎感到背脊傳來一陣奇妙的寒意。感覺到這當中，有什麼「不對勁」。

（剛才旺季大人那句話……）

「朝廷就拜託各位了。」本來有資格對臣下說這句話的，理當是坐在王位上的國王才是。

然而當旺季說出這句話時，多數重臣卻立刻對「旺季」低頭答禮。景侍郎自己之所以點頭示意，只是出自單純的佩服之情，以及想給予即將遠赴紅州的旺季一點激勵。就算對象不是旺季，景侍郎也一樣會這麼做。但反觀其他官員，不知又是出自何種想法？幸好悠舜與其他六部尚書剛才並未與眾人一起低頭示意，這令景侍郎感到安心，但安心的同時卻也感到不安。「已經只剩下這些人了嗎？」景侍郎不得不這麼想。

望向國王，國王臉上帶著置身大局之外的表情低著頭。

景侍郎突然發現，旺季託付給眾臣的是「朝廷」，而非「國王」。

「『朝廷就拜託各位了』，這說法簡直就像旺季大人您才是國王嘛，呵呵呵。」

重臣會議結束後，晏樹跟在旺季身後，一直跟進了通往門下省的捷徑小路。察覺到周遭杳無人煙且異常安靜，旺季一臉厭煩地回頭看著晏樹。

「……晏樹，是你刻意將人支開的對吧？怎麼，想刺殺我嗎？看你一路殺氣騰騰跟在我後面，你是鴨子嗎？有話還是直說吧。」

「鴨子？敢這麼說我的人，也只有旺季大人您了喔。是啊，是啊，我還真希望自己生下來就是隻鴨子呢。跟在母鴨身後的話，再怎麼跟也不會被嫌棄嘛。」

「我有嫌棄你嗎？」

「可是，要不是我這麼做，旺季大人您一定不願意和我談談，不是嗎？您這麼忙。」

晏樹粗魯地將身子斜靠在樹上。臉上沒有平日開朗的笑容，那雙經常改變顏色的淡茶色雙眸，也顯露出比平日還要濃的顏色。

「……唉、唉，旺季大人您竟然要去紅州，我真是失算了。本來以為那個國王一定會大喊著：『我自己去！』結果去了卻又一事無成，評價更加一落千丈。虧我還這麼期待著呢。」

「他身邊已經有悠舜在，不會允許他做這種傻事的。就算悠舜不阻止，我也會阻止他。這樣對大局一點幫助都沒有。」

「我知道啊。但至少聽聽他說出『我自己去』這種蠢話也好嘛。那樣也夠表現出他有多蠢了。可真沒想到，他竟然在眾人面前將大局託付給旺季大人。這對我來說真是不妙啊。本來，就算旺季大人您再怎麼擔心紅州，沒有國王的任命也不能擅自前往。如果是為了工作，就可以光明正大進入紅州。結果也真是如此。而且不管我抗議幾次，您就是不願意改變主意。」

晏樹把臉別向一旁，一度瞇著眼睛不看他，旺季一臉為難。

「……你這傢伙，就這麼不願意我去紅州？」

「……就算我反對，您還是會去不是嗎？」

晏樹撿起一片隨著嘆息落下的紅葉，印在自己唇上。那顏色變得比平日還要深濃的茶褐色眼眸，就這麼緩緩投向旺季，臉上帶著融化蜂蜜般濃稠的微笑，滲出一抹夾雜著甜蜜與殘暴的妖豔氣息。

「……要是旺季大人您不在，我說不定又會幹出壞事來喔？」
「這樣啊，例如說？」
「欸，還要舉例啊？我想想喔，例如說為了幫旺季大人排除障礙，可以做的事很多啊？」
「什麼嘛，那不是跟現在沒兩樣嗎？既是如此那便無妨。隨你高興怎麼做吧。」
旺季乾脆地點頭之後，便踩著地上的落葉邁開幾步，隨意漫步。晏樹裝作不在意的模樣，卻以眼角窺視著旺季。知道旺季會以這種姿勢走路的人並不多，雖然晏樹內心希望最好除了自己之外沒人知道，但事情總是無法盡如人意。
「你是我的下屬，你的所作所為，我會負起全責。」
晏樹露出曖昧不明的表情。旺季這番話雖然令人聽了高興，卻不是自己想聽的答案。但若問晏樹究竟想要的答案是什麼，他也說不出來。臉上就這樣掛著難以捉摸的表情。一直以來，晏樹不時便會露出這樣的表情。那眼神就像是徙蝶，追求著連自己都看不清的道路。旺季曾在看見經常出現於晏樹身邊的黑蝶時，對他提起過搬運靈魂的蝴蝶。記得沒錯的話，最後的確是以這句話作結：
『然而事實上，那蝴蝶卻不知道自己的目的地，到底有著什麼等待著牠。』
感覺到旺季的視線，晏樹很快地別開目光，刻意裝出開朗的語氣說：
「……好啦好啦，我知道了。旺季大人不在的這段期間，我會稍微忍耐啦。要是國王像夏天那時一樣丟下王都離開，的確會很輕鬆，這次換作旺季大人也不錯。仔細想想，這樣還比較有趣呢，就算我什麼都不做，也會有人自己上鉤。」

然而說著這番話的晏樹，臉上的表情卻一點也不覺得有趣。

「……我說，旺季大人。這個國王，一點用都沒有唷。從皇子之爭迄今，戩華王和霄宰相費心安排了那麼多，結果不過是這種程度。」

像是要給自己打氣似的，晏樹將手中的紅葉轉了一圈，低喃道：

「按照他們的安排，再怎麼笨的人照著做也行了。偏偏那個國王，就算他頭腦再好，再能使劍，但很可悲的，身為一個國王他就是無能。皇毅給的建言他不聽，結果防止不了蝗災的發生。這麼一來，那些苦幹實幹的官員們看了當然怒不可抑……尤其是門下省與地方貴族們，畢竟大家一直以來，都看著旺季大人做事的方法。不過，今天國王的表現倒是不錯，從頭到尾都不插嘴，是他當國王以來表現最好的一次了。托他的福今天的議事進展得很順利。」

「沙」地一聲，晏樹默默將手中的紅葉捏碎，扔在腳下。

「不需要再等多久，時機就要成熟了。悠舜也回來了。所以啊，旺季大人，您可別現在才說，您要步下舞臺喔。很多人等待著您……請不要背叛我們。」

這時晏樹眼中已不帶任何一絲笑意，最後一句話，語氣平板沒有抑揚，聲音沙啞。

這話似乎意味著：「你敢背叛的話，我就殺了你。」但聽在旺季耳中，沒來由地認為晏樹同時也像是在說：「你要背叛也沒關係。」假設是晏樹背叛了旺季，旺季並不會殺他，這一點晏樹也很明白。晏樹卻似乎因此而不高興。相反地，晏樹一直都強調著，如果是晏樹背叛了旺季，希望旺季能親手殺掉這樣的自己。所以，如果有朝一日旺季背叛自己，那也無所謂。只是，若真有那一天，旺季也必須拿出相對的代價來償還。旺季是這麼解讀的。無論哪一種，旺季也察覺到，晏樹所要求的，其實就只有一點。無論背叛，還是相信，不管對象是誰。這就是晏樹的生存之道。他所要求的，就是要對方付出相同的代價。如果無法償還，那就會失去一切。

「請不要背叛我們。」

宛如以美麗歌聲引誘水手觸礁的海妖，晏樹再次如此低語。實際上聽過晏樹用這樣的聲音低語的人，除了少數的例外，最後的下場都是毀滅。不過少數並不代表沒有，到目前為止，旺季也是其中一人。不過將來如何，那就不得而知了。

將來？旺季在內心微笑了。就算自己還有將來，那也為時不多了。

不知從何處，傳來鳥兒振翅的聲音。

「——好，我明白了。」

就像在安撫不聽話的小孩一般，旺季以平靜的聲調回答。

一陣短暫的靜寂過後，在四周落葉紛紛的聲響之中，晏樹先垂下眼神。

「……這是為什麼呢？我一直在等待這個回答。一直認為只要能夠實現這一點，我的心願就能跟著實現。可是，如果旺季大人真的成為國王……我又會如何呢？會比現在還要幸福嗎？」

晏樹低語的語氣，就像是個被丟下的孩子。

在旺季想回答些什麼之前，晏樹就唐突且迅速起身離開倚靠的樹幹。手指無聲地抵上旺季的喉頭，他的手指冷冽如冰。很快地，晏樹臉上失去所有表情。

「……有時候啊，我也會這麼想。沒有了你，這個世界或許會變得很無趣，可是……如果沒有你的存在，我一定能更自由，更隨心所欲地活下去。無論束縛我的是什麼，我都無法原諒。所以有時候，我會無法克制地想要把你像紙屑一樣揉爛，然後丟進紙屑簍。我好想解放一切——讓一切全部結束。」

晏樹的手指，開始加重力道。旺季知道自己喉頭感受到的激烈壓迫並非兒戲。

就在旺季正反射性地挑起眉頭時，一道腳步聲打破周圍的寂靜。

「……惡作劇就到此為止，晏樹。快滾回工作崗位去，否則死的就是你。」

在孫陵王那深沉豐厚，比平日更低沉的聲音傳來之後，隨即飄來旺季熟悉的青煙。緊接著叼著菸管的孫陵王便現身走近了。他看似與平日無異，踩在落葉上的腳步卻是安靜無聲。明明人就在眼前，卻彷彿走在另一個世界。若是將剛才的晏樹比喻為一頭優美的野獸，那麼現在的孫陵王就是百獸之王。無論再危險的猛獸，姑且不論是一溜煙地逃開，還是不情願地退散，在他之前都要讓步三分。

晏樹絕對屬於後者。一見到孫陵王，他馬上露出心有不甘的神色。

孫陵王停下腳步，乍看之下雖然還相隔一段距離，卻確實將晏樹置於「射程範圍」內。確保這個出手絕不落空的位置之後，陵王「呼」地從口中吐出青煙，也像是對惡作劇的小鬼嘆口氣。不過現在的陵王卻不開玩笑。

「旺季已經放了夠多心思在你身上了吧。你也別再鬧了，快去做自己該做的事。我想你應該還沒笨到敢跟我作對。雖然我是隨時都很樂意陪你玩玩就是了。」

晏樹發出小孩惡作劇被逮到的嘆氣聲，這時的表情與動作已經完全恢復為平時的他了。

「……是是是。我知道了，我會好好工作啦。縹家的事也請不用擔心。我會要那邊收手，不會妨礙旺季大人的。反正棋子也增加了……不過，縹家那個腦袋有問題的老婆婆，也差不多快沒用處了。至少最後再讓他加把勁，為旺季大人派上用場吧。」

陵王挑起眉，什麼都沒有說。正確來說，應該是他不知該說什麼才好。一臉開心「打著鬼主意」的晏樹，就這麼搖曳著一頭長髮離開了。

陵王一邊望著晏樹身影消失的方向，一邊繼續吐著口中的青煙。視線卻不望向旺季。

「……喂，旺季。」

旺季似乎有些尷尬，想來他是察覺到自己的怒意了。沒錯，正確答案。

陵王以可比擬瞬間移動的速度靠近旺季，接著便不由分說地一拳落在他腦袋上。在那毫不容情的猛烈一擊之下，旺季幾乎以為從自己眼睛裡都要噴出火花了。話說回來，真沒想到自己都已年過五十了，還會有被人飽以老拳的一天。這麼一想，旺季也不禁怒從中來。

「我地位可是比你高耶，竟敢打我？要是把我腦漿打爆，提早去那個世界報到該怎麼辦？」

「少囉唆，你這笨蛋！明知道迅不在身邊保護自己，竟還敢如此掉以輕心。要是我沒趕過來的話，你才真的會去那個世界報到吧。你到底有沒有自覺啊？你死了我可是會很傷腦筋的！」

「我、我知道啊！」

「知道個屁！擅自就把迅送到縹家去！我已經不能像從前一樣，一天二十四小時都守在身邊保護你了。如果可以讓我不幹兵部尚書那還有可能！就是因為有迅保護你我才安心的，現在卻……」

「我能派去的就只有迅了啊。能達成這個任務的只有迅——只有現在了。」

陵王凝視著地上的落葉，再次開口。

「……剛才晏樹提到瑠花快沒用處了。你又說只有現在了——難道迅去縹家，就是為了那件事嗎？」

陵王沒有裝作沒聽見。旺季也默認了。這種時候為什麼就不能睜一隻眼閉一隻眼呢？

「……沒錯。」

「這樣啊。那我懂了……我明白了。」

陵王只說了這麼一句。取代那些沒有說出口的話，陵王丟下一句「我要抽菸」，就將新的菸草裝進菸管裡。而旺季也沒有像平常一樣說些要他禁菸的話。靜默之中只有打火石的聲音響起。

「……那就算了。不過呢，旺季，你……總有一天，會被晏樹殺掉的。」

不，不是總有一天，可以感覺到，那一天已經不遠了。

晏樹離開過旺季無數次，但每次都會回來。一方面說著討厭旺季，卻又為了旺季而工作。而且，不時表現出想要殺掉旺季的態度。陵王真是一點都搞不懂他。

「我將晏樹留在身邊，是有理由的。只不過，嗯……和你的想法不一樣。」

沉默之後開了口。美麗的耳環隨風搖晃著，發出清脆的叮鈴響聲。

「的確，如果換成皇毅，無論如何一定都不會背叛我，但晏樹不一樣。不過，如果哪一天他想殺我，那或許是……」

不知從何處，傳來鳥兒振翅的聲音。

突然刮起一道強風，將樹梢吹得猛烈搖擺。

被出其不意的一擾，陵王的注意力瞬間轉移到鳥和風上。那是一隻很大的白鳥。

雖然沒聽清楚旺季的話，但陵王也沒有再繼續追問。如果問了會高興倒還好，如果不是，聽了也只會不開心而已。旺季也沒有複述一遍。

遠處傳來衛兵的跫音，想來，一定是皇毅因為擔心而差遣過來的吧。

旺季的表情，已經從面對老友時的柔和，轉變為那平日屬於大官的表情。

有時陵王會不經意覺得，像這樣與旺季一同生活在這座城市，這件事只不過是誰夢中的一場夢境而已。

自己與旺季從戰爭中生存下來，並且活過了五十歲，這一點當時的兩人恐怕作夢也想不到。

「不知不覺，我們兩個都上了年紀呢。」

「……是啊。沒想到竟然活了這麼久。既然都要面對的話，不如面對一個更好的世界吧。飛燕過去做的那些事——究竟是不是徒勞無功，就快要揭曉了。」

一聽到飛燕這個名字，陵王不禁瞇起眼睛，凝視著旺季那看來有些疲倦的側臉。

連必須將最愛的獨生女從手中放開，也想要獲得的東西。

那不只是旺季，大家皆是才有今天。

比起所愛，眼中看的是更遙遠的未來。

……而這一切，也即將面臨結束。真能結束就好，陵王內心如此希望著。希望盡可能的，能在傷害最少的情形下結束。

「你提出自己要去紅州時，讓我聯想到在茶州時的小丫頭。你是不是被她給影響啦？要是當時御史臺那小丫頭在場的話，一定會第一個說出這種話吧。」

旺季沒有點頭，卻也沒有否認。

「真可惜啊。」陵王如此低語。

……待旺季與武官一同離開，陵王又暫時無所事事地留在原地。「呼」地噴出一口青煙，目光望向附近的一棵樹。就像陵王趕到旺季身邊來一樣，還有一個男人也打算前來保護旺季。只是晏樹與旺季都沒有察覺。

「……你就現身了吧?雖然你也相當出色，不過這種距離，我還在你之上。我聽迅說過關於你的事了，繼續隱藏身分也沒有意義……應該說，讓我當面向你道謝吧，紅邵可。」

絳攸今日也加緊腳步前往位於後宮一角的祥景殿。

祥景殿是御史臺用來軟禁百合的場所，即使在邵可接掌紅家宗主並表達對朝廷的順服之意後，葵皇毅也不打算釋放作為紅家人質的百合。而邵可和百合也決定暫時順其自然。目前絳攸雖然仍在自肅期間，但仍可藉由照顧義母的名義進出祥景殿。再加上靜蘭、蘇芳以及十三姬的協助，收集了不少朝廷中的情報。自從楸瑛前往縹家之後，絳攸更是幾乎每天都來到祥景殿，以這裡為根據地，專注於收集各種情報。

「啊——來了來了，絳攸大人。這是今天朝議的議事錄，我帶過來了！」

一進入熟悉的房間，就見到抬起頭來的蘇芳與靜蘭。看來今天最晚到達的人是絳攸自己。

「不好意思，你真的幫了大忙。那先讓我看看吧。」

監督議事過程也是御史臺的職務，身為御史的蘇芳自然能自由借閱議事錄。利用這一點，絳攸與靜蘭每天都能掌握議事的內容。快速瀏覽過今天的議事錄之後，果然一如預料，議事的進行幾乎都由旺季與孫陵王主導。

「怎麼搞的，好處全讓旺季大人和兵部尚書佔盡了嘛。還有鄭尚書令。是說，今天國王陛下特別糟耶，整場議事他只說了『都交給鄭尚書令決定』這句話而已吧？」

「……因為兵馬權已全部交給旺季大人了，這也是沒辦法的。國王也無能為力。在國王已直接將蝗災相關全部權力移交給旺季大人的情況之下，情況勢必會變成這樣。假設不是直接移交給旺季大人，例如先全權移交給悠舜大人，或許還有其他可能性……」

「怎麼一回事？啊，對喔。如果是那樣的話，就變成『旺季大人地位還在鄭尚書令之下』的局面了，對吧。」

如果是這樣的話，最終權限則掌握在悠舜手中，兵馬之權只是一時出借給旺季而已，不至於讓旺季奪走所有兵馬權。光是這一點，給人的印象就大不相同。

沒辦法。對人方面的進退交涉，靠得是經驗。但劉輝先是有一個幾乎沒有與人互動經驗的幼年時代，之後又一切都在絳攸的指示之下行事。

「紅家對蝗災也沒有解決辦法嗎？」

「……似乎是如此。百合義母也說了，只有拿蝗災沒辦法。過去紅州關於蝗災，都是由紅門首席姬家來提出對策……但我對姬家知道得也不甚詳盡。再說紅州上一次發生蝗災已是數十年前的事了，就連邵可大人他們都沒有經驗，只能依賴御史臺與旺季大人了。邵可大人對族人應該也是這麼指示的……就算這麼做，將會一口氣提高旺季大人的聲望。」

最後那句話，讓靜蘭深深皺起眉頭。絳攸的眼光突然停留在議事錄中的某一點之上。

「……慧茄大人死亡？碧州州牧代理人，是歐陽侍郎……指名的人還是悠舜大人？」

絳攸一邊思考著，一邊垂下眼睛，目光盯著歐陽玉的名字。

「……悠舜大人指名歐陽侍郎代理碧州州牧真是幫了大忙。要不這麼做，那人一定遲早會向陛下遞出辭呈，返回碧州。歐陽侍郎啊……蘇芳，關於碧家，上次另外拜託你的那件事，進行得如何？」

對於絳攸總會好好稱呼自己名字這件事，蘇芳還挺中意的。他將另外一副書簡攤開。

「是，大致上都調查了。正如你預料的，從夏天開始碧家系官員們開始有請辭的現象。雖然目前還只有幾個人而已。」

從這幾句話當中，靜蘭馬上察覺絳攸的用意，而將目光投向絳攸，口中低喃著「果然」。

「我請原本那些冗官夥伴讓我大概看了一下，果然從夏天開始，從碧本家那邊似乎就傳來要碧家官員們暫時退出朝廷的要求。只不過因為歐陽侍郎與碧家公子碧珀明都沒有行動，所以大部分官員們都還猶豫不決。話說回來，這是怎麼回事？有什麼不對勁嗎？」

「是啊。這很明顯不對勁，不管怎麼看都不對勁。」

靜蘭瞇起眼睛，從他臉上的表情可知，他一邊回應蘇芳，腦中一邊正思考著其他事。

「碧家就跟現在的呆呆你一樣喔——並不是一個聰明的家系。」

「你這傢伙，說話還真是一點都沒變！」

絳攸尷尬地移開目光，其實他心裡想的也和靜蘭一樣。

「我是很想說，他講得太過分了啦。不過，靜蘭說得沒錯。碧家對政事幾乎不關心，也不懂得玩弄政治手腕。然而，從國王評價開始低落的夏天開始，碧本家發出要一門官員辭官返鄉，這卻是很政治化的決策……這太不像碧家會做的事了。追根究柢，怎麼想都不覺得碧本家會如此勤於收集國王或朝廷的動向與情報，碧家也不處於這種官位啊。」

與技藝或典禮相關的官位，雖然幾乎由碧門獨占，但政事中樞的碧家官員卻只有歐陽侍郎和吏部的珀明而已。從夏天開始，絳攸就發現碧珀明的樣子不大對勁。想來應該是他們兩位也在那時收到了來自本家的返鄉命令吧。

「當然，我想歐陽侍郎一定也對此感到奇怪。發現了有可能『是誰將朝廷情報洩漏給碧本家』並在幕後操縱這一切。所以他寧可忤逆本家主君的命令也要繼續留在朝廷吧。」

「啊，我懂了。也就是說，和紅姓官員當時那件事是相同的模式？某人將情報洩漏給本家，要設計碧姓官員一口氣辭官返鄉對吧？當時的紅家很乾脆地全體拒絕上朝，結局是全都被解僱；現在的碧家則察覺不妥而還在觀望……這麼說來紅家人腦袋比較差喔？」

絳攸一時無以回應，覺得自己快被靜蘭那冰一般的視線在身上戳出洞來了。榛蘇芳這傢伙講話還真是不客氣，而且總是對準別人的痛腳踩下去。

「反正，無論如何，今天悠舜大人點名歐陽侍郎為碧州州牧，就這層意義上是幫了大忙……現在的狀況，能讓歐陽侍郎繼續留在朝廷，也只有碧州州牧這個職位留得住他了。」

要是今天歐陽侍郎提出辭呈，其他正在猶豫是否該辭官的碧姓官員，一定也會一口氣辭官返鄉。雖然朝廷中的碧姓官員多半負責的不是政事中樞的職位，但問題是那將呈現出一個「連碧家都棄王而去」的局勢。這件事萬一與紅家那件事發生在同一時期，對國王將會是一個相當大的打擊。為此絳攸打從內心感謝歐陽侍郎與碧珀明。

靜蘭一手托著下巴思考著。目前的局勢看來，簡直就像是暗示著要彩八家退出政壇。

「藍家、紅家，接著是碧家……而且時機還都相當巧妙……這隻狐狸真是絕頂聰明。」

「……靜蘭，我啊更擔心的是剩下的三家。不知道是巧合，還是出於算計……留下來的是令人棘手的三家。特別是黃家。從議事錄中也看得出來，最近黃尚書開口發言的次數減少許多。」

靜蘭望著絳攸的側臉……看來他終於恢復那人稱「朝廷第一才子」的優秀頭腦了。只要不牽扯到黎深，絳攸確實是一個頂尖的優秀人才。

「黃家與碧家不同，他們應該隨時都注意著朝廷的動向才是。黃家一族的情報網也是彩八家中數一數二的。現在這種狀況之下，他們卻如此反常安靜，倒令人更加在意。簡直就像一切都在他們預料之中似的。」

蘇芳歪著脖子露出不解的模樣。若說是武門的黑白二家暴動起來，情況的確會很糟。但為何反而擔心的是黃家呢？

「為什麼說這三家特別棘手啊？黑家與白家我還明白，但黃家不過就是商人頭子罷了呀？」

「……沒錯。可是別忘了黃家還有個特殊的別名，就像黑白二家被稱為『戰爭專家』一樣。」

黃州向來被視為商人之都，也是全國商業聯合工會的發祥地。雖與碧州並列為面積最小的州，但全州皆為絡繹不絕的商隊必經要衝，其經濟實力可媲美貴陽。聚集在黃州的商人們有高明的生意手腕，莫大的資金與人才都從他們手中流通運轉。而統籌這些商人的就是黃家。不過除此之外，黃家還有另外一面。

「——黃家的別名，就叫做『戰爭商人』。」

只要嗅出某地即將發生戰爭，就會帶著武器軍火現身該地的「戰爭商人」。這才是黃家一族真正的一面。

在戰爭當中，黃家更搖身一變成為情報商人。這樣的黃家，在目前的狀況之下始終保持沉默，代表的意義是什麼。

「說不定黃家在更早之前的階段，就已經不動聲色地與朝廷中的某人接觸過。」

蘇芳回御史臺繼續工作之後，靜蘭抱著手臂望向絳攸。

「……絳攸大人，剛才你說過鄭尚書令幫了大忙，但我想知道你對鄭尚書令的看法。」

絳攸閉起左眼，只打開右眼看著靜蘭。他知道在靜蘭所提防的「聰明狐狸」名冊裡，早已記上悠舜的名字。這也是無可厚非的事。絳攸只能慎重並且誠實回答。

「身為尚書令的工作表現，是非常完美的。這一點不容否認。」

「問題是他『為誰工作』。你難道認為他為的是國王嗎？」

「……這就是問題啊。從頭回想，的確有幾個地方不大對勁。」

絳攸撫摸著雕著「菖蒲」的玉珮。自己能代替國王做些什麼。

「我已經有考量了……等到適當的時機，我便會去找悠舜大人。」

●✻●✻●

「……孫陵王大人，聽說你年輕時，『同時以戩華王、司馬將軍及宋將軍三位為對手』，結果打成平手。這段過去我本來一直嗤之以鼻，一點都不相信，真是抱歉。誰會想到失蹤數十年的黑門孫家『劍聖』，竟會在這裡擔任文官呢？」

在陵王的催促之下，停頓了一瞬間之後，就像雪白的衣料沾染污漬漸漸擴散一般，從樹叢處緩慢無聲地顯現出人的氣息。陵王似乎對那人最後那句話感到相當厭惡似地別過頭去。

「啥？什麼『劍聖』啊？我只是普通的一般庶民罷了。和黑門孫姓毫無瓜葛。」

「普通的一般庶民，怎麼可能察覺我隱藏住的氣息。我本來還想悄悄回去呢。」

陵王目不轉睛地盯著從樹叢處現身的邵可。他就是當代「黑狼」。雖有所聽聞，但親眼見到時還是不免吃驚。畢竟對他的印象，只是那個在府庫中漫不經心的邵可。

（……本來還覺得，皇毅和晏樹要是也能像他這麼漫不經心，旺季一定會輕鬆多了……）

看來他們這個世代，都不只是個性獨特而已。深藏不露，個性彆扭的傢伙還真不少……或許是因為生於時代夾縫之中的緣故。潮起潮落之時，總會出現許多不需要看見的東西，即使不想看見，仍毫不留情地出現在他們眼前。他們就是屬於這麼一個世代。陵王已經是個大人了，但邵可或晏樹，卻還是個孩子。完全不同。

「我們在這裡見面的事，彼此全忘了吧。這是約定，紅家宗主大人……你為什麼會來到這裡？」

「……和你一樣，孫尚書。我有些擔心旺季大人，於是前來找他。」

邵可臉上帶著複雜的表情，望著旺季離去的方向。簡直就像是透過旺季，想起記憶中的某人。

陵王心想，這麼說起來，似乎從未見過邵可與旺季面對面交談。旺季身邊總是有隨扈跟著，府庫的管理人根本沒有機會接近。就算想和他說話，也只能遠遠望著他。不過若身分已是紅家宗主，那又另當別論。

「現在應該不像了吧？旺季的姊姊是個美人嘛。別看他現在這副德性，當年旺季還二十幾歲的時候，倒有幾分相似——喂，紅邵可。你為什麼願意對那個小少爺臣服？」

邵可猛然轉頭望向孫陵王。

「我將紅一家的家徽與忠誠獻給劉輝陛下，你不滿意？」

「與其說是不滿，單純只是覺得不可思議。你應該也發現了吧？那個小少爺，根本『還稱不上是個國王』——我倒想反過來問你，為什麼你不跟隨旺季呢？」

把在這裡見面的事「全都」忘了吧。既然陵王這麼說了，邵可也打算這麼做。

「……是啊，老實說，我並不是『先考慮過』劉輝陛下適不適合勝任國王，然後才決定臣服於他。這說起來應該是我們紅家人的脾氣吧。我之所以臣服於劉輝陛下，是因為我想這麼做。我們紅家人不輕易臣服於人，正因為難得這麼做，所以沒必要去考慮其中的利害關係。對紅家一族來說，愛情與忠誠是一樣的東西。在考慮國王的資質等等之前，只要認定這個人是我必須守護的，憑這一點劉輝陛下就有值得我追隨的『價值』。」

孫陵王露出驚訝的表情，反覆地望向邵可。原來如此，紅家一族那直到剛才對孫陵王而言都有如謎樣般難以理解的行動，現在似乎終於有點明白了。陵王饒富趣味地笑了。

「……唔？那還真是有風骨。我不討厭這樣。特別是不考慮利害關係那部分。只是我想問你，所謂的守護，嚴格說起來是什麼？對你而言劉輝是否具備當一個國王的資質真的一點都不重要嗎？就算他是個昏君，你也要為他守住王位直到最後一刻？你要守護的是王位還是劉輝呢？」

陵王尖銳的質問，毫不留情直指問題核心。他問得這麼漂亮，雖然邵可不是不能含混回應，但想了一會，他還是決定說出真正的想法。邵可很明白今後旺季與陵王「想做到什麼地步」，相信對方也一樣，現在只是彼此都說出來而已。

「……我想守護的是劉輝陛下喔。至少，目前是如此。」

「目前？」

「或許旺季大人能夠成為一個更好的國王吧。這一點我認同。他既有人望又有經驗，同時志向遠大，也總是為這個國家著想。他看到劉輝陛下，會覺得無法忍受，也是無可厚非。如果是現在的話，損害也可以控制在最低程度，這我也明白。然而我直到最後一刻都會站在劉輝那邊，但我想守護的是他本人，而非他的王位。不過——」

邵可稍微傾斜著頭，用謎樣的眼神凝視著陵王。就像是初次想要掌握自己內心未曾釐清的模糊想法，結果仍無法成形。那只是一種感覺，深藏在比潛意識更深層的地方。而現在或許是邵可第一次嘗試將它敘述出來。

「……不過，我認為若劉輝陛下欠缺的部分能夠獲得補強，那麼屆時劉輝陛下就會是個比旺季大人更適任的國王……當然，那一天是否來得及來臨，就另當別論了。」

孫陵王的眼神嚴峻了起來，甚至帶著一抹殺意。

「……喔?你是說那個少爺會比旺季更適合當個國王?哪裡適合，你說啊!」

「不，若問我是哪裡，現在還不是時候，我也無法告訴你啊。只是我有這樣的感覺而已。」

「你這混帳，真是滿嘴渾話。有意思，我中意你，做我們的夥伴吧!」

「啥?你這人才真是不按牌理出牌吧!我都說不可能了!」

亂七八糟，然而卻又如此直率。雖然彼此站在敵對的立場，卻互有好感。這也難怪不分貴族派或國試派，不論文官武官，會有這麼多人敬重孫陵王。

「哼，你這傢伙，要是晏樹現在在場，你早就不由分說地被他給宰了。」

「跟你比我不敢說，倘若對手是凌晏樹大人，我倒是有自信比他強，不勞操心。」

「——好，那我就放心了。你好好守護你的國王吧。就像你剛才擔心旺季而飛奔前來一樣，我們也不想殺那個少爺國王。一如你擔心的，現在旺季要是死了，事情將不可收拾，國家又會陷入戰亂之中。現在全國各地都有仰慕旺季而欲追隨他的人，這些人也慢慢開始在各地身居要職。旺季若是出事，那可不是開玩笑的。然而我們本意並非掀起戰爭，而是要他『讓位』。在那之前，你就好好保護那位少爺吧。」

斬釘截鐵。

邵可瞇細的雙眼之中，帶著不安定的氣息，但終究是睜開了。

「……你說出來了。」

「是啊。話是我說的，不是旺季，這點你可別忘了。」

陵王以行雲流水般的優雅姿態翻轉菸管，將菸灰敲落在地。

「……我呢，一直想親眼看看旺季建立起的國度。眼前彷彿可以鮮明地看見，那會是怎樣的一個國家。而你呢？你想親眼看看劉輝的國度嗎？能夠想像那會是何種模樣？」

「──」

邵可無話可說。在這最重要的時刻，這就是答案。陵王微笑了。

「我們有給他時間，不是嗎？然而是那位少爺將大部分時間浪費在自己身上，令所有對他的期待落空。蝗災一事不過是冰山一角，今後一定會有更多這樣的事情發生。那個少爺他能有決心清算這些過去種下的惡因，然後打造出比旺季所能建立的更好的國家嗎？我話先說清楚，再像上次逃到藍州那樣，一遇到痛苦就逃避的話──將自取滅亡。」

在邵可開口說些什麼之前，陵王的表情又轉為溫和。

「……我打從內心感謝你前來保護旺季。對手之中有像你這樣的人，真是太好了。」

語氣雖然溫和，內容卻結束得唐突。看他的樣子，是不打算繼續說下去了。

兩人內心都已明白。

已經延到不能再延，這短暫的——且表面的和平，終將面臨結束。

……很快的一個結束，或是一個開始，就要揭開序幕。

「呀——！為什麼他們這麼難纏啊！」

秀麗一邊大喊大叫，一邊使盡全力在走廊上狂奔。只見跑在她身邊的小璃櫻輕聲說道：

「……別這麼邊跑邊叫，只會更累而已。就算不說話，體溫都會被冰雪奪走了。」

「你也不必這麼冷靜指摘吧！你不覺得大家一起無言的奔跑很奇怪嗎？」

「為什麼？這是最合理的方式啊。」

「好像被處罰一樣啊。而且後面還有追兵。不吶喊一下，心情簡直就像被真正的牛頭馬面追趕著，感覺好像就要被帶入地獄啦。話說回來啊！璃櫻，你不是說『快到了』嗎？都已經中午了耶。這是怎麼一回事？」

「從早晨到中午，這已經算『快』了啊……真是的，都市人就是這樣難溝通……」

瞄了一眼氣喘吁吁的秀麗，璃櫻又往後看了一眼。只見迅又打昏了一個「暗殺傀儡」。多虧了迅的護衛，璃櫻和秀麗才能這麼一邊逃跑還能一邊交談。「暗殺傀儡」可是一個人就能殲滅一個小隊的縹本家精銳部隊，但迅打倒他們就像打倒小孩子那般簡單。由於迅依照約定沒有取他們性命，只是打昏後綁起來，所以只要夥伴去解開繩索，又能再次追趕過來。導致目前追趕過來的「暗殺傀儡」

人數還是不見減少。

即使如此，迅和秀麗卻依舊沒有怨言。對於這一點，璃櫻打從內心感謝。

「就算我不是都市人，我們已經從早上開始就一直跑跑跑，跑到中午都還沒到，這樣哪是『快到了』？累死了，累死了啦！超沒力，嗚，回去之後一定要葵長官付特別勞動補助費給我。不然這實在太過勞，太不划算啦！」

……這，其他可以抱怨的事情還更多吧？

「不是一直都有找時間休息嗎？不過，總覺得妳的性格變了。」

「我只是恢復為認識璃櫻之前的那個我而已。我決定不再繼續忍耐了。抱歉喔，其實我本來就是這種性格。」

「……不，我覺得這樣的妳比較好。」

璃櫻所知道的秀麗，看起來總是在忍耐。雖然不輕易抱怨示弱是很堅強，但有時也會令人擔心，想要對她說「偶爾也依賴別人沒關係」。雖然不知道是怎麼一回事，不過看情形，秀麗似乎已經在心中把什麼放下了。

（……應該是從她和父親大人見過面之後吧……明明被說了那麼過分的話，為什麼反而……真是個謎。）

同時，父親在面對秀麗時，也並未出現璃櫻原本擔心的反應。雖然只是一點點，但父親心中，似乎也有什麼改變了。

（父親大人……因為「薔薇公主」的緣故，心境也產生了變化呢……真是個單純易懂的人……）

如果花上十年時間能讓他產生一點改變，那麼只要再等十年，或許又會有另外一番改變。這麼一想，突然覺得滑稽了起來。關於父親的一切，只能把他想成一隻烏龜，什麼都得耐心慢慢來才行。幸好小璃櫻這一生剩下的光陰，和父親所剩的差不多。還有很長的一段歲月可以期待。

回過神來，發現秀麗不在身邊。轉身一看，只見她滿頭大汗站著不動，兩手壓著膝蓋氣喘吁吁。這也難怪，那麼一大段路都邊跑邊說話是很累人的。璃櫻一面走回秀麗身邊一面往後看，追兵似乎全被迅擋下了，看來暫時休息一下也無妨。

「誰叫妳要邊跑邊大喊大叫。休息一下吧。」

「……璃櫻……將來，或許連藍將軍都不是你的對手……」

「什麼？那傢伙只是外表看起來弱而已啦，他比妳認為的強很多喔。要我跟他比太難了。」

「不，不是那個意思……算了，先不提這個。怎麼辦？要是到了大圖書殿，那些人還跟著過來搗亂，我們就沒辦法好好查閱書籍了。」

瞬間，璃櫻漆黑的眼眸中，消失了感情。

「……如果他們真這麼做了，就代表他們已經不是縹家人了。」

「璃櫻？」

「姑媽大人她……雖然是個不好相處的人，但在學問相關方面，卻是一個很了不起的人。在縹家，無論男女都能夠『讀書』，這是一件稀鬆平常的事。當我在『外面』遇見像朱鸞那樣連自己名字都不會寫的人時，著實嚇了一跳。在這裡不分男女，無論身分高低，只要前往大圖書殿，人人都能隨心所欲地讀自己喜歡的書，隨時都能學習。以前的我，不知道原來只有縹家才這麼做。」

漣也好，璃櫻也好，都是這樣排遣寂寞的。而他也一直以為這是理所當然的事。

秀麗睜大了驚訝的眼睛。終於知道，為什麼璃櫻會擁有如此豐富的知識了。

「……璃櫻，這真是件了不起的事耶。太令人難以想像了……瑠花大人她……」

「沒錯。我曾聽羽羽說過，姑媽大人將門戶全部開放，迎來『外面』的學者和知識，收集了許多因戰爭而散佚的珍貴書籍。」

盡可能地學習更多的知識，去思考，然後前往「外面」的世界，去幫助更多需要幫助的人——姑媽她是這麼說的。

這是一句多麼有價值的話，璃櫻一直到去了「外面」，才深深感受到。

「要是他們敢在裡面喧嘩打鬧，我絕對不會原諒。他們應該也心知肚明，做出那種事就等於失去縹家人的資格，也就是與姑媽大人為敵。只要他們不追進殿中，那不管現在聽命於誰，都還勉強屬於姑媽大人的下屬。我就是以這一點來作為判斷的依據。」

「原來如此。」

從後方趕上兩人的迅這麼說。聲音聽起來似乎覺得很有趣。

迅追上來之後，漸漸地就變成走走停停，邊休息邊趕路的方式。許久不曾如此用盡全力奔跑的秀麗，早已雙膝發軟，汗水淋漓，披頭散髮。室外依然下著雪，不一會身體又冷了起來。

於是迅背起秀麗，與璃櫻並排走在迴廊上。秀麗一開始還婉拒了三次左右，但現在也覺得輕鬆便豁出去了。要是勉強自己走到大殿，卻沒體力調查，那就什麼都別提了。

「不過璃櫻，那大圖書殿到底在哪裡啊？不是很大嗎？」

「我們早就已經在大圖書殿的範圍地區內了喔。」

聞言，迅與秀麗不禁都為之瞠目……有沒有搞錯？

的確不知從何時起，放眼望去都已是構造相似的迴廊建築，三人在璃櫻的指示之下左拐右轉地走著，已經通過十座以上的廣大宮殿了。大約經過第三座宮殿之後，若沒有璃櫻的指示，大概就走不回原本的地方了吧。現在左手邊是一大片廣闊如森林的庭院，迴廊右手邊則羅列著一排等間隔的門扉。話雖如此，這條迴廊的寬度就有貴陽的大馬路那麼寬，所謂的「右手邊等間隔的門扉」距離相當遠，隔著迴廊遠遠眺望，就算有些門打開，望向裡面也只見一片漆黑，什麼都看不到。本來以為是客房，如今想來，以客房來說未免太昏暗了。

「……難道……？」

「從那些門進去，裡面都是書。我們從剛才到現在通過的宮殿，全都是書庫。你們不用擔心，我們早已踏入學術研究區域之中。總而言之，你們所看到的這數十個屋頂之下的空間，全都屬於大圖書殿。」

「騙人的吧？」

「你唬我的吧？我找了那麼久都……」

迅露出難得一見的驚訝神情。璃櫻知道他是真的感到吃驚，便嘻嘻一笑。

「……嗯，你是不是想說，找了那麼久，卻怎麼找都找不到？」

「……正是如此。」

「你真傻。想來這裡，和我說一聲不就好了嗎？雖然我說過，這裡無論誰都能自由出入，但想進入本區域，還是需要獲得許可才行。特別是『外面』的人。萬一珍貴書籍被帶出去就不好了。你們『外面』不也是如此嗎？從一個城市進入另一個城市時，都得在通過關塞時拿出通行證明。畢竟誰都不希望可疑人物偷偷混進去吧，道理是一樣的。還有，你自己或許以為已經找遍許多地方，但其實只是在同樣的地點團團轉而已。現在因為和我在一起，所以不用擔心。」

迅一臉慚愧地撇撇嘴。

「真是白費功夫……這是否就像進入九彩江時會迷失方向一樣的道理？」

「差不多就是那樣吧。我曾聽過，說穿了一開始其實只是很單純的障眼法。不過從初代開始，便由歷代大巫女或術者們重複加強法術，到了今天，雖然原理還是單純，卻已經成為誰都無法輕易突破的強力法術了。」

「……那麼璃櫻，我們為何還在前進呢？」

「我們想調查的是與蝗災相關的知識對吧？那些存放在更前方的宮殿裡。不過，也快到了啦。」

迅和秀麗的表情都有點扭曲。因為再也沒有任何一句話比璃櫻的「快到了」更不能相信。

似乎沒完沒了地，在璃櫻的指示之下，繼續通過無盡的迴廊，終於在中午前，璃櫻推開一扇門進入其中。

跟在後面的秀麗與迅也飛奔進去。接著，三人都暫停了一會等待著。

不過，就在他們進入室內之後，「暗殺傀儡」就不再追來了。璃櫻將手放在額頭上思考著。

（……嗯？他們竟不跟著進來？看來他們雖然違逆姑媽大人的「命令」，卻也不是「易主」是嗎？這麼說來……）

感覺到迅的視線，璃櫻決定暫且不想。總覺得，內心的想法會被他全部看穿。

「……嗚哇……」

只聽見秀麗傻愣愣地發出驚呼。

回頭一看，秀麗一臉靈魂出竅似的表情，臉上寫滿了絕望。

「妳怎麼啦？不是很喜歡看書嗎？紅秀麗妳父親還曾管理過府庫呢。」

「……我是很喜歡書，沒錯……可是，這數量也太龐大了吧？光是這座宮裡，就可以裝下整個府庫的藏書耶!等、等一下，你的意思是，我們得從這裡面找出整治蝗災的線索?就靠我們三個人?」

司馬迅也露出前所未有，不知所措的表情，上下左右轉動脖子打量四面八方，最後無言地摸摸自己的後頸。名副其實地啞口無言。

「不，還不只這裡。地下樓層裡有更多藏書，我們得從那裡開始。」

迅和秀麗的表情瞬間僵硬。兩人目光同時不自然地望向地面。

「……地、地下樓層，你是說，在這下面還有……?」

「是啊。地下樓層才是最早的隱者之塔。歷史悠久的藏書幾乎都在地下樓層。像是竹簡、木簡、羊皮書卷等等，因為比較佔空間，所以……已經數十年沒有發生過蝗災了，所以我想相關資料也應該在下面才是。啊，有目錄可以查，我們先去確認吧，走吧。」

秀麗與迅踱著步子跟在璃櫻身後走去。

「說什麼有目錄……不是這個問題吧……」

「要是等我們找到了，蝗災也平息了，那就好笑了……」

兩人在心中嘀咕著，搞不好要花上百年才找得到呢。

追上璃櫻之後，只見他正露出奇異的困惑表情。

「怎麼了嗎，璃櫻?啊，難、難道，沒有嗎?」

「……不，有是有。可是，明明已經數十年未曾發生過蝗災，我卻有印象讀過幾本關於蝗災的書籍。現在想想，未免太奇怪了。因為這就表示，那些書並非一直被埋藏在這地下樓層，十幾年來未曾被翻閱；而是或許有誰在我之前也調閱了這些書籍。雖然我書讀得很雜，不過有個毛病，就是偶爾會去翻看目錄，找出別人登記借閱過的書來讀。可不是因為我對蝗蟲有興趣喔。」

秀麗和迅聽了這句話，表情才放鬆下來。

「聽了你這麼說，我終於安心了呢。璃櫻，否則還真擔心你怎麼都讀些奇怪的書。」

「我也是。心想你明明就還是個孩子，怎麼會知道蝗災的事情呢。原來你也只是個一般小孩嘛，這我就放心了。想想楸瑛那傢伙，十歲的時候還只會追在女孩子屁股後面跑呢。真是天壤之別哪。」

「……你們到底把我想成怎樣的人啊……」

雖然有個奇怪的父親，但璃櫻一直以來都認為自己算是個滿普通的小孩子，現在不禁受到相當大的打擊。不，話說回來拿來比較的基準就已經有問題了吧。

「聽我說下去！然後，我剛查了一下，果然大約在十年前，就有人針對蝗災一一借閱了相關書籍。如果十年前被借閱過，要找出來難度就減低許多。運氣好的話，說不定那些書還統一放在一起……不過，為什麼那個人在十年前要針對蝗災挖出這些相關書籍來閱讀呢……？」

「查不出借閱者是誰嗎？啊，目錄上只有日期……」

「如果是『外面』的人，必須寫上借閱者姓名；所以不是外來者，而是縹家的人……」

總覺得有什麼卡在心頭。當然也可能單純只是十年前，縹家人中有誰突然對蝗災產生興趣而

已。然而，璃櫻卻不可思議地覺得，彷彿那人早已預知他們十年後會來調查，而在這裡等著似的。

「總之，我們先查看一下目錄吧。」

這麼說著，秀麗開始默默翻閱起目錄——一看之下不禁冒出一身冷汗。光是以「蝗」字開頭的項目就有數十種之多。要是以「飛蝗」開頭的一併查下去，恐怕數目更多了；加上「天災」、「蟲害」等關鍵字，應該可以查出更多筆。而且從這裡收藏的書籍數量看來，絕對還有些目錄上沒有記錄的書籍。

（呃，若要一一確認書籍內容，三人分工合作也得花上相當長的日數才能完成……再說……有一半的書籍是以古文寫成……不會吧……我根本連看都看不懂！）

璃櫻翻著目錄似乎在找尋著什麼，過一會便見他皺起眉頭。

「事到如今，鑽研《蝗災的歷史》這類書籍也沒有意義……那樣只是浪費時間而已……那本到底是什麼書呢？如果是植物相關的書籍，恐怕更耗時……」

「嗚嗚，我好想哭喔。你說的『那本書』，是什麼呢？」

「……如果我記得沒錯，我曾讀過一本書上寫著『這就是蝗災的特效藥』的內容……應該有讀過吧……？當時我的確還想過，如果那是真的，即使像我這樣『無能』的人或許也辦得到。所以我才會說出那些激我父親的話。一方面也是想確認書上寫的是否為真。」

「蝗災的特效藥？」

秀麗意外得下巴都要掉了。

面對蝗災時人類根本束手無策，這在「外面」是常識。一般的認知都是一旦蝗災發生，就無可救藥，只能靜待災害平息。

——可是，璃櫻的話聽來卻像是如果在縹家的話，似乎仍有對策。

「那、那就是了！真不愧是縹家！既然如此，徹夜不睡我都要找出來！就算要查幾萬本書我都願意。你還記得其他還有什麼嗎？像是，剛才提到的植物什麼的。」

「……我想應該是……某種樹。原產地在南方的樹……不過，原本的用途不在對付蝗蟲，而是用於其他地方……？不行，我只記得這麼多了……想不出其他的……」

「……是南栴檀。」

璃櫻與秀麗朝迅望去。迅於是再重複了一次。

「南栴檀，藍州都是這麼稱呼那種樹的。以除魔的功效聞名，原產地就是藍州。」

璃櫻越聽眼睛睜得越大。迅一提起，璃櫻就想起來了，真是不可思議。

「……就是那個。沒錯……雖然是栴檀科的植物，但只有藍州以南才見得到這種品種……」

秀麗、璃櫻和迅三人面面相覷。迅的老家乃是藍家首席司馬家。他也出生成長於藍州——

「咦，欸，那麼……璃櫻你剛才提到的南方……就是藍州？」

「沒錯。藍州雖然少見蝗災，卻因為多雨高溫，蟲害相當多，尤屬蚊類更是窮凶極惡。藍州的蚊子不僅比起貴陽大許多，一個不小心，遭蚊子叮咬還有可能一命嗚呼。此外還有許多不友善的害蟲。不過，只要家中種植這種南栴檀，蚊蟲就完全不敢靠近。還可以拿葉子或樹皮、樹根煮來使用，只種植在家中也很有效。可以說是萬能。當作草藥煎來服用可以治百病——這是真的——煮汁灑過的地方無論多頑強的害蟲都不會靠近——是除蟲防蟲的最強效萬能靈藥。所以從古早時代這種樹在藍州就以除魔神木而聞名。說是除魔，其實就是除蟲啦。」

「除蟲……蟲——這麼說來，也包括飛蝗？」

「……或許吧。藍州幾乎不曾發生過蝗災，除了氣候與地形的緣故之外，或許也和到處種植了南栴檀有關。藍州雖然也栽植稻米，但不管是稻蝗或飛蝗、葉蟬等，發生程度都比其他州輕微……自古以來在藍州，進行農作業前一定會先煮南栴檀後到處灑遍煮汁，為的就是防蟲。而且南栴檀雖然能驅蟲，對人體卻完全沒有影響，可以說是超完美到不可能的萬靈丹……所以也被稱為天恩樹。」

「……請等一下，迅，這些事——你早就已經知道了嗎？」

迅輕輕放下目錄，瞇起他的獨眼。

「是啊，我早就知道了……沒辦法，我就再掀一張底牌吧，時間寶貴。」

秀麗緊咬雙唇。果真如楸瑛所說，不到最後一刻迅是不會掀開底牌的。不，他手上究竟還藏有多少王牌，到現在秀麗都還推測不出。而且逼使他不得不掀牌的，並非秀麗也非璃櫻，而是緊迫的時間。他真是個與外表不同的軍師型人物。

「——我想璃櫻讀過的那些書籍內容，應該沒有我所不知道的。我想知道的是『現在』的情報。我想找的是在那之後的這十幾年來，縹家累積研究的最新蝗災相關情報。」

「十幾年……？」

剛才目錄中顯示與蝗災相關的書籍被集中借閱的時間，正是十幾年前。

「難道，那些書是你來借的嗎——不，可是……」

秀麗在藍州時曾調查過司馬迅，她想起當時的身家調查書，搖搖頭說：

「十幾年前，迅還……『司馬迅』還在藍州過著無憂無慮的生活吧。」

「是啊，來借那些書的人不是我。不過，我卻知道那人是誰。雖然沒見過面只知道名字。我會對蝗災知之甚詳，也是拜那人所賜。因為那個人在十幾年前，在這縹家之中——我想多半就是在我們目前所在的這個場所，一一調閱與蝗災相關的書籍，並將調查所得的情報，寫成幾百封書信寄給了某人。而那些情報如今仍被妥善保管在『外面』，我也因此得以拜讀那數量龐大的書信。所以我想，沒有必要找出璃櫻過去讀過的那幾本書了。」

璃櫻感到困惑。能借閱那些書的人，毫無疑問一定是縹家一族、是縹家的人。

十幾年前，縹家之中的誰，將蝗災相關的詳情往「外面」寄送？

「這是怎麼回事……是誰，又是為了什麼？」

迅本已打算要說，但又似乎猶豫了起來。最終還是開了口：

「……這也只是我聽來的喔……？十幾年前，曾有一個時期，出現了蝗災可能發生的各種條件。即歉收與無數次的小旱災。現在我們已經明白那是適合蝗蟲大量產卵的季節條件，但當時的人們還不是那麼清楚。只不過，當時的御史大夫從史書當中得知，當這樣的氣候持續出現時，就是蝗災容易發生的徵兆。不走運的是，那時正逢皇子之爭展開初期，中央也是一片動亂。」

秀麗也有了反應……那是一段想忘也忘不掉的記憶。確實，那個時期農作物持續歉收。

「藍家既不在中央，第二皇子又遭到流放之罪。戩華王撒手人寰，皇子們兄弟鬩牆。在這樣的條件之下，如果又發生蝗災……那真是最糟的事態。後果將不只是人口減半而已。」

秀麗聽得心驚膽戰。當時已經是陷入饑饉狀態了，萬一全國各地又發生蝗災的話——

或許，就連現在站在這裡的秀麗也不存在了。

（當時，蝗災的徵兆——？）

一直以來，秀麗都認為那令人連眼淚都乾涸的數年，是皇子與官吏的紛爭導致的。居上位者誰也不肯對人民伸出援手。至今秀麗還是這麼認為，也因此後來對於清雅他們那些「貴族」才會如此不滿。毫無疑問，那是人生中最糟糕的幾年了。然而……卻還不是最惡劣的。原本有可能演變成比那更嚴重的狀況嗎？然而有某個人，阻止了蝗災的發生，避免事態朝更壞的方向發展。這是迅想表達的意思嗎？那是秀麗至今想都沒想過的可能性——沒想到，還有可能出現比當時更糟的狀況。

背脊……一陣顫抖，連下巴也跟著輕微發抖著。迅的聲音，聽來像是從遠方傳來一樣。

「當時的御史大夫，和縹家有某種聯繫。他判斷，想要阻止蝗災發生，或許唯有精通災害防治與學術研究的縹家才有辦法。就和現在我們來到這裡的理由一致。於是在縹家接到聯絡的那個人，馬上來到這裡，借閱了山一般高的書籍，並將調查出的結果，分成數百封書信不斷寄給他。我是這麼聽說的。」

來自璃櫻漆黑眼瞳的目光，筆直朝迅射去。

「那個人，應該不是姑媽大人吧？也不是父親大人。為什麼，你不告訴我們那個人的名字呢？」

「……怎麼，你想知道嗎？是誰不都一樣嗎？」

「我想知道你『說不出口』的理由。為什麼不能告訴我們那人的名字？因為和我有關，所以你難以啟齒，不是嗎……？你最初來此時曾說過，你是『受了某處的某人命令』前來的對吧。是那個某人不准你說嗎？」

迅粗魯地搔搔頭。

「……璃櫻，你知道自己的母親，叫什麼名字嗎？」

璃櫻與秀麗都因這突如其來的質問而瞪大了雙眼。

「……我的母親？為什麼突然問這個？」

「你聽我說。打從我來到此地，與你相識這段時間雖然還不算長，但我做了一番觀察。我想你應該完全不清楚自己母親的事，沒錯吧？不知道她來自何方，甚至連名字都不曉得。搞不好，你還曾懷疑過自己的生母或許是瑠花，所以周遭人才都忌憚著不敢對你說——是不是？」

璃櫻有些狼狽——因為被迅給說中了。特別是同為「無能」的族人之間，這一直是因嫉妒而產生的耳語傳言。此外璃櫻也知道自己的父親眼中除了「薔薇公主」之外，容不下其他女人。然而，「薔薇公主」早在二十年前就已經逃亡，在那十年後才誕生的璃櫻不可能是她的孩子。怎麼算都不可能。瑠花對親生弟弟縹璃櫻懷抱異常的執著情感，這也是事實。

自己究竟是「誰」的孩子，沒有人告訴過自己，璃櫻自己也無法問出口。大業年間的縹家，為了維持異能而頻繁進行血緣親族之間的通婚，這件事璃櫻也多少察覺過。萬一自己問出口，而答案真是如此，那還不如打從一開始就不要問比較好。

「對方只告訴我，只要你沒問我就不必主動說了。不過，要是你擅自誤會了什麼，導致自己的人生不成樣子，我一定會感到後悔。如果你想知道的話，我就告訴你。你自己決定吧。你已經不是小孩子了，腦袋又這麼聰明。為什麼明明剛才是蝗災的話題，我卻提出這一點，相信你隱約已經猜到了吧。那也是我無法擅自告訴你的原因之一。」

璃櫻恍惚地看著目錄上的日期。十幾年前。對於這個年數，璃櫻又察覺了一項事實。

那或許是發生在皇子之爭前後的年份，但同時——

也幾乎是璃櫻出生的年份。

回過神來時，已經說出口了：

「……在這裡調查蝗災相關情報，並寄送給當時御史大夫的人，是我的母親嗎？」

這句話，就代表璃櫻選擇了「要知道」。迅也很快地在一頓之後，點了點頭。

「……沒錯。你的母親，在十幾年前——正確來說究竟是什麼時候我也不知道。但是正當皇子之爭如火如荼展開時，與此同時從『外面』下嫁給縹璃櫻，成為他的妻子。我聽說就是這樣。」

「從『外面』？她是『外面』的女人嗎？不是縹家一族的女人？」

「瑠花對弟弟的感情縹家人盡皆知，在這裡有哪個女人敢搶走瑠花的弟弟呢？那位姑娘，從『外面』下嫁給璃櫻，才成為縹家人。她的父親，就是當時的御史大夫。」

璃櫻不禁瞠目結舌。縹家是如此封閉的一族，就連外人來訪都很少獲得許可。但如果不進入這裡，就無法閱讀那許多研究資料與知識。

「……喂，不會吧。當時的御史大夫，該不會只為了獲得縹家的蝗災情報，就把自己的女兒送到我那不像話的父親以及鬼一般的姑媽身邊吧？」

「這點我就不得而知。不過就算如此我也不意外，的確『很像』那個人會做的事。」

「開什麼玩笑——」

「沒有人跟你開玩笑。你這傢伙還不懂嗎？拜你母親所賜，阻止了可能發生的蝗災。你的母親下嫁此地，調查出所有與蝗災相關的情報，寫下來寄送給朝廷。災害發生後才補救，那是最低等的下策；但在發生前預防，卻是上上之策。你的母親辦到了。聽好了，那本來『應該是縹家的工作』。我不清楚她是否為此而下嫁縹家，但明知將會嫁給永遠不可能正眼看自己一眼的男人為妻，也要成為縹家人——你的母親，代替縹家人完成縹家的工作。比起連父親都無法說服，也還無法獲得瑠花接見的你，要強太多了。」

「——！」

正如他所言。

璃櫻一句話都無法反駁。他說的完全正確。

「……我母親……叫什麼名字？」

迅快速地瞥了秀麗一眼。不過看來，秀麗也已經發現了，於是迅只好嘆一口氣，直接說出那個名字：

「——旺飛燕。她就是當時的御史大夫，當今門下省長官——旺季的獨生女。」

「……什麼？」

漫長的沉默之後，璃櫻從鼻子中發出嗤笑聲。

「你別胡說八道了。難道你想說，旺季大人是我的親生外祖父嗎？」

「沒錯，事實上他就是你的外公。他就是當時的御史大夫，你別再逃避現實了。」

「胡說八道！那個人，怎麼會是我的外祖父？旺季……大人……他今年，多大歲數？」

「歲數？……五十到六十之間吧？」

「所以我說別開玩笑了。我父親已經超過八十歲了耶，為什麼外祖父還比父親年輕三十歲啊！這太奇怪了吧！而且我出生於十年前，這事深入一想也很怪。這一切都太奇怪了！」

最可悲的是，與其接受這個事實，還不如告訴自己瑠花才是生母比較有真實感。

只看外表的話當然不覺得怪，但一提到年紀，迅也不禁覺得的確很怪。

「不過，這就是事實。別的不說，你本身就是個活生生的證據。你真的很像他。」

「什麼？像誰？」

「旺季大人啊。無論是想法還是有話直說的個性，腦袋好但表達能力卻稍嫌不足，這些地方都像極了旺季大人。你的外表的確和你父親一模一樣，但說到內在就毫無疑問地像你外公了。」

璃櫻想起旺季總是那麼嚴格，對還是孩子的璃櫻從不客氣，該斥責時便斥責。可是，不可思議的是，璃櫻從不覺得厭惡。相反地，知道他將自己當成一個大人來看待，璃櫻便感到欣喜。

（……那個人是我的外祖父？）

旺季從一開始就知道嗎？羽羽爺呢？

紫門旺家。不，可是，的確那個家族──

「璃櫻，不好意思，陳年舊事只能就此打住。我剛才也說了吧，時間寶貴。因為托你母親將蝗災相關情報送回朝廷的福，十年前才能防範蝗災於未然，當時御史臺腳踏實地的指導也達到最好的效果。不，甚至這次也一樣，只要持續遵照當時的指導防災，災情應該能控制在最小範圍內才對。不過，這次……卻出現嚴重的政策失誤。」

這句話，令秀麗背脊一涼。政策失誤。誰的錯？這個問題不問便明。

沒錯——結論就會是那樣。

「那是個大失敗。事到如今再做防除工作已經沒用了，必須將方針修正為早期驅除。」

璃櫻拚命地將混亂的腦袋朝蝗災的方向思考。

「驅除——」

「冷靜點，璃櫻……也就是這麼一回事吧。十年前身為御史大夫的旺季大人，獲得縹家的協助而成功推展了防除蝗災的工作。現在的御史臺，理所當然也應該保有那些情報。也就是說，我們現在可以不必再著手於那些已知的看似有效的情報，例如南栴檀。」

秀麗冷靜的語氣，讓迅的獨眼蒙上一層笑意。但他只是沉默聽著。

「既然如此，目前負責蝗災防治指揮的人，多半應該是葵長官或旺季大人吧。照剛才迅所說的，目前朝廷中對蝗災知識了解最詳盡的就是他們兩位了。據我對葵長官的了解，想必他早已在所知情報的基礎上擬好對策。不過……這些畢竟已是十幾年前的情報，這就是迅來到這裡的原因，對吧？」

璃櫻也想起剛才迅所說的話。

『——我想璃櫻讀過的那些書籍內容，應該沒有我所不知道的。我想知道的是『現在』的情報。我想找的是在那之後的這十幾年來，縹家累積研究的最新蝗災相關情報。』

迅也表明過，他是奉與蝗災相關的命令而來。

「原來如此，所以你想知道的是『那之後』的情報——也就是這十年來的新情報是嗎？」

「對。十幾年前的縹家情報，當然也正以現在進行式派上最大用場。那些情報我都拜讀了，覺得非常佩服。南栴檀對蝗蟲有效，這連藍州人都不知道。只是，當年的情報以事前的防除對策居多，而不是發生後的驅除。南栴檀也一樣，雖有除蟲的效果，卻沒有『殺蟲』效力。當然如果吃了南栴檀，蝗蟲的確會死亡，但蝗蟲也不笨，會極力避免去吃它。還有，如果只是卵或在地上慢條斯理走動的幼蟲那還沒問題，對著牠們噴灑煮汁就能見效。一旦成蟲後成群結隊……縱使是南栴檀的效果也等同於零。畢竟牠們一飛上天空，人類就沒轍了。」

的確。對著天空潑灑煮汁，也只會落到自己身上罷了。

「可是迅，關於驅除的部分，旺飛燕小姐沒有寫到，那可能表示……連縹家也沒發現有效的驅除方法，或是她沒有找到……對吧？在當時。」

最後低聲附加的那句話，讓迅苦笑起來。真聰明。

「沒錯。當時是如此。當然，她並非完全未提及驅除的部分，也寫下幾種驅除法……但那些都需要花上時間和工夫。而且，如果不能得到縹家全體的出動配合，也沒有太大效果。」

璃櫻反射地抬起頭。之所以會去激父親，有幾個理由。

緊急時期縹家該肩負的任務，很諷刺的，這是璃櫻在縹家學到的。

「……那麼，羽羽要我做的……果然沒錯，就是要我打開縹家所有通路的意思——可是……可惡，無法說服姑媽大人，真的辦不到。」

「等等，璃櫻。在那之前，直到最後一刻我們都還有事情可以先做，不是嗎？迅之所以想盡辦法進入這學術研究區域，不是沒有理由的。」

當時，飛燕小姐查閱時尚不存在，或是她沒有找到的方法。

「——迅說得很對。飛燕小姐的事如果屬實，現在我們在這裡找古老的舊資料也只是浪費時間。那些情報想必早已謄寫下來保管在御史臺關於蝗災的書架上了。只是，無論那些情報再如何有效，畢竟已是十幾年前的舊資訊，這一點無法改變。現在我們有必要緊急在此找出來的，確實是『那之後』的東西。也就是那之後十幾年來重新累積的新情報。」

「『那之後』？」

璃櫻的表情扭曲了起來。璃櫻相當清楚這十幾年來的縹家。以前的姑媽如何，他不曾親眼見識。或許當時的她真的很了不起，有著高傲的自尊、善於救濟、獎勵知識的累積與學習。然而，至少最近這十年來的縹家，隨著姑媽的衰老，縹家也像個疲倦至極的老婆婆，一切都停滯不前。就連與「外面」有所聯繫的仙洞省，也已經幾十年不曾出過人才，無論「外面」的世界發生什麼事，別說活用知識展開救濟，根本就是毫不關心，冷眼看待。即使偶爾出手，也以自家事務為優先考量。這裡如同沉澱的池子，充滿了腐敗與死寂。

這就是璃櫻所知的「那之後」的十幾年。這樣的縹家，會有最新的蝗災情報嗎？

「那種東西……根本不曉得存在與否，就算去找，也很可能毫無收穫呀。」

「嗯，沒關係。如果沒有便罷了。」

聽見秀麗平靜沉穩的聲音，璃櫻抬起愁眉不展的臉。就連璃櫻都心知肚明現在是自己無法控制感情而在遷怒，秀麗卻不因此生氣。

「沒有便罷。就從現在已知的方法中，去找出最妥善的解決之道即可。不過，要說沒有，也得好好確認過的確沒有。不確認的話，後悔的是自己。因為，如果有卻連找都沒找……璃櫻，蝗災現今依然屬於三大天災，人類束手無策，視其為連防除都無從做起的災害。就連我也束手無策。璃櫻的母親也不是確定縹家一定藏有情報才下嫁的，她一定也未讀遍這裡所有藏書。或許沒有，但——也或許有啊。只有這一點是肯定的，還不用擔心。」

「……咦？」

「時間雖然很緊迫，但還來得及——葵長官與其他大官們，會為我們爭取時間的。」

秀麗對於脫口而出的話，自己也感到意外。然而，一旦脫口而出，這話便成為確實的想法，令秀麗內心不再那麼慌亂。沒錯，還不用擔心。

「處理蝗災相關事務，是歷代御史臺的工作。當今御史大夫可是葵長官，他雖然個性超惡劣，又長著一張壞人臉，比殭屍還冷血，而且不只壞人臉，實際上他就是個壞人……可是，只要那個人擔任御史大夫一天，就還不用擔心。他不是一個束手無策，像無頭蒼蠅一樣亂鑽亂竄的人。」

他在夏天時就已察覺蝗災發生的預兆，並指示蘇芳展開調查了。

……秀麗很明白也必須承認，身為御史大夫那個人的了不起之處。無論何時，那個人一定都會一如往常，有他解決的辦法。連堅決反抗他到底的秀麗都能如此認同他，實際上他也是個值得受人尊敬的上司。

雖然他的思考與信奉的主義，都和秀麗截然不同。但是，只要有他在就不必擔心。雖然心有不甘，但他就是這麼一個人。

「——他絕對能做出足以發揮現在最大力量的指揮。也能以最妥善的方法，爭取最大限度的時間。不只是葵長官，包括悠舜大人，四省六部的所有大官們，大家一定都會全力以赴。讓我們耽擱一點時間做一些調查，不至於馬上壞了大事。」

秀麗一邊說著一邊想起不久前的自己，而不禁苦笑了……事到如今，終於能明白去年茶州瘟疫時的自己，抱持著多麼傲慢的正義感。現在的自己或許沒有太大改變，不過那時……秀麗的確打從一開始，就擅自認定「上位者」不願伸出任何援手，才會不與任何人商量就自作主張，魯莽行事，一切都以先斬後奏的方式強硬進行。結果造成悠舜必須承擔一切後果。雖然不曾後悔，但現在的自己已經明白，光靠自己一人是無法讓一切盡善盡美，而就算不靠自己一個人努力，一切也不會因此失敗。

「不用擔心，情況還不是最糟。為了不讓情況惡化，現在朝廷與官員們一定正全力奔走……特別是悠舜大人與葵長官，我可是親身體驗過他們毫不容情的差遣……沒錯，現在下面的官員們大家一定都在哭吧。一定正被迫努力工作著。當然，羽羽大人也是。」

聽到羽羽爺的名字，璃櫻深吸一口氣。沒錯，羽羽爺也正在努力——名副其實賭上他的性命。

「……妳真的非常相信他們呢。明明在御史臺時那麼做牛做馬地被使喚。」

「你說我相信御史臺？這世界上竟然有人會說出這麼不可思議的話……不，我只是很了解他們而已。我不認為朝廷全體都樂於積極工作，但是，只會站在原地嘮叨抱怨的人，對御史臺那些滿腦子出人頭地，並以此為動力工作的人來說，太礙眼了，他們不會允許的。特別是蝗災相關工作又專屬於御史臺，要是失敗了他們可就面子掃地。嗯，所以他們絕不會允許別人擋路，不可能不全力以赴的……」

一想到現在葵長官可能正怒髮衝冠，秀麗背脊就一陣發涼。太可怕了。自己現在要是還在御史臺，一定會被盡情使喚，忙得不可開交吧。幸好自己人在縹家，真是太好了。

「所以，沒問題。現在還不至於演變成最糟的狀況。時間雖然緊迫，但還有一點時間。聽我說，璃櫻，這寶貴的時間其實是你母親為我們留下的。她是一位了不起的人喔。所以即使我們找不到驅除蝗蟲的方法也沒關係，可是如果找到了，我們就需要時間帶回去。而能有這段寶貴的時間，都是拜她所賜。」

三刻鐘的沉默之後，璃櫻才終於吐出一口氣，點了點頭。

「司馬迅……你說想要知道的不是預防，而是驅除的方法。也就是說，希望能在冬天來臨之前，讓一切結束，對吧。」

迅微笑了。璃櫻終於恢復那聞一知十，冷靜而反應聰敏的腦袋了。

「沒錯，一旦入冬飛蝗便會開始休眠。而要不了多久，便將正式進入冬天了。只要在那之前努力從全國各個角落施行預防對策，本年度的農作物某種程度上還能守住。如果僅止如此，過往的防除法便足夠了。不過，我的主子並不是個滿足於這一時之計的人。」

最後一句話，令秀麗與璃櫻各自有了反應——「我的主子」。

「小姐，妳明白這道理嗎？」

「……我想他是個了不起的人。他想要一次平息蝗災。就某種意義而言，就是將災情減至最低。現在，那應該還來得及。」

蝗災最可怕之處，就在於只要發生一次，便會於數年之間反覆發生。

守住了今年，到了春天蝗蟲自冬眠醒來後，又會成群結隊飛往各地產卵，而那些蟲卵一口氣於各地孵化之後，又會有新的蝗蟲集團四處飛行盤據。各地成群結隊的蝗蟲集團將會如此擴展勢力範圍，不論是植物或食糧，都會片甲不留地啃蝕殆盡。

無論再怎麼預防，一直都會有新的蟲卵與蝗蟲誕生。如果沒有決定性的對策，結果就是貧困與飢荒。即使守住了今年的收成，明年春天種下的稻苗一旦被吃光，毫無疑問地明年將會歉收。明年一旦歉收，後年春天就沒有足夠的稻苗插秧，當然更不會有充足的農作收成。收成狀況陷入年年歉收的惡性循環，為了確保更多的存糧，商人與各州之間便將開始隱匿糧食或掀起爭奪戰。

沒錯，蝗災一旦發生，就代表一切即將「結束」。所以十幾年前，當時的御史大夫才會為了防除而奔走。然而……因為這次的政策失誤，終於導致蝗災即將發生。可是……

（那個人，卻完全不放棄。）

「某人」思考著其他人不去思考的事，在事情發生之後的現在，將迅送進縹家。

「……只要能在蝗蟲進入冬眠之前，將牠們趕盡殺絕——那麼牠們就無法產卵了。」

說著說著，秀麗感到自己的背部在發抖。

不能產卵，當然就不會誕生新的蝗蟲。

再者，雖然隨著不斷的產卵，成群結隊的蝗蟲集團也將增加，但以剛發生的這次來說，蝗蟲的數量還算少。在牠們的集團增加至難以應付之前，只要能夠找到有效的驅除方法……

這或許也可以說是，另一種「結束」。只要找得到，就打算去實行。

他打算讓反覆發生的蝗災一次就結束。這是前所未有的想法，且是藉由人力完成。

「——真是個了不起的人。」

秀麗從來沒有想過，以上位者的力量，會去對什麼抱持著如此意志。

秀麗告訴璃櫻，一定沒問題，還不是最糟的狀況，朝廷一定會找出最妥善的方法，來為他們爭取時間。這些話，她現在非常確信。毫無疑問，他爭取了一段時間，一段足以讓迅在這縹家找到「方法」的時間。

（門下省長官——旺季。）

如果迅來此地為的是找出關於蝗災的最新情報，那麼一定是因為他的主子旺季——毋庸置疑一定是他——需要這些情報。由此可知，旺季可能以高於御史大夫葵長官的權限被全權委任，或自告奮勇肩負起了蝗災對策。畢竟關於蝗災的知識與實績，除這兩人之外沒有其他人更適任。而只要能夠鎮壓住這場蝗災，旺季與葵皇毅的名聲，將會在朝廷之中一口氣水漲船高。

（而相對的，劉輝的評價可能就會——）

唯有能平息蝗災的人，才是受到八仙護佑的真正君王。蝗災一直以來都是被如此形容的。

秀麗不由得咬緊雙唇。

秀麗在御史臺時做過各種調查，此時明顯感到一股不平靜。那個人，總有一天會與劉輝正面衝突吧。或許，迅也會。朝廷的風向是否會一口氣轉變，在這個關鍵時刻，這場蝗災的結果或許能決定一切。然而，那又如何。沒有其他路可以選擇。

「……迅，我仍然是一名御史。關於迅你謎樣的身分與其他企圖都先姑且不提——但只要與這次蝗災相關，我將會全面協助。只要有我能幫得上忙的地方。」

迅眯細眼睛笑了起來。不提是敵是友、無論得失與否、不耍心機、也不扯迅的後腿、更不計較若能完美抑制本次蝗災，國王的立場將變得如何不利，將這些想法完全排除。紅秀麗這個姑娘，最後選擇了忠於「身為官員應做的工作」。

「我就知道，妳會這麼說。」

對人民來說，最妥善的作法。

「那麼，首先我們必須盡快確定的是，究竟這十幾年來，是否有新增加的蝗災相關情報。」

●◉●◉●

楸瑛朝璃櫻指點的方位急奔。

大片的牡丹雪無聲地從陰暗的天空紛紛落下。倚賴著生理時鐘，推斷目前時刻應是早晨與正午之間，但陰天卻令周遭如午後一般昏暗。

就像迅常一個人行蹤不明一樣，當輪到迅陪伴在秀麗身邊時，楸瑛也會獨自探尋縹家各處。與其說「縹家」，應該說「領地」更為正確。

「……這裡的道路與建築和藍家完全不同……難怪迅到現在也還摸不著頭緒。」

或許是無須擔心外來的入侵攻擊，這裡不像貴陽或各州一般設有巨大的城牆。取而代之的，受到群山環繞，位於廣大的大雪山地帶腹地之中，從山脈之中隱約可見星星點點的宮殿與城塔。從早膳之中也包含米飯與牛乳這點看來，這些山脈或村落之中似乎也應有田畝與牧場的存在。一直以來當作據點的古老廣大宮殿，似乎只不過是開放給客人或難民使用的宮殿之一。

如果像貴陽一般街道呈棋盤狀，區劃也都井然有序的話，必然馬上就能熟門熟路。然而這裡卻似乎是於山中各處散布各種不同機能。由於這裡地處萬里大山脈一角，山地傾斜，高低起伏劇烈，地形險惡。出生於此地的璃櫻或許沒發現，雖然此地為了讓人民安居，大巫女以其力量做了某種程度的調節，但高山地帶的空氣仍相當稀薄。若不是楸瑛習慣藍州九彩江的高度，恐怕早已得到高山症了。

「……要是來這裡的人是絳攸，那還真～的是完全派不上用場啊……」

不是因為高山症而陷入昏睡，就是在雪山迷路遇難死亡吧。他的人生只有這兩種選擇了，肯定沒錯。

走在璃櫻指點的獸徑，回頭一看，就連才剛走過的地方，都已積上一層白雪，速度雖然緩慢，但道路確實正被掩蓋消失。為了以防萬一，一路走來不時繫在樹梢的紅布繩雖隱約可見，只是放眼望去一片白茫茫的雪景，遲早會令楸瑛失去正確的方向感與距離感。楸瑛思考了三刻鐘，得出一個結論。

「……好，就放棄再想回程的事了吧。」

楸瑛一口氣加快速度，在道路完全被雪埋沒之前，必須以抵達目的地為最優先考量。只能憑藉一條河川與這條獸徑前進，山脈從中段開始就進入閉鎖區域了。

（……要是迷失回去的路，就躲進那座牢或山中小屋之類的避難所吧。只要手中握有這把「干將」，迅他們一定能找到我的。好，就這麼決定……雪山、山中小屋，和珠翠小姐一起遇難是嗎……迅，你還是慢一點找到我沒關係。）

藍楸瑛就是這麼一個無論何時何地，都非常樂觀的男人。

一一辨識出一般人根本難以發現的獸徑，於雪中一個勁地朝著山腹邁進。

（不過璃櫻只有提到這區域閉鎖，卻不知道那座牢的所在之處哪……話說回來，這條獸徑，別說周遭毫無人跡，看起來最近根本沒有人經過的跡象啊……該不會沒人每天送飯給她吃吧？這附近也沒有其他稱得上建築物的地方呀……）

就在這時，斜前方有「什麼」吸引楸瑛的注意。不經意地朝那方向轉頭望去，只見一棵參天大樹，樹幹上纏繞著避邪的注連繩。吸引楸瑛注意的，似乎是由繩子上垂墜的紙錢。

踏著雪接近大樹，正想繞著樹幹巡視一圈時，楸瑛感覺好像踩過了什麼。

身上佩著的「干將」發出銀鈴般的聲響，緩緩振動了起來。感覺起來，那與其說是耳朵聽見的聲響，不如說是發自腦海深處的聲音。

楸瑛無言地望著「干將」。將劍拔出劍鞘，微弱的振動陣陣傳至掌心。

（……嗯，羽羽大人是不是說過，當這把劍察覺到奇異的氣息時，便會發出響聲……？）

回頭望向獸徑與河川。沿著這兩個標示前進，或許可以抵達璃櫻指示的地方。離開獸徑，光憑直覺深入不成道路的雪山，即使是楸瑛或許也會迷路。畢竟他對這塊土地並不熟悉。

（……算了，就算迷路，只要有「干將」在，迅也一定能找到我吧。）

楸瑛乾脆地捨棄了獸徑，筆直穿越「神木」朝後方深入。

遇到傷腦筋的事就依賴迅。這已經是長久以來的習慣，就像這樣，楸瑛已經不知道給迅添了多少麻煩，但只有他本人絲毫沒有自覺。

右手抓著「干將」隨意踏出幾步之後，便能感覺到「干將」的振動雖然微弱，卻時強時弱地變化著。楸瑛忽然覺得背上像有蟲子爬過似的，簡單來說便是產生一股「不好的預感」。璃櫻所說的『莫名感到嫌惡，根本不曾想過踏進去一步』指的應該就是這裡了吧。越是朝振動強的方向走去，那種感覺越是強烈。

「……呼……要是大將軍在這，一定會說什麼『不入虎穴，焉得虎子』吧。」

雖然心不甘情不願，但楸瑛仍舉起沉重的腳步，朝那不斷傳出令人不悅氣息的方向主動走去。

靈機一動，試著將「干將」自劍鞘中拔出一小段，接著便覺有如斬斷蜘蛛絲一般的清爽。

「……把什麼給切斷了吧……這麼說來，剛才周圍糾纏的究竟是什麼？」

孩提時代，還曾想過如果能見到那種東西就好了。但現在的楸瑛只打從心底慶幸自己是屬於看不到的人。楸瑛還發現，當劍鍔與劍鞘碰撞發出鏗鏘鳴響時，那種令人嫌惡的感受便煙消霧散。

「要是就這麼闖入與珠翠小姐毫無關係的不知名妖怪祠堂，那可就欲哭無淚啦……」

正當他口中如此叨唸時，忽然聽見不知是誰發出的「嘻嘻」笑聲。

楸瑛緩緩抬起頭，只見一個手中撐著鮮豔紅傘，著巫女打扮的少女，正站在稍遠的地方，一邊看著楸瑛一邊以寬大的衣袖掩嘴笑著。紅傘雖遮住她半邊臉，仍一眼就可出她的花容玉貌。年齡介於美少女與美女的中間，這兩種形容似乎也都適用於她。無論如何，唯一不變的便是那絕色天香的美貌。

楸瑛微微一笑，換上面對女性專用的笑臉。只要對方是女性，哪怕是幽靈也無妨。

「妳好，沒想到在這樣的雪山之中，還能遇見像妳這般美麗的巫女姑娘。」

「你真會說話。不好意思，剛才笑了你。因為你的自言自語實在太有趣了，我聽著忍不住便笑了出來。」

她輕輕搖晃手中的傘，抖落紅傘上囤積的雪片。手勢優雅，一見便知是大家閨秀。從傘後露出的小巧面容，果然是驚為天人的美貌。

她一走動，便發出草鞋踏雪的擦擦響聲。楸瑛狐疑地挑起眉毛。

（……咦，看來似乎……並非幽靈或妖怪那一類的……？）

朝「干將」望去，一改方才的鳴動，此時的干將完全安靜無聲。

見到楸瑛這副模樣，巫女又再度嘻嘻地笑了起來。

「已經很久未曾見到藍家的少爺了呢……真令人懷念的長相。藍家出身的少爺，還是一樣那麼俊俏又勇敢，就連雖然天資聰穎卻又有些傻氣，對女人沒轍的地方都沒變呢？」

「……咦？」

「你應該是來接珠翠的吧？」

一聽到這句話，楸瑛瞬間臉色大變。

「……正是如此。」

巫女一面微笑著，一面像個孩子似地旋轉著肩上的紅傘。

「這樣啊。既是如此便隨我來。我就是為此來迎接你的。」

楸瑛的心情宛如在大雪之中被狐仙迷住似的。或許，真是如此也說不定。她不但有腳，還踏雪有聲。手中的「干將」又像是借來的貓似地乖巧馴服。這位突如其來現身雪山，撐著紅傘一身古典裝扮的巫女，口中說出珠翠的名字，還願意為自己引路……這無論怎麼想，都很奇怪。

也正因為如此，楸瑛決定放棄推理。反正每次只要朝最奇怪那條路走去，多半都會是捷徑。

「那麼，就有勞妳了。天氣這麼冷，希望可以抄越近的路越好，危險與否倒是其次。」

巫女露出相當懷念的表情，凝視著楸瑛。

「……過去也曾有個人說著和你一樣的話，來此迎接。那麼，你就隨我來吧。不過，無法讓你和我共撐一把傘，真是抱歉。」

腳下傳來「沙沙」的踏雪腳步聲。楸瑛跟在巫女身後走著，突然心頭一緊。

「等等，妳的意思是說，還有其他男人在我之前，企圖來救珠翠小姐？」

「不是的。那是更久以前的事了……很久很久之前，還有另一個女孩也被關在裡面。」

「咦？可是，我聽說這裡不是已許久未曾使用了嗎……？該不會那個姑娘在牢裡死掉，變成幽靈，而且就是妳吧？那個男人來救妳的時候，已經為時已晚了嗎？」

「你完全猜錯了。那位姑娘現在還活得好好的。她和來接她的那位少爺一起回去了。你別隨便咒人家死好嗎？不知道你到底是聰明還是遲鈍……真不愧是藍家的少爺呢。」

「什、什麼啊……這麼說來，也是有人能平安無事從這座『時光之牢』中逃脫囉？」

都是因為被璃櫻大肆恐嚇，說真的，楸瑛都已經做好各種心理準備了。

那一直隨性旋轉著的紅傘，只有這時很落寞似地停下來。

「……『牢』……是啊，現在這裡除了『牢』之外已經什麼都不是了呢。曾幾何時，縹家也成為這樣一個地方。本來根本不是為了這種目的而建造的啊……我已經不知道自己還能為他們做些什麼了……頂多只能像這樣，為前來尋訪的人們引路。不過，只要還有人願意前來迎接……就還有救。」

輕輕搖晃著紅傘，美麗的側臉對楸瑛綻放一個微笑。

「……尤其是你，比上次來迎接的那位有更強的運氣。而且像你這麼全副武裝前來迎接的少爺也很少見。果然是流著藍家的血哪！藍家男兒似乎各個生來就帶著超強運勢，這一點和從前一模一樣。」

楸瑛聽得瞠目結舌……自己可是連雪靴都沒準備就直奔而來，這位姑娘竟然說這是「全副武裝」？

「……妳說全副武裝……我也只帶著一把『干將』而已啊？」

「上次來的那位少爺只帶著『愛』與『毅力』而已唷。像他那樣兩手空空，赤手空拳便直闖進來的人，也是相當罕見呢。當時他一定心急如焚吧。跟他比起來，你不但功夫高強，又帶著愛以及藍家的好運氣，在你胸中更有著堅定的路標，以及相信自己的樂觀與勇敢。除了『干將』之外，你還有帶著『莫邪』的朋友。你唯一缺少的就只有『毅力』吧。要是連這都有的話，就太完美了。」

最近常被人嫌「沒毅力」，楸瑛不禁賭氣似地挺起胸膛。

「不，我有的！毅力，我有的，當然有。就算被脫離關係了，我還是堂堂藍家的男子漢！」

「是嗎？這可是你說的喔。既然如此，那就請你死也要好好加油囉？」

「……咦？」

巫女整個人轉過身來。透徹的眼神中帶著冰冷的威嚴，直視著「干將」。

「『干將』……你聽見了嗎？這人說他有毅力呢。既然如此就沒問題了。想想也是，能平安來到這裡，又是藍家的少爺，應該不至於被吸個一次精氣就死翹翹了吧？雖然他還不是很成熟……但以這個時代少爺們的標準來說已經算很不錯了。這段時間，就暫時請你認他為主吧。『干將』，聽好了，只要那麼一揮，覺醒吧……還有那個丫頭，也該給她一個痛快……。」

目光望向遠方，她輕聲地如此低語。那可媲美白雪的美貌，罩上一層深切哀傷似的憂鬱。

在那之前毫無動靜的「干將」，彷彿在呼應著她，在短短時間內發熱了起來。

巫女那染著憂鬱神色的眼瞳帶著哀傷微笑，默默地伸出手將紅傘遞給楸瑛。

「送給你。藍家的少爺，謝謝你從『外面』來……接珠翠出去。真令人懷念啊……那告知夏天到來的白南風，甜美冷冽的水……九彩江的風。你堅守了從久遠以前便締下的約定呢。沒問題的……如果是這樣的話，一定不會只因為一個人的壞心眼，就讓一切都化作水泡。只要有人還在努力，就一定會有好事發生。」

她的聲音聽起來，溫柔地彷彿在唱搖籃曲。楸瑛一陣暈眩，趕緊按住眉心。

回過神來，自己已經接下紅傘。

一身古典裝扮的巫女那張如花容顏上，綻開了一抹魅惑而幽豔的微笑。

楸瑛動著越來越朦朧的腦袋拚命地想。

「……還沒請教……妳的……名字。我叫藍楸瑛。妳呢？」

「你有個好名字呢。我啊……從前，大家好像都叫我——吧。」

說著，巫女伸出纖細柔白的玉指，輕輕戳了戳楸瑛胸口。

明明並不是使力推他，楸瑛卻向後踉蹌了幾步。不，是以為自己退了幾步。後方只應該是原先走來的那條雪徑，然而現在——

卻什麼都沒有。

雙腳名副其實地懸在空中。瞬間，楸瑛感覺到一陣前所未有，奇妙的飄浮感。

「——咦？」

接著，便「咻」地一聲進入了「某處」。不，應該說是「落入」才對。就像掉入一口被雪掩沒的井，周圍突然陷入一片漆黑，身體就像被拋下似地降落。

「咦咦咦咦——？」

楸瑛手中就這麼撐著那把紅傘一邊落下，頭頂一邊還傳來巫女的聲音：

「如你所願，這是最近的捷徑了。你就撐著這把紅傘，好好加油吧。乘著帶你來到此地的南方暖風……去幫助她吧。」

● ✺ ● ✺ ●

坐在御座上的瑠花，突然睜開眼睛，十分慵懶地用手托著下巴。

「……看來有人闖進了『時光之牢』。」

在一旁照顧她的巫女，看到瑠花醒來，先是一陣安心，接著又因瑠花這句話而鐵青了臉。

「難道有人蠢到想去幫珠翠嗎？我馬上派『暗殺傀儡』……」

「不必，立香，隨他們去。不需要派『暗殺傀儡』，他也會在時光之牢中迷途而死。」

「可是，瑠花大人……」

「我說了，不需理會珠翠——已經夠了。我讓珠翠活著是有理由的。不過，很快的，一切也將結束了。」

剎那，那名喚立香的年輕巫女眼中顯現複雜的神色。一方面對於瑠花終於不再關心珠翠感到既安心又欣喜，同時暗自產生了某種優越感。另一方面，對於瑠花不要她解決珠翠性命，卻又感到一絲懷疑與一抹不安嫉妒。她懷有這樣的情緒已根深柢固，不亞於她對瑠花那份絕對敬愛、奉獻及渴慕之心。

雖然立香幾乎未曾直接與珠翠接觸，但瑠花感覺得出她對珠翠懷有莫名的嫉妒。立香原是因避難才來到縹家的「外面」姑娘，並非縹家一族。理所當然的沒有異能，瑠花對她也不曾要求過什麼。在立香看來，珠翠身為純正的縹家一族，一開始雖然也是「無能」，但最後「異能」漸漸彰顯，她卻不知珍惜，不但逃亡到「外面」，過了二十年後還厚顏無恥地回到縹家，吵著要見瑠花。或許立香無法原諒珠翠所做的這一切吧。因為珠翠擁有立香所奢求而無法擁有的一切，而當看見這樣的珠翠回來時，立香又是羨慕又是憎恨的情緒，表現得很明顯。

瑠花想起幾乎遺忘的遙遠從前。對一出生便具有絕大神力的瑠花感到羨慕、嫉妒、憎恨，而在知道了無法從她身上奪取神力之後更是想盡一切辦法將她封印、幽禁，最後甚至痛下毒手的——自己的親生父親。

那是瑠花的人生當中，最不堪回首的一段記憶。

……都已經是八十年前的過去了。

「……可是，萬一珠翠要是逃獄了……」

「妳認為珠翠能從『時光之牢』中逃脫？」

瑠花喉頭發出咕咕的笑聲。一笑起來……便無法順暢呼吸。儘管使用的是年輕巫女的身體，現在的瑠花卻連一眨眼都感到身體不聽使喚，痛苦不堪。

「立香，妳不了解『時光之牢』。雖然長久以來它變得扭曲了，但自古以來，那裡仍然有屬於它的真正意義。如果珠翠真的死在那裡，那也很好。但若是她出得來，那也正合我意。」

瑠花冷淡地說完這段話後，激烈地咳了起來。立香趕忙輕撫她的背。

其實，立香也早已隱約感覺到。

「瑠花大人……難道您下一個打算使用的，是珠翠的身體嗎？」

「如果我變成廢人的話。不過接下來，還得先對付破壞神器的蠢人才行。說來真丟臉，要是我還保留過去的青春與神力，只不過是一兩樣神器被破壞而已，根本不算什麼……可是，八十年來，我的一切……都消耗殆盡了，已經不中用了。」

瑠花露出自嘲的苦笑。

降下不可能降落的雪。

從沒想過自己的力量會面臨如此衰竭的一天。或許過去是太有自信了。

「瑠花大人，為什麼這麼說呢？在九彩江被打破的鏡子，並不是真正的神體，不是嗎？」

「沒錯。但是在那之後，『真正的』神器還是被蠢人給破壞了。」

立香端上一杯熱水，表情扭曲，看起來就快哭了。

正如立香所說，在九彩江時「黑狼」打破的並非寶鏡，只不過是一面離魂用的平凡鏡子。當時瑠花想打探「黑狼」究竟會為國王與女兒做到什麼地步，同時也想測試他是否還具備從前的能力，便設下如此一局。「黑狼」也很清楚這一點，才會故意打破鏡子。那等於是在彼此心知肚明的情形之下，互相給對方下了戰帖。

之後久雨不歇，拖延了瑠花察覺異變的時間。當真正的寶鏡被打破的報告傳來時，為時已晚。

「……我心裡有數。對方在我面前還能想出如此計策，下這麼一記狠招……的確有兩把刷子。連根手指都不需動一下，就能將我和縹家逼得走投無路。沒想到在這麼溫吞的時代之下，還能誕生如此不擇手段的男人。我以為他還年輕不當一回事，沒想到卻是看輕他了。要是從前的我，肯定當場收來做情人了吧。真是的……人老了，連腦袋都生鏽了。」

或許是因為宿敵戳華的離世……才讓自己鬆懈了吧。以為不可能再有比得上戳華與霄瑤璇的對手了。自己的確是抱持這種想法，才會輕忽了對方實力。沒想到自己會有這麼一天，竟然被那種連戰爭都未經歷過的毛頭小子給利用了。

瑠花深深感受到歲月不饒人。而自己也的確是蒼老了。

「不過……我還不能離開。」

可以感覺到，體內的神力有如土石流般流洩而出。流逝的，同時也是瑠花的命。

『我的大小姐。』

彷彿聽見了來自遙遠過去的，黃昏色的溫柔聲音。

王室之家與縹家，有如一枚硬幣的正反兩面。缺了任何一面都不成立。而縹家大巫女與「外面」的仙洞令尹之間的關係，也是如此。諷刺的是，瑠花是在神器遭到破壞的現在，才領悟到這一點。

如果瑠花在此將力量耗盡而死……羽羽也會死。而現在瑠花盡力留住的力量，也全都會流向羽羽。羽羽只剩下足以支撐這些力量的生命而已。

瑠花一面如此細細思量，一面卻對自己生起悶氣來。

（……我才不是為了羽羽。只是因為這是我的——也是縹家的使命。）

瑠花也知道，羽羽也和瑠花一樣，正用他的全副生命「守著那扇門」。神器或神域，都像是某種「鑰匙」。沒有全部被破壞的話，門雖然不會打開，但只要有一兩個被破壞了，就會產生空隙。現下光是被破壞了一兩個，就已經出現了藍州的水災，以及碧州的地震。

政事由「外面」的人類來掌管，相對的神事則由縹家專司。

這是古來的誓約。

……不可能降落的雪，降落了。

直到做完該做的最後一件事為止。和過去每一次相同，都必須不擇手段。

「……哼，對方雖然是隻狡猾的狐狸，但至少還算容易料到他的下一步……紅秀麗的行動也都在我計算之中。骰子最後將擲出多少點數，就看由誰如何擲出這把骰子來決定……在那之前，我還必須好好活在這裡……妳哭什麼，立香。」

立香已哭得泣不成聲。

「要是我是縹家的姑娘，又具有異能的話，就能馬上將我的身體獻給您……」

立香那毫不掩飾畏懼與嚮往的直率……讓瑠花想起了遙遠的從前。長久以來，被瑠花遺忘的眼神，以及一直以來所守護的東西。

『我的大小姐……』

遙遠遙遠的從前，令人懷念的聲音。

連那刻意埋葬……不去回想的記憶，都從腦海中復甦。

「……立香。妳可知道，『時光之牢』上一次最後打開，是什麼時候嗎？」

「不……我聽說……那應該是將近百年之前的事了。」

「正確來說，是八十年前。」

打著一把紅傘，一邊發出滑稽的驚呼一邊痛快落下的，是年僅五歲的少年——羽羽。

哭得稀里嘩啦的他，在黑暗中一眼找到了瑠花之後，就如撥雲見日般，很快地破涕為笑了。

『啊，找到妳了，大小姐！妳不見之後，我一直都在找妳呢。不知不覺迷了路，遇到一個撐紅傘的女人……她對我說：「嗯，這位少爺只有帶著愛和毅力啊。那麼這把傘就送給你吧。」雖然妳教過我不可以隨便接受別人給的糖……哎呀，我要說的不是這個——我來迎接妳了。我們回去吧，大小姐，和我一起回去吧。』

一起回去吧。

「最後一個被幽禁其中的人……就是我呀。」

第四章 蒼藍闇夜之鎖

黑暗的角落之中，一直有什麼蜷伏著。

珠翠是在不知第幾次逃獄失敗，又被帶回牢中時發現它的。當她遭受洗腦幾乎無可反抗時，忽然發現在光線所不能及的角落中，那「東西」就在那裡。

從那時起，它就一直跟著珠翠。彷彿即將與黑暗融為一體似的，總是耐性十足地蹲踞在角落。當珠翠嘗試逃獄時，它也如影隨形地追上。始終保持著不遠不近的距離，但絕對亦步亦趨地跟緊，毫不放鬆地持續注視珠翠。最後當珠翠被關到這雖沒有鐐銬也沒有牢籠，卻是至今最可怕的地方時，角落中依然有它緊隨著。雖然視野是一片完全的黑暗，但不知怎地珠翠就是能感到它的存在。

（……啊，不過，只有一次……）

只有當瑠花現身那次，珠翠幾乎忘了它的存在。

當那位散發著神聖光輝，令人畏懼，總是帶著冰冷的眼神，始終不願接見珠翠的人出現時。

……那果然是一場夢境嗎？

從瑠花口中注入體內的火塊，早已停止蠢動……但取而代之的，身體像是從內側開始逐漸融化。那些融化了的「珠翠」，正從指尖開始汩汩不絕地向外流失。

但或許，這也只是在牢中作過的幾千個惡夢之一罷了。

（『母親大人』……）

連自己究竟是否在哭泣，珠翠都分不清楚了。

珠翠鼓起勇氣說出的那些話，絲毫無法打動瑠花。

孤單一人也無所謂，無法成為誰的最愛也無所謂。可是……究竟為了什麼而這麼想的呢？為了什麼，而忍受這一切折磨呢？

連自己究竟為了什麼回到這裡，都已經想不起來了。

（已經——）

這時，那一直耐性十足持續等待珠翠變弱的「東西」，終於動起來了。

可以感覺到那一直蜷伏於陰暗角落的東西，開始朝自己蠕動靠近。當它一來到珠翠身邊後，便從角落下手先碰觸融化了的「珠翠」，再一點一滴地張口啃食。

融化後流淌而出的珠翠，逐漸被它從角落啃食著。

沿著珠翠的臉頰——如果臉頰還在的話——流下了幾行清淚。雖然很想哽咽出聲，但想必是辦不到的。因為已經連那點力氣都沒有了。已經什麼都沒有了。

珠翠身上，早已一無所有。

其實曾幾何時，那緊跟在身後的「東西」究竟為何，珠翠早已察覺。只是刻意裝作不知情罷了。因為她根本無法承認。不願承認。雖然明白自己並不堅強，但是，也一直想說服自己並不那麼柔弱。

不願承認，那不知何時出現之後，便一直潛伏於微暗的角落，如影隨形跟著珠翠的東西。

——其實就是絕望。

不願承認自己的膽怯，不願面對內心深處或許仍有「果然還是辦不到」的消極念頭。為了邵可大人、為了秀麗小姐、為了國王陛下——為了那些重要的人們，自己就算孤單也必須奮戰到底，是因為這麼想，所以才回來的。明明應該要這麼想才對。

明明必須為心愛的人奮戰，為重要的人努力，但卻辦不到。珠翠不願面對這樣的自己。只能做到這種程度，竟還妄想去改變瑠花大人與縹家。這麼想來，瑠花大人對自己根本不屑一顧，丟進牢裡之後就連一次都不願意相見，根本是理所當然的。

（為什麼我的心，會如此軟弱。）

為什麼自己就是比不上秀麗小姐、邵可大人與夫人呢？總是這麼軟弱。

重要時刻，珠翠總是成事不足。至今如此。

最後，「絕望」終於來到珠翠身邊，一點一滴啃食起她來，使得她越來越渺小。等到被啃食殆盡後，「珠翠」也必將終結吧。夫人與邵可大人給了自己「心」。即使孤單也要拚命守護的自我，這一次，終將完全終結消失。即便身體還活著，也必將在此和「絕望」共存，面對永遠的空虛。

而珠翠除了流著淚感覺這一切外，別無他法。

無論被如何洗腦，都能抵抗。被關進牢中，也能無數次逃脫。

然而現在，捉住珠翠啃食著她的，不是別人……而是發自她內心的絕望。

『可憐的珠翠。這麼努力從這裡逃出去，即使膽怯也一路守護著小「珠翠」，結果卻跟以前一樣，無論對誰而言都不是必須的。妳何不做回人偶就好呢？如此一來妳將會非常輕鬆，什麼感覺都不會再有。不再無力、不再絕望、不再悲傷也不再孤獨——也不會有那難以言喻的靜默與孤寂。』

終於，就連已成為一片渺小碎片的自己，也遭絕望入侵。

輕搧著睫毛，最後的眼淚便從眼睫滾落。

打從逃出這裡之後，便一直拚命扭緊自己身上的螺栓。有時邵可大人、夫人、秀麗小姐或國王，也會幫自己扭緊。因為還抱著活下去也無妨的念頭，所以一路走來即使孤單，珠翠依然努力栓緊螺絲。

可是，已經——

喀嚓——螺栓發出最後的聲音。

『為了妳，我一直都在這裡啊。』

……最後一瞬間，似乎感覺到不知來自何處的溫暖南風，撫上臉頰。

冰凍的冷風吹上鼻尖，帶來一陣腐臭的味道。冷冽的空氣讓楸瑛睜開眼睛清醒過來。不知道自己究竟已經昏厥了多久。

「咦……？」

周遭雖然昏暗，倒也不是完全的黑暗深淵。雖然不知光源來自何處，但能感受到微弱光線。等眼睛習慣之後，夜間視力向來不錯的楸瑛便能看清周圍環境了。籠罩在一層昏薄的暗藍色之中，令人聯想起天未明的時刻。

在等待眼睛適應的這段時間，楸瑛先快速確認自身安全。沒有受傷。這時，楸瑛才總算想起自己從謎樣的美女手中接過紅傘，並突然朝下跌落的事。

「……那裡絕對沒有水井或洞穴啊……這究竟是什麼『捷徑』啊……」

首先，楸瑛先檢查了自己的佩劍，接著不經意地觸摸「干將」時，不由得心頭一驚。黑暗之中，「干將」正散發微弱的溫度，雖然光芒並不強烈，但它看來的確在發光。明顯的，這種變化是在與那位巫女相遇之後才發生的。沒錯——彷彿「干將」也在小憩片刻之後覺醒了一般。

巫女說的話，在腦海中復甦。

『那個丫頭，也該給她一個痛快……』

記得巫女還對著干將，說了這麼一句話：『只要那麼一揮，覺醒吧。』

楸瑛緊皺起雙眉。握著「干將」劍柄的手粗魯地抽離。

給她一個痛快？

「……別開玩笑了。我可不是為了做出這種事而來的。」

取出收藏在胸口的一把扇子，瞬間周圍便散發一陣早已熟悉的淡淡白檀幽香。

美麗又高貴的後宮女官們，都是選自好人家的女子。而在她們之中，珠翠又特別出類拔萃。後宮的生活，明明不該有任何不自由或不滿足，但只有她總是望著遠方。

只有初次見面時，見過一次她的房間。楸瑛現在都還記得。那間房裡只有身為女官所需最低限度的必需品，沒有任何私人的奢侈品。連屋中的裝飾都只有插著一朵白茶花的花瓶。那朵白茶花，一定是她自己摘下修剪後，再親手插上的吧。

與其說她收斂低調，不如說她認為自己連插一朵花都配不上。

她的一切都予人如此的感覺。和楸瑛那位總是臉上帶著陽光般笑容的兄嫂完全相反……所以，楸瑛才會特別注意到她吧。

金蟬脫殼似地將那間空洞的房間拋在腦後，消失的時候珠翠也如一陣風。國試之後再見珠翠，她依然未變。楸瑛因為在意而特別注意她，才發現她不時離開後宮的行徑。有時只是深夜之中獨自沒入黑暗，有時也會突然留下辭呈。當看見她在海棠花前茫然望著短刀時，真的慌了手腳。

不知不覺中楸瑛發現了，她那總是望著遠方的眼神之中，映照出的並無關戀情。她的眼神像是訴說著——雖然想留在這裡，但這裡並不是我應該待的地方。話雖如此，她或許也還找不到自己想去的，和應該待的地方。所以才會孤單留在後宮之中。就像最初見到的那一朵白茶花。在豪華的宮女房間中，生疏低調地佇立著。

唯有在秀麗以貴妃身分入宮的那幾個月之間，珠翠看來幸福得判若兩人。即使後來秀麗離開，但以首席女官身分在後宮之中的珠翠，看起來不僅比從前自在，表情也開朗多了。

而在縹家的暗示作祟之下，她終究還是從後宮中消失了身影。

「你從小在幸福的環境之中成長的吧！」認識珠翠時，她曾笑著這麼說過。「而我，什麼也沒有。」

『我害怕幸福，因為從來沒有人對我說我可以獲得幸福。現在也是一樣，「我」有這個權利擁有愛上一個人的幸福嗎……？如果這是夢，那麼清醒之際，我將再也無法活下去。』

對於得天獨厚，除了失戀之外，一直都在幸福之中成長的藍楸瑛而言，完全無法理解珠翠所說的話。

而今，他才明白珠翠話中的意義。

……其實，她是想要獲得幸福的。

楸瑛苦澀地笑了。幾番誤解，騙自己裝作不知情，結果是繞了遠路。

來的是自己而不是邵可大人，她或許會很失望吧……無所謂，事到如今已不會再因此受傷了。

「我來接妳了，珠翠小姐。」

楸瑛知道她外表看似堅強，其實內心相當脆弱，也知道她不喜歡孤單。秀麗大人屬於看起來感性衝動，實則理性冷靜的人；珠翠則與之相反。無法放心讓她一個人落單。明明年紀比楸瑛大，卻常常覺得她像個孩子。不管回頭看幾次，她還是那麼躊躇不前。

「我來遲了，對不起……我們回去吧。」

就算她用那難以言喻的眼神問自己：「回哪去？」楸瑛也已準備好答案。

……就在此時，珠翠的扇子發出靜電般的啪哩聲。

啪哩、啪哩，細微的火花在微暗之中迸散。楸瑛想起巫女的話。

『上次來的那位少爺只帶著「愛」與「毅力」而已唷。跟他比起來，你不但帶著愛以及藍家的好運氣，在你胸中更有著堅定的路標，以及相信自己的樂觀與勇敢。除了「干將」之外，你還有帶著「莫邪」的朋友。』

在胸中指引自己的堅定路標……收藏在胸中的，正是這把扇子。

眼睛已充分適應周遭的黑暗，環顧四周似乎身處於洞窟之中，且並非天然形成，而是人工建造之物。空氣雖然腐臭，卻有風吹過，並非沉澱不流通。側耳傾聽，可聽聞微弱的水聲，以及雨滴滴答答的聲響。加上這打深處飄來的異常寒氣。楸瑛心想，這裡或許與鐘乳石洞相通。

轉頭四望，凝神一看，稍遠處有一把似曾相識的紅傘。楸瑛走過去打算撿起傘來，卻不經意地看見對面岩石遮蔽處，有一具人類骸骨倚靠著。從那姿勢看來，應該是生前因疲累而睡倒後，便這麼死去了。楸瑛心想現在自己所在之處，應該是會讓人因迷途而失去生命的地方。於是他開口低吟起一段短短的藍州送葬歌。

（……話說回來，若這裡真的與鐘乳石洞相通，應該要更冷才對啊……）

隨手撿起紅傘時，事情便發生了。一陣溫暖薰風吹來，籠罩在楸瑛四周。

楸瑛對這種風再熟悉不過。在藍州，當梅雨季節過後，便會吹起這種白南風，告知夏天即將到訪。

『乘著帶你來到此地的南方暖風……去幫助她吧。』

難道是因為拜周遭這陣暖風所賜，自己才一點也不覺得寒冷？

啪哩、啪哩，扇子依舊發出聲音。確實，雖然只是一種感覺，但楸瑛因此知道該朝哪個方向前進——這就是路標。

明知進入鐘乳石洞後若沒有地圖貿然前進，簡直是自殺行為，楸瑛卻還是邁開步伐向前走。腰間的「干將」發出微溫，楸瑛卻冷淡地不予理會。

『那個丫頭，也該給她一個痛快……』

自己是來迎接她的，而非如那位巫女所說。終結什麼並不是楸瑛的目的，就算得耗費一番工夫……不管在怎樣的狀態下，都要帶著她一起回去。因為楸瑛就是為此才來到這裡的。

瑠花感覺到似乎有什麼人，觸動了時光之牢中佈下的網。

她輕抬了抬眼皮，掀起睫毛，只用眼珠轉動著找尋隨侍一旁的立香……不在。或許現在正是好時機。這陣子，立香一直很反對瑠花進入離魂狀態。

自從上次見過珠翠之後，算算時間，決定「珠翠」是否完全消失的時刻也差不多該到了。若是珠翠已在時光之牢中成為完全的「空殼」，必須盡早進駐她的身體才行。否則在那死者無數的時光之牢中，各路妖魔必將會覬覦而來。對那些妖魔來說，沒有什麼是比活著的空殼更棒的獵物了。另外，還有一點。

「……終於自投落網了。沒想到竟會到珠翠身邊去……」

瑠花閉上眼睛。過去如喝水一般輕鬆的離魂，現在不集中精神已經辦不到了。

不久，瑠花脫離肉體，幻化為少女之姿的魂魄，朝時光之牢飛翔而去。

秀麗停止由龐大數量的書籍之中，翻找著近十幾年來新增的蝗災資料。這裡已經是璃櫻有權限進入的範圍內最下層的書庫了。雖然並非完全沒有收穫，但找到的幾項資料，也都是十幾年前的東西，沒有進一步的情報。更別說發現關於驅除的資料了。

（……這也是當然的吧……要是這麼簡單就能找到，那方法早就被執行了。）

由於來到相當下層的書庫，舉目所見堆滿了有著數百年之久歷史的書籍。忽然，秀麗不經意地發現與蝗災相關的書架深處，有一本薄而陳舊的冊子。拍掉上面的灰塵後，可見冊子上有著屬於女性的小巧娟秀字跡，寫著「鹿毛島的飛蝗」。對這從未耳聞的島名，秀麗不禁疑惑起來。

「……迅，你聽過鹿毛島這個地方嗎？」

「鹿毛島？喔，應該是離紅州東方不遠的那座無人島吧。那島既小，又什麼都沒有，也無人居，不為人所知也不足為奇。頂多就是釣客會去的地方吧。」

書寫這本冊子的人，為何特地調查這座無人島上的飛蝗呢？既然無人，也就不會有人受災啊。

（不過，正因為一般人不會去調查，說不定能在這本冊子裡找到過去沒有發現的線索……）

反正冊子並不厚，秀麗便快速翻動頁面讀了起來。

不久，只見秀麗睜大雙眼，將全體瀏覽過一遍後，歪著脖子抬起頭來。

「迅……璃櫻……這裡面寫的——請你們看看。」

讀過後，迅與璃櫻的反應正好相反。迅是用手托著下巴，皺起眉頭。

「……嗯，如果要為這本冊子下一個副標題，應該是『鹿毛島的飛蝗．大量死亡之謎團』吧……」

迅一邊翻看著，同時注意力很快被這本散發霉味的冊子吸引。

「的確，就這裡的敘述看來，似乎發生了規模很小的蝗災。不過因為是無人島，所以完全沒引起注意。只是偶然前往的釣客，察覺這件奇怪的事而記述下來……」

「在持續一段時間的久雨與濃霧之後，一如往常地前往垂釣時，發現島上充滿大量蝗蟲屍體。而且蝗蟲的死法也很不可思議，成串懸掛於芒草上的蝗蟲死屍身體都朝上，且只剩空殼……」

不知為何蝗蟲全部爬上芒草，並且在頂端面朝上集體大量死亡。

……光用想像的就令人毛骨悚然。

「正可說是離奇死亡。簡直像是什麼奇特的詛咒……從這裡記載的可以確實得知，在那幾天內大量死亡的只有造成蝗災的飛蝗，其他植物與蟲類都無異狀……看這種死法，也不像是因為群聚的數量過多而導致自滅，而其他動植物都沒有異狀，也就不用考慮是否這附近湧出劇毒泉水等原因……」

迅環抱雙臂，瞇起眼睛思考著。

「……我懂你的意思。可是呢，光是這樣，還是不知道真正的原因啊。如果原因只是在這時發生了某幾種自然要素，交相影響下產生這樣的後果，那我們也無法從中獲得任何幫助吧。」

「話是這麼說沒錯。嗯，不過這個，總覺得跟什麼很像啊……」

就在這個時候，一直鐵青著臉讀著冊子的璃櫻終於低聲說了一句話。

「……是瘟疫。」

「咦？」

「流行病——猜想，只有蝗蟲染上了。」

停頓了一會，迅與秀麗表情都為之一變。

「璃櫻……你的意思是，這些離奇死亡的蝗蟲，死因是病害嗎？」

一邊說著，秀麗也覺得大有道理。沒錯，這種奇怪的「集體死亡」，成群擴散且就在某一天突然發生的特徵，和茶州的瘟疫的確很像。再說，昆蟲也是會生病的。

「……我想，應該是這樣沒錯。縹家與仙洞省，向來隨時收集各地的情報。我曾聽漣……我曾聽我朋友說過，有一種昆蟲疾病，只有飛蝗或稻蝗才會感染。」

曾被瑠花利用又捨棄的「漣」，做了不少與疾病相關的調查，當時璃櫻曾聽他如此提過。

「只有飛蝗才會感染的疾病……！」

既是如此，其他動植物當然也就不會受到波及了。

而且，瘟疫的特徵就是，集團比個人的罹患率高出許多。這一點，秀麗在茶州時便已親身體會過了。

而說到集團，再沒有比成群結隊的蝗蟲密度更高的集團了。短短幾天內蝗蟲紛紛因此死去，也就不奇怪。

——如果這種疾病能由人為方式引起的話。

「璃櫻，辦得到嗎？」

「羽羽……曾叫我打開縹家所有的門——作為蝗災對策的一環，過去的確很有可能做過這個研究。但由於已經數十年未曾發生蝗災了，如今各神社寺廟在處理蝗災時，能對應到什麼程度我也不得而知——只是以可能性來說，是有的。不過……」

「要怎麼才能知道辦不辦得到呢？」

「那就要與各神社寺廟取得聯繫……但那必須要有姑媽大人的力量……」

迅搔著頭，秀麗也緊咬著雙唇。無論走哪條路最後都會碰上瑠花這道障壁。可是，不知為何，秀麗總覺得有某個環節想不通，那個念頭始終盤踞在腦海某個角落。

關於璃櫻的父親最後說的那句話。

『如果你想為蝗災做點什麼……那就去找珠翠吧。』

秀麗緩緩眨了眨眼，然後面向璃櫻凝視著他。

「……璃櫻，你是說，必須要有瑠花大人的力量不可嗎？」

「咦？那當然……不是姑媽大人怎麼行。一定要借助大巫女的力量才有辦法。」

「我想問的就是這個。所謂必須的不是瑠花大人，而是大巫女的力量，正確來說應該是如此才對吧？」

「咦？」

「璃櫻，你父親不是說了嗎？如果你想為蝗災做點什麼，那就去找珠翠。這句話指的當然也可能是必須先找到珠翠，才有辦法找到瑠花大人。但是否也可能是因為瑠花大人已經無能為力了呢？或許他是看到不該下卻下了的雪，而有了這種想法？瑠花大人可能已經失去足以打開所有『通路』的力量了——畢竟，那需要非常強大的力量才辦得到，不是嗎？」

逐漸衰退的神力。是的，這就證明了瑠花過去擁有的力量已不再。

「……的確，現在的羽羽也是一樣，光打開一個門就精疲力盡了。」

如果是過去的羽羽，或許擁有如瑠花一樣，足以將所有「門」都打開的力量。然而——沒錯，他們的力量都已衰退。瑠花雖然以不斷更替肉體的方式來補強，但現在也沒有餘力做這件事了。既然如此。

沒錯，現在的瑠花，不是不肯打開「通路」，或許她是真的無法打開。

「可是，你父親卻說『如果你想為蝗災做點什麼，那就去找珠翠』。這也就是說——如果是珠翠，或許能成為下一任的大巫女。或者至少，她可能擁有足以打開所有通路的力量？也就是說，或許我們能夠考慮珠翠一個人打開全部『通路』的可能性……」

只要打開「通路」，就能與各神社寺廟取得聯繫——而只要身為大巫女，就能著手進行各項關於蝗災的整治工作。不需透過瑠花。

「……不，可是我從未聽說過珠翠擁有這麼強大的力量。更何況她最初根本是『無能』的，雖然後天出現『異能』，卻也僅只是『千里眼』一種——」

「不。」迅撫摸著自己的下巴說：「……記得沒錯的話，原本應成為下任大巫女人選的縹英姬，也只具有『先見』這項異能而已不是嗎？」

秀麗與璃櫻都以狐疑的眼神望向迅。這人怎麼什麼都知道啊？

「……我就先不找碴了。你說得的確沒錯，我在茶州時也曾聽說過，英姬夫人似乎真的只有『先見』這項異能。璃櫻，大巫女的人選，向來都是如何決定的呢？」

「這、這當然是以所擁有神力的強大與否來決定——」

璃櫻不由得陷入混亂。因為自己生來「無能」，所以對巫女或大巫女的事並沒有太關心。也因為姑媽神力如此高強，所以他一直以來也單純認為，要當上大巫女就必須像她一樣。

「璃櫻，我上次雖然對瑠花大人說我會去見她……那句話，我總覺得是她影響我說出口的。現在回想起來，與其說是我想去見她，不如說是她要我到她身邊去。」

是瑠花強制讓恍惚的秀麗清醒，當她快要恢復體力與幹勁時，又幫她連腦袋都變回一個「御史」。

秀麗很快地看了迅一眼——為了封住瑠花的口，朝廷中有人想來暗殺她的可能性相當大。假設瑠花將秀麗叫來，是為了利用秀麗這著棋來阻礙暗殺者，那麼她不將自己所在告訴秀麗，豈不喪失意義。

不知道所在的話，秀麗他們就必須求助於珠翠的「千里眼」，這一點瑠花一定也心知肚明。沒錯，所以無論如何都需要找到珠翠。

這麼說來，瑠花真正想要秀麗做的是……

——要她將珠翠帶到自己身邊。這才是她真正的目的吧？

「妳說，是姑媽要我們去救出珠翠？這不可能，將珠翠關進去的人可是她自己啊？」

「說要我們去救她出來，這說法或許不大正確。嗯……該怎麼說才好呢……對了，就像是瑠花大人在等待珠翠出來，我有這種感覺。她彷彿在對珠翠說，有膽量，就來吧。出得來的話，就出來吧。而為了這個，才讓我們做了這些事。我是這麼認為的。因為不管怎麼想，我們不靠珠翠，根本無法去見瑠花大人。」

秀麗將原本模模糊糊想到的，一邊在腦中組織一邊說出來：

「……我認為，瑠花大人是個非常聰明的人。目前我的動向，一定也還在她掌握之中。她做的任何事一定都是經過縝密的思考。珠翠的事也是一樣。所以說不定，她之所以將珠翠放進『時光之牢』後便置之不顧，有比我們想像得更深入的理由。而這件事既然是由瑠花大人來主導，就表示應該對縹家而言是很重要的事吧。」

「是啊，妳說得沒錯。」

說這句話的，是另一個女性的聲音。回頭一看，眼前佇立一位裝扮古典的巫女。或許是因為外面下著雪的緣故，她手中撐著一把紅傘，不知為何還抱著一把二胡。

忽然，「莫邪」發出叮鈴聲響。

正當楸瑛還在懷疑這是否真的是捷徑時，紅傘很快就派上用場了。

「……原來洞窟之中也會下雨啊……」

進入鐘乳石洞之後不多久，楸瑛就乖乖撐起紅傘來。因為從石灰岩的表面不停有水滲流而出，腳下幾乎都已浸在水中。不只如此，從頭頂還不斷落下冰雨般的冰涼水滴。要是沒有這把傘，楸瑛恐怕早已溼透凍死了吧。大量的蝙蝠拍著翅膀到處飛來飛去，使得周圍看起來就像是一個非現實的鬼屋。不過非法闖入蝙蝠住處的可是自己，所以楸瑛也不敢有所怨言。

洞窟之中還看得出人工砍鑿出的，類似道路的痕跡，然而一進入鐘乳石洞，別說道路根本什麼都沒有。楸瑛只能完全按照扇子的指示，默默向前走。穿越四處林立的石筍，走到盡頭時只要岩石上方還有足以通過的縫隙，就爬上岩石鑽進去。就在這樣艱辛的前進過程之中，即使帶著紅傘，全身還是不免溼透了。

「這下我真是名副其實，帥得滴出水的男人啦……是說如果只是被小雨淋溼的程度，的確能襯托出男人的性感，可是現在這樣，根本是一隻落水老鼠，簡直像剛被靜蘭虐待完一樣嘛……」

一邊嘮嘮叨叨一邊朝深處前進，路邊不時出現散落的骸骨，其中不乏因浸水而解體的。或許因為水分的緣故，有許多遺體形成了屍蠟。在經過無數屍骸之後，楸瑛決定跟他們「分」一些來作為蠟燭使用。所以，從中途開始，楸瑛手中也有了火把。雖說在這種地方想要一點火是人的本能，不過楸瑛也不免讚嘆自己果真是個天生的武官，真優秀。

（不過這也難怪「干將」打從進了鐘乳石洞就響個不停哪……）

如此陰森的鐘乳石洞中，要說什麼都沒有那才奇怪。不知不覺中楸瑛全身寒毛都豎立了起來。越往內走，就越陷入一片濃暗。連泛白的鐘乳石，都險些錯看成不該出現的東西。事實上，楸瑛也真的有幾度感覺到，來自四下黑暗中的不知名物體朝自己爬近的氣息。或許是因為有「干將」在手的緣故，那些東西接近到一定距離，就不敢再靠近了。為此楸瑛真是打從內心感謝這把破魔劍。明明四周的空氣如此陰冷，走著走著卻開始呼吸困難，身體緊繃，冷汗直流。

就在他正打算再次擦拭沿著下巴滴落的汗水時，妖異的氣息像退潮一般退散了。

「干將」只安靜地鳴響了一次。接著便聽見在九彩江曾聽過的那個女人的聲音。

「雖說你是藍家直系，畢竟只是個凡人。沒想到竟然能在這麼短時間內抵達這百間迴廊……」

楸瑛手握劍柄，緩緩轉身。看到的是那透明的離魂身影。

一個有著烏黑頭髮，血色雙唇以及雪白肌膚的美少女，於楸瑛眼前浮現。對楸瑛而言，是第一次看到以這個姿態現身的她。在九彩江時，她是附身於珠翠行動的。

「……您就是縹瑠花大人吧？能勞煩您指引我到珠翠小姐身邊嗎？」

本以為將得到她傲慢嗤笑的回應，瑠花卻只是露出強硬的表情，先望了望紅傘，再轉而凝視楸瑛。臉上的表情看起來像是正緬懷過去。

「能從這條通路進來，也算有你的本事。我沒料到這一點，忍不住繞過來看看是怎麼回事。原來你手中還握有『干將』啊……沒錯，我改變主意了。依你的要求，我就帶你去也無妨。」

楸瑛挑了挑眉。先前遇見的巫女也就罷了，縹瑠花竟會說出這種話，真是令人不可置信。

「……理由呢？將她關進牢中的是妳，妳卻願意助我一臂之力去救出她，這未免說不通吧。」

「你的懷疑很有道理。不過，時光之牢本就是個特殊的牢獄。只要出得去，誰都可以自由離開。但若逃不出去，就只有一死。這座牢就是這麼一個地方。你一路走來看見的無數屍骸，都是那些逃脫不成的人落得的下場。我可以先提醒你，目前這裡還不算真正進入時光之牢呢。」

「什麼，不會吧？這裡還不是嗎？我明明抄捷徑來的啊！」

瑠花輕挑柳眉。似乎很想問楸瑛是誰教他走的捷徑，但又裝成不想知道的樣子。

「……說是捷徑也沒錯。身為凡人的你想要前往時光之牢，這裡是唯一的必經之路。雖然是最煩也最長的迷宮，但相比之下，走這條路可以直通時光之牢的最下層，的確算是捷徑沒錯。首先你要知道，在時光之牢裡的可不是這種小家子氣的魑魅魍魎。恐怕在你進入珠翠所在的最下層之前，就會先發狂了吧。」

楸瑛睥睨著冷笑的瑠花。雖然「對所有女人都必須溫柔對待」向來是他的信條，但眼前可是事關心愛的女人（真命天女），事情就得另當別論。別的不提，按照璃櫻的說法，瑠花的打算應該是先強制珠翠成為廢人，而後佔據她的身體。

彷彿察覺楸瑛內心想法，瑠花嘴角一扯，笑了起來。

「呼呼，沒錯，等珠翠變成『空殼』，我打算用她來做更有意義的事。不過，在那之前必須保住她的小命才行。沒時間多說了，總而言之，有人已掉入我設下的陷阱。有個傢伙正前往時光之牢，打算取珠翠的小命。」

「──有人想取珠翠小姐的性命？」

「要是珠翠小命不保，我就不能使用她的身體了。現在的我處於離魂狀態，不具有物理上的力量。想來想去，要保住珠翠的小命，就只有借助你的力量了，相信你不會拒絕吧。所以我才說要我帶路也無妨。如何？你打算怎麼做？」

楸瑛依然以警戒的表情望著瑠花。她果真如秀麗所說，是一位充滿智慧的女性。

「……你剛才說有人掉入陷阱，這麼說來，你是把珠翠小姐當成誘餌了？」

「……那又如何？呵呵。我拿來當誘餌的可不只珠翠，你就別生氣了。好嗎？」

瑠花話中有話，暗指秀麗等人也一樣被她當作誘餌利用。這對楸瑛來說可沒什麼值得開心的。

更何況楸瑛與秀麗都還猜不透瑠花真正的意圖，可說還被她玩弄於股掌之間。

但瑠花卻也沒有說謊。在她「不具有物理上力量」的狀況下前往珠翠所在之處，以優先順序來說，必須先應付落入陷阱的對手，之後才是保護珠翠。瑠花的態度很明顯，如果無法保住珠翠的性命，她也已做好放棄的覺悟。

「……可是，妳的確說過打算使用珠翠的『身體』，不是嗎？」

「我是說過。因為她的身體可是很寶貴的，特別是現在。所以我很希望你能保護她。」

「她是人又不是保育動物熊貓！妳特地過來察看狀況，找到帶著『干將』的我。只要我願意隨妳去，妳就願意帶路，其實妳的目的是要我守住珠翠小姐的性命，好讓妳最後奪取她的身體吧！」

「就算是這樣，那又如何。你不想來就算了，頂多就是珠翠人頭落地罷了。」

正如瑠花所說。明知她的企圖，楸瑛還是只有照辦的份。而且這一切都在瑠花計算之中。不愧是能與戩華王及霄太師鬥智的女皇。和秀麗大人……很像。

當然她也可能說謊。不過，這次似乎不像在說謊。瑠花雖然有可能欺騙他們，但她不可能只為了要設計楸瑛前往珠翠身邊這樣的理由，就特地離魂飛來。現在正下著不可能下的雪。她的力量正在衰竭。

即使如此，她仍有非做不可的事，所以才會花時間來到這裡。而那事應該與楸瑛或珠翠無關。這一點，從她險峻的表情便能知一二。

（……璃櫻也說過，縹家內部正有什麼大事發生……）

璃櫻的父親也說有人正在縹家作亂，看來的確有事發生。

既然如此，瑠花一定會確實將楸瑛帶到珠翠身邊。答案只有一個。

「——我去。我來，本就是為了要去接珠翠小姐。」

與此同時，瑠花柔細的髮絲搖曳，低下頭如少女般低語：

「……哼，人就是這麼任性。難道你沒想過，對珠翠那丫頭來說，現在成為廢人或許還比較幸福嗎……也罷。那麼我就告訴你怎麼走吧。首先穿越前方的百間迴廊，然後是玉音瀑布——」

才說著，瑠花的柳眉突然一皺。

「……糟了，比我預期得來得快。竟然已經抵達時光之牢的最下層了。沒辦法……直接飛過去吧。用那把紅傘。」

「咦？直接飛過去？」

「節省力氣啊。年輕時把力量當作白開水不用錢似地花用，下場就是今天這樣。早知道就該學羽羽省著點用。不過，藍家的『風』倒是可以派上用場。紅傘裡也還留有一些……唔，勉強有辦法。」

……說著這番話的瑠花，令楸瑛聯想起盯著家計簿傷腦筋的秀麗。

瑠花伸出指尖輕觸紅傘，垂下睫毛，神情恭敬。

接著，一陣藍州溫暖的白南風，便呼呼地吹過這極寒的鐘乳石洞。

當楸瑛受到這陣暖風包圍時，才忽然察覺到。

瑠花現身之後，那些妖魔鬼怪蠢動的氣息，都離得遠遠的一次也不曾靠近。

……關於瑠花雖然有很多想反駁、抱怨她的地方。但不可否認的，她的確是以其強大的力量守護著這塊地的大巫女。

如果沒有了她這裡會變得如何?或許她比任何人都清楚。也正因為如此，她才始終不曾逃離這裡。不管用多麼扭曲的形式統治，或做了多少犧牲。

若真如此，以某種意義來說，她的確是一位名實相符的大巫女。

●　✺　●　✺　●

似乎聽得見，從不知何處傳來的微弱啜泣聲。

聽起來像是用盡全力哭泣，但那聲音卻又是那麼微弱。忽然，楸瑛懷中的扇子發出劈啪聲。

楸瑛知道那聲音。既疲倦、痛苦又悲傷，卻仍一邊回頭一邊拚命向前走，即使如此，還是覺得無法繼續。心太疲累，再也無法忍受而發出嘶喊。

聽起來就像是快要消失，甚至是認為消失也無妨。等一下，請再等一下就好。

再等一下，我就能到妳身邊。

「——珠翠小姐！」

一旦發出聲音大喊，楸瑛才發現這是自己到這裡後第一次發出聲音呼喊她。對此不禁感到十分後悔。就算只是徒勞，也該一邊前進一邊呼喊她的名字才對。

那聲音，消失了。

在一段不知是長是短的剎那空白之後，楸瑛以被甩出去般的姿勢落下。腰間的「干將」震動得更勝以往。就連楸瑛都能感受到，蜷伏於周圍黑暗中的魔物種類，和百間迴廊中的等級大大不同。身體被拋出去那一瞬間，他彷彿可以聽見自己噗通一聲落入其中。全身毛孔像被一股黏稠噁心的闃黑侵蝕湧入。惡寒與壓迫感逼得他幾乎無法呼吸，並發出像貧血症狀般的耳鳴，全身汗水直流。

這種地方，她一直在這種地方。

調整姿勢跳起身來，第一件事就是找尋珠翠。眼前一處有如玉座大殿般異常空曠的空間，散發出奇異美麗的微弱青光。在那之中，珠翠如一朵遭折枝的花，伏倒在地。在她身邊，一個體型高眺的男人，正從上往下望著珠翠。接著，他以與這種地方極不相稱的優美姿勢拔出一把劍。他的目標正是珠翠那纖細的頸項，男人企圖砍下珠翠的頭顱。

與珠翠僅剩跑十步的距離了。

楸瑛一口氣將距離縮短，使用的是連面對迅時都不常施展的步法。

楸瑛清楚感覺到腰間的「干將」正在發熱。然而對此楸瑛卻視若無睹。就算不是用來對付珠翠，總覺得只要一拔出「干將」，就會有什麼即將告終。所以楸瑛拔出的是另一把自己熟悉的「菖蒲」寶劍，一個箭步介入男人與珠翠之間，即時擋住男人砍落的劍，將它揮開。

男人並不吃驚，只是輕輕皺眉。對於楸瑛這個闖入的第三者，他的反應還比較像個遊戲被打擾的小孩。

楸瑛俐落地舞著劍，繼續展開攻擊。轉眼之間就將男人引開珠翠身邊。男人的劍法不壞，足以接住楸瑛的每一劍招，但論實力卻無法超越他，大約和靜蘭相同等級。當然這樣已經夠強了，然而還無法與全力以赴的楸瑛較量。男人似乎也察覺這一點，臉上表情更加不悅，一個飛身便拉遠了與楸瑛之間的距離。

楸瑛也暫時停下手中的劍，退後幾步，終於看清男人的臉。他的年紀看來比楸瑛稍長，不像是「暗殺傀儡」那種殺手，但總覺得他也不是鏢家的男人。如貓般的雙目，微捲的長髮，五官雖然優雅堪稱美形，但整個人卻帶著一股頹廢慵懶的氣質。

楸瑛沒見過這個男人。可是，他的五官與氣質卻讓楸瑛有種似曾相識的感覺。

「──挺不錯的身手啊，藍楸瑛。打得漂亮，值得讚賞。」

邊這麼說著，瑠花邊從天而降。打量了幾眼那個男人之後，她便笑了起來，那是一個淒絕的笑。臉上不帶嘲諷或其他情緒，叫人不解一個滿懷怒氣的人怎能笑得如此豔麗動人。

「……我早料到你會來，卻沒想到你的目標是珠翠。果然是個深謀遠慮的策士。藍楸瑛，馬上砍下他的頭，如此一來麻煩事就可解決一半了。」

「什麼？」

長髮男人輪流看了看珠翠、楸瑛，最後望向瑠花後，臉上的表情突然有了變化。

如貓般的雙目細細瞇起，牽動嘴角微笑著說：

「妳好過分啊。我怎麼可能打得贏藍楸瑛呢。可惜，我決定先回去了。」

這是男人開口說的第一句話。

語畢，男人便轉身消失在青色的黑暗之中。不知道是施展了什麼法術，還是那裡有隱藏的道路。從男人留下的氣息，楸瑛無從判斷。

瑠花嘖了嘖舌。

「……沒辦法。能確認來者何人也足夠了。這麼一來……我也內心有數。」

楸瑛既不問瑠花這句話的意思，也沒問那個男人的名字。反正問了，瑠花也不會告訴他。

「……謝謝妳帶我到這裡……接下來呢？」

楸瑛轉身面向瑠花，而將珠翠藏在自己背後。

瑠花的眼神不看楸瑛，而是望向他身後伏在地上一動也不動的珠翠。眼神中不任何一絲情感。

不過，也可以解釋成那是她正在冷靜觀察。

「……我也為了你使出過多的力量。時間到了……藍楸瑛，我給你個忠告吧。不要想帶走珠翠，最好盡快用『干將』殺了她才是上策。」

「什——」

「珠翠在這種狀態之下，遲早會被壞東西附身。縹家女人的身體是最好的『容器』。就連平常只能進入死後人體的傢伙們，都可能在她活生生時侵佔身體。進入體內之後，他們會啃蝕她的精氣，等到完全被控制之後，她便會開始對周圍的人下殺手，或加以啃食……與其讓她變成那樣，不如死了比較快活。」

瑠花說完這段話，便化為淡淡的影子消失了。

在所有人都離開，周遭陷入可怕的寂靜之後，楸瑛這才回頭望向珠翠。

珠翠依然如一朵折枝的花，伏倒在地。楸瑛抱起珠翠，她纖細的手臂便如人偶般垂落。心跳還在，體溫雖低但也還維持著。用手巾擦拭她臉上髒污，為她整理額前亂髮，伸出手試探地撫摸她的鵝蛋臉，溫柔地搖晃她。

「……珠翠小姐……我來接妳了。請快醒來。」

將她小巧的頭抱在胸前這麼輕聲低語，珠翠的眼睛突然睜開了。

楸瑛低頭看她，接著，表情便扭曲起來。一下、兩下，珠翠緩慢地眨著眼睛。

過去那遙望遠方的視線，已經不在了。

她的眼神中什麼都沒有，明明其他都還在。

只有心，已經不在了。

「珠翠小姐……」

就算瑠花不說，楸瑛也已察覺到珠翠並非陷入睡眠之中，也不只是失去意識。從他聽見她不成聲的啜泣時就明白了。

楸瑛將臉埋進珠翠的髮中，表情越來越扭曲。

用力抱緊她那如折枝花兒般的身體，再也克制不住湧出的淚水。

沒能趕上。自己總是這樣。

「我們一起回去吧，珠翠小姐……回去之後，我們永遠永遠在一起。」

珠翠的眼睛，如人偶般巴眨了一下——產生了某種變化。

只見她的瞳孔變得像蛇一樣發出紅光。「干將」再度發熱，且閃爍著微弱光芒。

伴隨著一聲不似人類的咆哮，珠翠用力推開楸瑛企圖逃開。同時拔走了「菖蒲」寶劍。

楸瑛飛身後退，想起剛才瑠花說過的話——被壞東西附身。

「干將」像是迫不及待被拔出似地發出熱氣。破魔之劍。只要將它拔起，最後他應該就會擅自殺了珠翠吧。但另一把「菖蒲」卻又被珠翠奪去了。

珠翠手持著劍，以無可挑剔的姿勢朝楸瑛殺來。

他看見珠翠眨了眨眼。不知是否出自反射，從她眼中竟滾落一行淚水。

那個瞬間，楸瑛放棄閃避，也沒有趴倒在地。

腦中一閃而過的是劉輝的臉。或許是因為想起了國王，楸瑛瞬間產生不能不回朝廷的念頭，本已放棄反抗的身體，擅自起了反應，無意識地採取防禦動作，身體倒向地面。即使如此他仍努力不讓自己抵禦珠翠的攻擊。

珠翠撲身而上，毫不躊躇地揮劍落下。

（抱歉了，陛下——）

即使如此，唯有她。

耳邊傳來劍尖突刺地面的鈍重聲響。

劍尖刺下的，是楸瑛肩旁的地面。

……楸瑛眨著眼，凝視珠翠。

珠翠依然維持同樣的姿勢，一動也不動。柔順的長髮垂落在楸瑛胸前。楸瑛用手指捲起一綹髮絲，輕輕一拉。

「……珠翠小姐？」

珠翠的眼中閃動著淚光。

接著便激動地流下淚水，同時直視楸瑛。

「……為什麼你不躲開？」

這時，楸瑛才終於如遭雷擊般恍然大悟——難道？

他伸長了雙臂，撫觸珠翠的臉頰，並將她拉近。仔細望入她的眼中，此時那雙帶著說不出寂寞的淚濕雙眸，正是楸瑛過去一直追尋的眼眸。

猶豫著，不知該說什麼才好。

楸瑛接著說出的話，實在蠢得有負他俊俏的容貌——卻是發自真心的肺腑之言。

「……因為面對哭泣的女性，就算被她殺死也要無條件投降，這是我向來不可妥協的信條。」

珠翠的手離開了「菖蒲」的劍柄。

楸瑛閉上雙眼，等待珠翠打下的巴掌。但只是「啪」地輕輕一聲。雖然珠翠的確打了他，但打得很溫柔。

「……下次、再好好教訓你……你一點都沒有身為『花』的自覺嘛……陛下會很傷心的……不過……謝謝你……啊，有件事我可以問嗎？」

楸瑛微笑了，輕柔地環抱住珠翠。珠翠沒有抵抗。楸瑛心想，這下或許有希望。

以指腹為她拭淚，再用自認最性感的聲音在她耳邊低喃：

「……好啊，妳想問什麼都可以。什麼事呢？」

「……請問……有沒有食物和水啊？」

咕嚕，珠翠的肚子叫了起來。

當黑暗中魔物的手，伸向自己的最後一塊碎片時。

一陣溫暖的風，輕柔地包圍住珠翠。彷彿在撫慰她一般緊緊擁抱。

『為了妳，我一直都在這裡啊。』

……是誰？這種話……有誰曾對我說過嗎？

乘著那陣風，令人懷念的香氣鑽入鼻腔。是白檀的香氣，珠翠最喜歡的香味。與此同時，珠翠胸口也傳來啪哩啪哩，靜電般的感觸。

有個聲音，呼喚著珠翠。

『我來接妳了，珠翠小姐。』

呼喚著那珠翠正打算捨棄的名字。

（……來接我？）

迎接的不是別人，而是我？

『我來遲了，對不起……我們回去吧。』

耳邊清晰的聲音，是來自於誰呢？當珠翠明白的時候。

——她用力睜大了雙眼。

（等、等一下，怎麼會是藍楸瑛？不會吧？為什麼他會出現在這裡？這男人是子不嗎？怎麼到處都能輕易冒出來啊？話說回來，他是怎麼來到縹家的？）

對於長年熟悉後宮戰線干戈的珠翠來說，光是藍楸瑛這個名字就足以讓放空的腦袋活動起來，反射性地上緊腦中發條。每次只要這個男人出現，珠翠就不得安寧。他一出現絕對沒好事。快想想對策啊珠翠。

問題來了——現在是什麼時候，這是哪裡，我剛才在做什麼啊？

答案是——這裡是時光之牢，自己差點沒命。感覺上似乎已經待在這裡一百年了。

停頓。

指頭動了一下。等一下，等一下。我叫你等一下啊這個笨蛋近衛將軍。

（不對！不是縹家一族的普通人，竟然認真打算跑進這「時光之牢」？一定必死無疑的啊！就連我都落得如此下場了，這個笨男人到底在想什麼？唔，不過這男人倒是有可能想都不想就做出這種傻事。啊，不過沒關係啦，反正「無能」者勢必無法打開通往最下層的「門」……不對，記得沒錯的話，好像確實有一條為了救出與逃脫用的，人人皆可進出的通路……？我想想喔，應該是……大迷宮……）

沉默。照常理來說，不可能。可是，如果是這男人，說不定真的辦得到。

濃重的黑暗，漸漸變得稀薄，但珠翠卻沒有發現。

（……等等……「地圖」……沒有地圖吧……這裡已經閉鎖百年左右了，啊，不過就算有百年前的地圖也派不上用場喔。畢竟鐘乳石洞會因水氣改變地形啊。他到底打算怎麼來到這裡啊？什麼，兩手空空戰術？這人真的是個將軍嗎？真不知道他到底是聰明還是笨耶！）

兩手空空，還是個普通人，在毫無線索的情況下來場自然大迷宮之大鐘乳洞大冒險？只有想自殺的人或是笨蛋才會這麼做吧。

珠翠試著探索自己堅決封印在某處的異能。發揮面臨火災時的緊急力量，探尋著那被自己封印在伸手不及的深處，不見天日的「眼睛」。雖然裝「眼睛」的「箱子」上了鎖，但狂亂的珠翠仍如同撕開封條般扯下它。打開「千里眼」，她覺得有些不對勁，雖然和平常感覺不同，但仍不在意地「看」了。

一打開四面八方的視野，目光馬上被異常鮮豔的紅色所吸引。

（……什麼，藍將軍！還、還真的來了……）

只見他用難以置信的速度橫越鐘乳石洞，雖然還比不上蝙蝠，不過已經是「暗殺傀儡」也不能及的速度。他就這麼一一突破洞中高低起伏的難關。過去珠翠雖然也認為他應該蠻強的吧——但事實是超乎想像得強。就算珠翠使出全力應戰，恐怕對他來說也只和扭倒一個孩童沒兩樣吧。

楸瑛臉上的表情也是前所未見。在九彩江率先挺身幫助國王時，也曾有過類似的神情，那時還讓珠翠對他稍微刮目相看了。不過現在的他更是超越那時的嚴肅，臉上寫滿了拚命。

為什麼珠翠會知道呢?因為他真的是筆直地、正面朝著珠翠而來。

『我來接妳了，珠翠小姐。』

一起回去吧——

到這裡已是極限。在閉上筋疲力竭的「千里眼」之前，珠翠沒有發現楸瑛轉頭望向她。

因為打開「千里眼」的緣故，她一口氣失去所有體力。

模糊中也感覺到，黑暗中的魔物看透她的無力，從遠處再次朝自己爬過來。

看到自己動彈不得的身體，珠翠想笑。卻因為太久不曾有過笑容，臉頰無法順利牽動表情。

(藍將軍……你來時的速度是很快……但你一定完全沒考慮到回程吧……)

實在是太蠢了，珠翠不禁笑了起來。藍楸瑛這傢伙，絕對沒有先想好如何「回去」。

不，就算想了也沒意義。要從這裡「平安回去」只有一個方法。然而，那對楸瑛來說卻是不可能的……這點想必他自己也很清楚。即使如此，他還是進來了。

其他的東西毫不放在眼裡，一心只想著要來到珠翠身邊。

……像這樣只為了珠翠，將一切都奉獻出來的人，至今從未有過。珠翠重視的人，總是已經有了另一個他們在這世界上最重要的人，珠翠從未是誰的最愛。

『為了妳，我一直都在這裡啊。』

緩緩地、緩緩地，像是有什麼爬進毛孔的感覺。雖說剛才還使得出緊急時的力量，但現在的珠翠，充其量也只是個快要變成「空殼」的人，這一點無法改變。只要她最後的一塊碎片被啃食殆盡後，一定馬上就會消失了吧。而蜷伏於黑暗中的魑魅魍魎，彷彿等著這一刻到來似的，紛紛朝她蠕動前進。

珠翠閉上眼睛……那「絕望」或許也是這些魔物之一。

（……就算藍將軍能平安離開這裡……也只有一個辦法了……不能殺他……陛下……陛下會傷心的……）

一想起那好久不見，害怕寂寞的國王，珠翠流下些許眼淚。不能讓他的「雙花」之一，在這種地方為了自己而死。此外，她還察覺到一件事。

（藍將軍不可能只為了我來縹家……秀麗大人——一定也在縹家。）

魔物群集而來，接二連三佔據了珠翠成為「空殼」的部分，即將啃光她。

珠翠閉上眼睛。這時，那被魔物趁虛而入而變得軟弱的心，才終於平定下來。

……彷彿聽得見那令人懷念的二胡音色。

「……真是的……怎麼會是要吃的啊，珠翠小姐……」

楸瑛一點都不想知道，珠翠願意躺在自己懷抱之中，其實也只是因為「餓得沒有力氣」這種簡單明瞭的原因。等到自己也成為追求人的立場之後，楸瑛才終於能夠理解過去國王對秀麗的種種心情。以前覺得好笑而嘲笑他，現在想想真是過意不去。

為了因虛弱而動彈不得的珠翠，楸瑛脫下自己的上衣鋪在冰冷的岩石上，讓珠翠靠上去。本以為她會倚靠著自己，但她卻自己端坐得好好的。

「抱歉，實在是真的太累了……啊，是乾飯……好懷念啊。」

累了？楸瑛畢竟是個武官，身上總是備有少許乾糧，便將那些給了珠翠，並遞上來此途中用竹筒裝盛的清水。

珠翠慢慢咀嚼，一點一點吃完乾飯後，露出高興的表情。乾糧因為是戰場上的備用食物，雖然很有營養卻是平淡無味。這麼難吃的食物，珠翠卻吃得十分美味。

這時的她，臉上的表情和剛才那虛弱無力有如人偶的她完全不同。每一個舉止、表情，甚至指尖的動作，無一不吸引著楸瑛的目光。捨不得將眼光移開，指尖感到一陣麻癢難耐。

雖然不想和她說這些殺風景的話，但也無可奈何。

「……珠翠小姐，那時究竟發生了什麼事？我真的都已經……做好覺悟了呢。」

珠翠慢慢啜飲清水，不知該如何回答，到底發生了什麼事。

「……很難用言語形容……硬要說明的話，就是直到剛才為止，我都像是在打地鼠……？」

「……啥？」

「就是對於那些攻擊過來的敵人，我一直一一攻擊他們，閃躲他們，趕跑他們，讓他們安靜……對你也做了很過分的事呢。那是最後一個敵人，特別頑固難纏。」

「？？？這是……」

楸瑛聽得一頭霧水。不過，大概猜得到，當自己正與蝙蝠一起穿越鐘乳石洞的同時，珠翠一定也在某處上演一齣與地鼠軍團之間的殊死決鬥吧。不斷不斷地打擊那些壞地鼠，然後就在千鈞一髮之際……她總算回來了。

抱起她的楸瑛很清楚……那時珠翠的狀況。其實楸瑛已做出最壞打算，下定決心，無論面臨何種狀況都要帶她回去，照顧她一輩子。然而最後一刻珠翠還是打敗了地鼠大王，雖然差點回不來，但她還是回來了。而那場激戰，絕對不像珠翠輕描淡寫說的這麼簡單。

楸瑛執起珠翠的手。那因消瘦而越發纖細的手，輕易便能一手掌握。

將最重要的一件事問出口：

「……已經沒事了嗎？」

珠翠望著那雙總是被自己拒絕的手。

回想起眼前見過的幾幅景象。

『……珠翠小姐……我來接妳了。請快醒來。』

其實珠翠也想過，若楸瑛真的拔起「干將」……那樣也好。若是如此，只要一瞬就能將一切結束。當時珠翠正想將最後一隻地鼠——那有如蛇般狡猾的妖物——從自己體內袪除時，對方卻突然發動劇烈攻擊，奪走珠翠的身體，並轉而襲擊楸瑛。

珠翠心想，楸瑛必然會拔出「干將」吧。這也是沒辦法的事。沒想到，楸瑛卻沒有拔劍。當珠翠領悟到楸瑛直到最後都不打算拔劍，甚至毫無反抗之意時，真的以為自己要殺死他了。

……幸好趕上了。

「是啊，已經沒事了……但是，你為什麼不至少閃躲一下啊！要是我沒趕上，你真的已經死掉了耶。還說什麼在女人的眼淚面前全面投降啊！」

「趕上？嗯，妳說得也是有道理啦……不過我已經決定了。」

「決定什麼？」

「過去總是從妳身邊逃開，所以這次我決定絕對不逃了。我明明是來救妳的，卻要我殺妳，開什麼玩笑。我決定這次要是妳哭了，我就到妳身邊陪伴妳，好好抱緊妳。我已經都這麼決定了，怎麼可以因為快被殺了就改變主意呢？那豈不是太遜了。」

珠翠驚訝地眨著眼睛。

難道，楸瑛在珠翠心想「死也無妨」的時候，就已經察覺她的心思了嗎？於是他想著「別開玩笑了，我怎麼可能殺妳」，接著便丟出手中的劍等待。

為了不殺楸瑛，珠翠只得把「真的不行就死了算了」的最後的一點消極捨棄。不經意地，珠翠想起那條蛇……或許，最後最頑固難纏的妖物，正是以這種心情為養分也說不定。

直到最後，楸瑛都不允許珠翠留下任何一點「死也無妨」的念頭。確實，每當珠翠變得軟弱時，楸瑛總能改變她這種心情。或許他本人根本沒有自覺，但以結果來說，楸瑛是一口氣救了自己也救了珠翠。

雖然這麼想著，珠翠還是不知為何伸手給了楸瑛一巴掌。

「……咦，現在這一小巴掌是？」

「我就是突然想揍你。不過呢，是啊，多虧你幹了一堆傻事，才讓我無法繼續懦弱沮喪，終於拚命趕回來了。所以……現在我能在這裡，或許都該要謝謝你。」

珠翠忽然想起在後宮時。現在想想似乎從那時候開始，兩人之間就一直如此。

「——那麼，藍將軍，在我們離開這裡之前，請你告訴我一切來龍去脈，包括為什麼你會來到縹家吧。把你見到我之前的事都告訴我。」

……聽了楸瑛的敘述之後，珠翠閉上眼睛，久久無法睜開。

「……我明白了。為了得知『母親大人』的所在之處，需要我的『千里眼』對吧。」

「……珠翠小姐。」

楸瑛雖然瞪著珠翠，珠翠卻輕輕笑了。

「我沒有諷刺的意思。我們馬上出發吧。要解決一切，這是必要的——我也有必須去見『母親大人』的理由。越早越好。見到她之後……這次一定要……」

話說到一半，珠翠突然住了口。

「首先，我們先去找秀麗他們吧……等一等。」

珠翠閉上眼睛，周圍吹起一陣輕柔的風。

楸瑛猛然注意到，最初來到這裡時感覺到的那種令人沉重不悅的空氣，不知不覺中都已煙消雲散。那力量是——

最後，楸瑛聽見珠翠的聲音：

「對了，我好像還沒告訴你。你來接我，我很感激。可是……我無法和你永遠在一起。因為，我該回去的地方——已經決定了……」

第五章 琴中琴響起之夜

高低起伏，如湖面般透明優美的二胡音色，劃破並震撼了空氣。

秀麗回到「靜寂之室」，拉起了二胡。不知是否感應到「干將」的氣息，迅手中的「莫邪」開始微微震動著。迅第一次聽見秀麗拉的胡琴音色，竟說不出話來。

「……沒想到小姐妳還有個這麼厲害的專長……璃櫻，這能派上什麼用場嗎？」

「有可能。李絳攸失去意識那次，也是琴聲為他指引了方向。或許人只要聽見樂音，就會忍不住朝那方向走去吧。『干將』和『莫邪』也有所連繫，再加上……縹家的『神樂』正是二胡。現在聽了秀麗的琴聲，我甚至認為……即使沒有雙劍，或許也能傳遞到楸瑛身邊。」

璃櫻早已聽過無數次秀麗拉的琴，但這次的音色比過去任何一次都美。

總覺得，秀麗現在奏出的琴聲更有深度了。不僅如此，原本顯得不安定的縹家上下，打從秀麗的琴聲響起之後，似乎也平靜了不少。

「……對了，我問你，璃櫻。那撐著一把紅傘的女人……她是人嗎？」

「不，我想應該是幽魂。看她的打扮應該是縹家某位先祖，而且還是位階相當高的巫女。其實這種事在我們縹家並不稀奇。常可見到像是狐仙之類的妖怪任意出沒，時而與人交談，或擅自取了食物就吃。」

「還真自由哪……我還以為縹家的工作是降妖除魔？」

「只有太邪惡的妖魔才是我們袪除的對象。受到人類壓迫而逃到這裡來的妖物，對我們縹家來說就是需要保護的弱者。妖怪和人類不一樣，他們不會說謊。所以那個女人說的話，應該是真的。」

撐著紅傘的巫女告訴他們「時光之牢」原本建造的目的之後，便交給秀麗一把二胡。

『為了「珠翠」，請妳拉奏二胡吧。我相信妳拉的二胡音色足以成為指引，一定能成為幫助她的力量……我只能做到這樣了。』

說完之後，巫女臉上掛著一抹寂寞的微笑，和人類沒兩樣地踩著優雅的腳步聲離開了。

（……外表看似幾乎與人類無異，更能「手持」二胡，可見她生前一定是一位相當高階的巫女吧……說不定，她是哪個時代的最高位大巫女呢。）

正當璃櫻出神地這麼想著時，忽然有個人影來到他身邊，並優雅地坐了下來。

不以為意地朝身邊一瞥，璃櫻嚇得下巴差點掉下來。坐在自己身旁椅子上，怡然自得地就像在自己房間，一邊托著腮一邊聆聽秀麗拉二胡的人，有著一頭銀髮。

（父、父親大人——？秀麗的琴聲竟然連那離群繭居五十年，打從內心厭惡與人接觸的父親都喚了出來？）

既然如此，更別說珠翠了。她也一定能聽見吧，璃櫻心想。話說回來，父親竟毫不猶豫就來到自己身邊，這倒是令璃櫻情緒一陣複雜。

閉上眼睛，縹璃櫻傾聽著秀麗的二胡。那是過去自己教會「薔薇公主」拉的二胡。

……還以為她逃離這裡時，把一切都丟下沒有帶走。

至少她還願意將這二胡的音色帶走。縹璃櫻悄然而傷感地微笑了。

只有二胡。自己為了她而學習的二胡。

這讓縹璃櫻內心感到一陣不可思議。

「父親大人。」

聽見兒子的聲音，縹璃櫻微微睜開一隻眼睛。小璃櫻正襟危坐，臉上掛著略帶緊張的表情說：

「……謝謝你將珠翠的事告訴我們。」

縹璃櫻沒有答腔，再次垂下眼皮。不過看起來，心情似乎比平常還要好。

……不多久，迅手中的「莫邪」便發出了鳴響。

接著，伴隨著一陣微風，出現了兩個人。其中一人是藍楸瑛，另一人則是——

珠翠微笑著望向拉奏二胡的秀麗。令人懷念的二胡，那是夫人的音色。

一看到秀麗，珠翠就覺得什麼都不在乎了。內心湧上一股溫暖的情緒。

「……好久不見了，秀麗小姐。」

秀麗放開二胡，跑向珠翠，一張臉已經哭花了。

「珠翠！」

看見哭著撲向自己的秀麗，珠翠不禁綻開了笑容。

●　●　●　●　●

縹家宗主璃櫻，在秀麗丟開手中二胡時，就若無其事地離開了。

在珠翠包紮傷口，沐浴以及進食這段時間中，秀麗忽然感到某種變化，打開窗一看，不禁驚訝地睜大了眼。原本那麼大的雪，現在已經減弱為小雪了。

「雪……似乎快停了。而且氣溫也提升了不少。這究竟是——」

「我是聽說過，只要有比較多巫女或術者在，本家就會比較安定……」

但這變化也太急速了。璃櫻心中想起一個可能性，望向珠翠。只見珠翠點了點頭。

「……因為我從時光之牢出來了，我想有一半是因為這個緣故吧。」

「這麼說來，『時光之牢』果真是——」

「……是的。那裡原本就是為了這個目的而建造的地方。只是這幾百年來，都被錯誤使用了，導致那裡越來越扭曲……」

珠翠想起了瑠花唯一一次來到時光之牢時的事。

當時的她冰冷的眼神，就像在問自己是否已經有所覺悟。

那眼神真正的意義，現在的珠翠終於能夠明白。

等珠翠大致安頓下來後，秀麗便簡要敘述了來龍去脈。包括蝗災的發生，以及驅除的方法或許能藉由打開「通路」之後在各神社寺廟取得等等。珠翠聽完之後，點了點頭。

「那麼現在最重要的就是先向各神社寺廟確認，是否真有那種驅除法。秀麗小姐，我現在就打開其中幾個『通路』。要打開全部通路還不可能……但只是幾個的話，或許還辦得到。」

「……辦得到嗎？」

吃驚反問的是璃櫻。「通路」在平時，多半由術者及巫女使用。不過那就像是打開沒有上鎖的門，並不需要太強大的法力。然而現在那些門，都被瑠花加上堅固的鎖，就連羽羽爺想要打開一道門都很吃力。

「是，我想……現在的我應該可以。不過要打開所有通路，還是只有大巫女才有辦法。所以仍必須盡快去見瑠花大人。」

秀麗一驚，接著便轉向珠翠以認真嚴肅的口吻說：

「珠翠——關於這件事，我想請妳幫忙。」

「我明白，我這就找出瑠花大人的所在——」

「不是的，不只要請妳用『千里眼』找出瑠花大人的所在。如果可以的話，還想請妳代替瑠花大人，現在馬上成為新的大巫女。這麼做當然是我任性的要求，但只要妳取而代之成為大巫女，就不需要透過瑠花大人，可以直接和妳交涉。不管是關於蝗災，或是關於『通路』——如此一來最後的決定權在妳，就不會受到瑠花大人的判斷左右了。」

到目前為止，在縹家不管想進行什麼事，最後都會碰上瑠花這個障礙而停滯不前。再說瑠花一定也不會輕易答應秀麗或璃櫻提出的條件——既然如此，只要換掉大巫女就行了。打從秀麗得知瑠花的神力已漸漸衰退，就開始思考這條路。如果大巫女是珠翠的話。

「不過，並不是為了這個目的，藍將軍才去接妳回來的。什麼異能、什麼大巫女的身分，這些都是其次。這不是交換條件，妳有拒絕的權利。只是，我希望妳能考慮考慮。」

「……秀麗小姐……我也想再見一次瑠花大人，所以我才回來的。」

珠翠看著自己纖細了些的雙臂，毅然決然地抬起眼睛這麼說。

秀麗感覺得到即使沒有要求，珠翠也已經決定這麼做了。

雖然沉重，但只要能承受下來，一定就能改變什麼。只要到那個地方去。

……然而，秀麗總覺得有什麼不大對勁。或許是因為珠翠沒有肯定地回答是或否的緣故。過去每當出現這種情形時，就是珠翠對秀麗隱瞞什麼的時候——

「……珠翠、璃櫻，關於大巫女之間的交接，是如何進行的呢？只要請前一代大巫女退隱就可以了嗎？」

璃櫻不自然地轉頭別開目光；珠翠則平靜地說出那個事實：

「不能有兩個大巫女同時存在。交接……唯有當代大巫女死去才能進行。」

回過神來，秀麗才發現自己已經激動地抓著珠翠雙臂。珠翠臉上的表情，說明了她隱瞞秀麗，決定要去執行的是什麼事。

「珠翠，我之所以會認為與其去說服瑠花大人改變，不如直接替換大巫女，是因為覺得時間不夠，這麼做可以讓事情進展得更快。但如果必須要妳背負什麼才能這麼做，那不是我希望看到的。與其讓事情變成這樣，我寧願自己去說服瑠花大人，不管用什麼方法我都會說服她的。」

璃櫻先前也曾暗自想過，最簡單的方法就是殺掉瑠花姑媽。正是因為感到這份心思已被看穿，他才會別過頭去。就連現在，他內心都還抱持著一丁點這樣的想法，所以才沉默不語。不過秀麗的答案也已經很明確了，就像她對珠翠說的那樣。就算面對的是璃櫻，她一定也會這麼說吧。

珠翠露出既欣慰又愧疚的表情。想要走輕鬆的捷徑，秀麗絕對不允許。不過——

「……秀麗小姐，我現在無法回答妳。只有這次，請妳允許我用我的方法去做。」

秀麗凝視著珠翠。忽然發現司馬迅不知何時又不見人影了。

珠翠尚未使用「千里眼」，也還沒「看見」瑠花的所在地。然而——

「……璃櫻，瑠花大人身居何處，縹家上下應該不會完全沒人知道吧？總會有很親近她的人知道才是。再怎麼說，她也無法自己完成所有事，總該有人負責照顧她的生活起居吧？」

「咦？喔，是啊。只是我也不知道在哪裡……」

迅對縹家所知甚詳。當年飛燕小姐除了蝗災的事之外，寄出去的資料中，不知是否也多少記錄了與縹家相關的情報。說不定迅早就發現——不，更可能他根本打從一開始就知道瑠花的所在地，只是「一直在等待適當的時機」前往而已。

秀麗咬緊雙唇。如果自己的預感正確的話。

「——珠翠，我還有一件請求。等妳打開『通路』，與有可能幫助驅除蝗災的神社寺廟聯繫之後，我想請妳和藍將軍一起前往另一個地方。至於這邊，就交給我和璃櫻來處理。」

秀麗與璃櫻目送珠翠他們離開後，在被稱為「通路」的房間內，面對開始發出幾何形狀光芒的方陣。

接下來該進行的，是仙洞令君與監察御史的工作。

璃櫻一邊伸手碰觸「通路」之一，一邊低聲發出詢問。

「我是仙洞令君，縹璃櫻。有關於蝗災的事，想詢問大社寺系列首長。」

在縹家全體神社寺廟之中，這大社寺系列特別擅長蟲害的防治工作，也頻繁進出學術研究殿做了相當深入的研究——這是秀麗與璃櫻將那本冊子與進出研究殿的名冊對照之後得出的結論……於是決定先與大社寺系列聯繫。

沒多久，從「通路」另一端，傳來一個穩重而聽得出上了年紀的男性聲音。

「……唉呀，『通路』總算是打開了。我還正想問，縹本家究竟是出了什麼事呢——不過，還是先讓我回答您剛才的問題吧。請說。」

「是關於驅除蝗災的事。我想問是否有可能以人為的手段，令大量發生，成群飛行的蝗蟲接近毀滅狀態——舉例來說，就像鹿毛島那樣，發動一場傳染病之類的？」

對方陷入一陣驚人沉默。似乎相當訝異於璃櫻從何得知這件事。

他的回答，也很簡單扼要。

「——有的。」

但是，還有下文。

「只是現在，我等還無法採取行動——除非有來自瑠花大人的命令。」

●✺●✺●

旺季終於看過所有的卷宗，擱下筆一看窗外，已經是深夜了。歐陽玉已經早旺季一步，率領一批羽林軍精銳部隊出發前往碧州。旺季處理完目前手頭的所有公務之後，也將於明日一早啟程。

（……接下來，做什麼好呢……）

旺季朝仙洞省方位望去。之前，羽羽大人曾說過，希望自己有空時能夠彈彈琴。旺季也曾抽空在府邸中彈過幾次，不過最近根本沒有那個心思。然而，在公務繁忙之際，內心還是一直牽掛著這件事。羽羽大人不是會隨性說出這種話的人，更重要的是……從那之後，就再也沒見到羽羽大人出現了。

空氣倏然一變。旺季感到一股說不出口，但不是很好的預感。

這種時候，就算羽羽沒有拜託，旺季自己也不由自主地想彈琴。他走進深夜中的庭院，自己開始做彈琴的準備。話雖如此，需要準備的也只有三樣東西——彈琴用的小桌與椅子，還有就是琴中琴了。琴中琴和古箏不同，有著剛好能輕鬆移動的大小。

旺季並未點亮燭臺。庭院中掛著燈籠，也有來自天上月光與星光的照耀。憑旺季的琴藝，不需要看手指也能彈奏。準備到此結束，他先仔細調音後，彈了一曲短調讓手指適應。當第二曲將近尾聲時，忽然停下手指。

「這麼晚了，您還一個人在外走動，不大好吧，陛下。」

說真的，的確很猶豫該怎麼辦才好。

當看到旺季出現在陽臺時，劉輝也曾想開口打招呼，卻錯過了時機。結果就這麼退縮不前，更加不知所措。沒想到之後旺季竟然走出了庭院。

只見他俐落地準備著，搬出了一把琴。劉輝不知道旺季會彈琴——而且彈的還是這麼罕見的琴種。就在他躊躇不前時，琴音已響了起來。

靜謐的琴音，雖然不花俏多彩，卻有著澄淨清亮的音色。

不知為何，這琴音給劉輝一種懷念的感覺。好像很久以前，也曾經在哪裡聽過似的。

不知不覺聽到了第二曲途中時，劉輝的手指，也隨著旋律撥動了起來。

雖然被旺季直言訓斥「不大好吧」，劉輝縮縮脖子，仍沒有打退堂鼓。

「可否……再讓孤聽一會呢？」

旺季挑起一邊眉毛，看起來似乎無言以對。

過了一會，才吐出一句「請便」。

「請自便。我演奏時需要這張座椅，所以無法讓給您就是了。」

「……你不生氣嗎？孤還以為你會說『怎麼還有閒工夫來聽琴』呢……」

「我說過，如有要事，不管是誰都可隨時來找我無妨，即使是陛下您也一樣。如果您有要事，那就請留下。如果沒有，還是請回吧。」

一陣短暫沉默後，劉輝點了點頭，走到旺季身邊。因為沒有椅子可坐，只好隨意席地而坐。這時旺季也沒有因為劉輝不符禮節的行為而發怒。

悠揚起伏的琴聲再次響起。

那是非常悅耳動聽，極不可思議的音色。劉輝閉上眼睛，沉浸於琴音的世界之中。有種奇妙不可思議的感覺。好懷念。內心深處掀起了陣陣漣漪。很久很久以前，自己一定聽過這琴音。有誰曾經彈奏給劉輝聽過。

（……這不可能啊！）

當時陪伴在劉輝身邊的，除了清苑兄長之外，就沒有其他人了。……應該沒有別人了。但這琴音，依然靜靜地撫慰著劉輝的心。

就在半夢半醒之間，一曲終了。劉輝還想沉浸於餘韻之中，旺季卻遲遲不彈下一曲。睜眼一看，他正嚴謹地調著琴弦。

「……你每彈完一曲都要重新調弦嗎？」

「是啊。一曲彈畢，音準或多或少都會走調。」

劉輝發揮了與生俱來的好奇心，站起身來繞著旺季的琴桌走動，東張西望。

「這就是彈奏古樂專用的琴中琴啊？聽說很少人會彈呢，孤還是第一次這麼近距離接觸這種琴。果然與古箏或古琴大不相同。沒有琴柱，琴弦也只有七弦呀。」

旺季不知為何沉默不語。劉輝猛然捂住嘴巴。

「……你是否想說，孤說的不像是個國王該說的？」

「不，我只是想說，你和從前一樣，一點都沒變。」

出乎意料的回答，讓劉輝大吃一驚。從前？

「咦？從前，孤也曾聽過你彈琴嗎？」

旺季調著琴弦的手，忽然停了下來。但他並未回答這個問題。

「……你要不要也試著彈彈看？」

「可以嗎？」

「我教你吧。從調弦開始。」

劉輝聽了反而膽怯起來——從調弦開始？

（不是讓孤隨便碰碰琴弦，而是從調弦開始教起？）

但在旺季有如老鷹緊盯獵物般的目光之下，劉輝輕易就舉白旗投降了。

「……那就，請多多指教了。」

旺季讓他坐上琴椅。

「本來應該從架弦的方法開始——不，應該從琴中琴的製作方法開始從頭教你才是……」

「……什麼？製作方法？」

「是啊。要是有足夠的時間，我甚至現在就想帶你去找一把上好的桐木。琴這種東西，本就該自己從削木開始製作。這把琴就是我自己做的。真正懂彈琴的人就應該如此。直到不久之前，琴師製作自己喜好的琴，是再普通也不過的事了。彈奏他人製作的琴，那是旁門左道才會做的事。」

別說調弦了，旺季甚至開始教導劉輝關於彈琴的歷史。這是怎麼一回事？

話說回來，還真無法想像旺季在森林裡找到自己理想中的桐木，並著手從削木開始製作一把琴的模樣。不過仔細一看，眼前這把桐木琴，的確做工精細，是一把看得出來用了很久，但依然很美的琴。

「首先，是調正五弦七徽的音律，接著調整七弦——」

劉輝專心傾聽，按照旺季的指導，從一弦到七弦依序調正音準。

「這就是傳統演奏琴曲之前，必須進行的調弦步驟。接下來便是演奏了。這裡有十三個並排的記號，這就是『徽』的記號，依序從一徽到十三徽。左手按弦時，可以這記號為準。琴中琴的彈法，是以左手按弦，以右手撥弦。」

雖然不像古箏有琴柱，但有十三個類似古琴「印」的記號。

「彈琴時，要坐在四徽到五徽之間的位置。目光隨時只能看著左手，右手彈奏時必須靠直覺。」

「直覺？」

「不是用眼睛去判斷彈奏的位置，而是用感覺去記住。所以彈琴的人不看右手，只看按弦的左手。此外，也沒有琴譜，請用耳朵和直覺將曲子默記起來。」

又是直覺。劉輝記得從前宋太傅也說過類似的話。「不是用眼睛追隨對手，而是用直覺和身體去感覺。」……突然覺得，旺季的個性其實也挺隨性的嘛。

劉輝學習得很快，音感也不錯，只要適應了不習慣的指法，就能很快掌握訣竅。雖然還彈得稍嫌零零落落，不過也能慢慢彈完一曲。曲畢，旺季輕輕鼓掌。

連劉輝自己都覺得彈得很差，旺季卻拍手了，這讓劉輝不由得高興起來。

「……旺季大人。」

劉輝雙手握拳，內心突然湧現前所未有的想法。

說出口劉輝才發現，自己已將那想法脫口而出了。

「……孤還是不夠好嗎？旺季。孤無論如何都做不好一個國王嗎？」

在月光與燈籠映照之下，旺季轉頭凝視劉輝。他的眼神靜謐，但除此之外，也不帶任何感情。

劉輝終於領悟，自己那句話，根本一點也無法打動旺季的心。

長長的沉默之後，旺季閉上眼睛。

「……你是否有討厭的事物呢？陛下。」

「……討厭的事物……？」

「讓我換個說法吧。我想你一定是為了喜歡的事物，所以才讓自己成為國王吧？」

隔著琴桌，旺季站在劉輝正對面，再次動手調起琴弦。

「……我說這話，並沒有諷刺的意思。為了誰，或為了什麼而成為國王，這並不是一件壞事。總比……為了自己而成為國王，要好多了。」

旺季看似調弦，卻彈奏起美麗的音色。不知為何，劉輝總覺得旺季最後這句話，指的是自己的亡父——戩華王。

旺季依然站著，緩緩撥弄琴弦。

「不只是紅秀麗，你想守護的人還有紅邵可、藍楸瑛與李絳攸、茈武官……那許多對你而言重要的人，對吧。我認為在你內心之中最重要的，就是不想失去這些重要的人們，以及想為他們實現心願的想法。」

旺季說得完全正確。而且劉輝也不認為，自己這樣的想法是錯誤的。

然而，現在的自己，很明顯做錯了什麼。越想前進越是錯誤百出，不管被誰如何指責，自己就是沒辦法好好施展身手，動彈不得。所以，劉輝也無法理直氣壯說出自己並沒有錯。劉輝的下巴，微微地顫抖著。

旺季裝作沒有看見，繼續彈著琴。琴中琴發出如夜晚的森林一般深邃溫柔的音色。

「……可是陛下，我和你不同。」

夜風吹動樹梢，遠方的燈籠因而搖曳著。

「我是為了討厭的事物，所以才能堅持到今天。」

「……討厭的事物？」

旺季加重手中彈琴力道，琴音也比剛才更大聲。

「——我非常討厭你的父王。」

琴音落在這最後一句令人難以忽略的話語之上，使得語音低微難辨。但擅長武藝的劉輝不會聽漏這句話，當然這一點旺季也很清楚。是的，這句話，就只有劉輝能聽見。

劉輝瞠目結舌。他從來都不曾聽過，有誰討厭父王。

先王戩華。被稱為血霸王的他，也被視為蒼玄王再世，是一位受盡謳歌的英雄國王。也是清苑兄長最為敬愛的父親。

旺季的指尖依然撥弄著琴弦，琴音不斷隨著夜風傳送到遠方。

「我很討厭他。對弱者毫不同情，將阻礙他的人趕盡殺絕，以絕對的力量強制人人向他低頭。我一點都無法認同那個人……也不想認同。我和你不一樣，奮戰不是為了守護心愛的人事物，而是為了改變討厭的東西。」

記得宋將軍曾說過，以父親為對手抗爭到最後一刻的其中一位將軍，就是過去的旺季。看來此言不假。

「我討厭的東西多得像座山。例如戰爭、饑饉、疾病……無論走到哪裡都有屍體。但這種事卻被視為『普通』，我討厭這樣的『普通』。我想改變。在自己的領地上盡可能僱用人手，種植耐得住天災的農作物，為了接濟貧民而奔走。當時還沒有國試制度，大部分的貴族與官員都不學無術，終日只會寫些毫無意義的漢詩，開著自甘墮落的歌宴……或許他們內心也很清楚，知道即將發生什麼可怕的事，知道毀滅即將來臨。或許他們早已心知肚明，所以才拚命想從現實逃離，走向自我滅亡。」

就像即將腐壞掉落的果實。明明快要掉落了，卻散發出奇妙的甜膩腐敗氣味。

「……當時的我，比現在的你還年輕。既年輕又無力……即使如此，我仍深深感到只要能改變在上位的貴族與官員，事態就會大不相同。這就是我之所以開始指導各地的貴族子弟，並將他們送上官途的原因……然而當時的我力量仍太微薄，無法改變任何事。很快的，戩華皇子興起。他是個對貴族或官員不抱期待的人，一族上下都被他趕盡殺絕。他所做的並非改變父君，而選擇了毫不容情的殺戮……即位之後，他的作風也沒有改變。那之後的事，你應該也很清楚。」

劉輝別過頭去。旺季說得沒錯。自己的五位兄弟皇子之中，除了被流放的清苑，劉輝所有的骨肉血親都不在了。有的兄弟在皇子之爭中遭到暗殺，就算沒死的人，最後也在父親命令之下被處刑身亡。無論是皇子、妾妃，或是與其相關的族人。其他的貴族或官員，只要父王視其為負擔，一樣不留活口。

當時的劉輝，雖然知道這些事，卻對此不抱任何感情。本來他就不喜歡那些兄長與妾妃，對他們的死也不覺得遺憾。聽到他們被處刑時，他只認為那是與自己無關的，發生在遙遠世界的事。也不曾思考過父親的作法是否正確。自己過去的確如此，甚至連一絲憐憫之情都沒有。

忽然，劉輝打了一個寒顫。父親接連處決了兄弟與他們的母妃，十幾歲時的自己卻什麼感覺都沒有。第一次，劉輝發現那有多麼不尋常。

「……你認為……父王的作法是錯誤的……是嗎？」

事到如今再問這個問題也於事無補。真是毫無意義的對話。

旺季撫琴的手戛然停止，最後一段曲調也消失在夜晚的陰影之中。

「……他和霄宰相的確也辦到了我所辦不到的事。縱然因此血流成河，死者無數。但人人都說『那也是無可奈何的事』。為了讓戰爭結束，那是無可奈何的。然而，不可思議的是，只有戩華王本人與霄宰相，連一次都沒說過這句話……只要他們說出一次也好，我就可以堂堂正正地指責他們做錯了。」

只要那樣，就可以提出其他可能的辦法，說些彈劾他們的漂亮話了。

可是，直到最後的最後，他們都沒有找藉口逃避自己做過的事。戩華王總是說「不要對我有太多期待」。臉上總是掛著嘲諷的笑，隨心所欲活著，然後死去。只留下「之後就隨你們高興怎麼做吧」的遺言。

他不是那種會承認自己做錯的清高男人。不過，他倒也不認為自己一定是對的，只是從許多可能的作法中選擇了一條路走而已，而結果就是這樣。

「……我承認只要有才能，不論身分地位他都願意予以採用，國試制度也是從他開始，才能培育出後來這許多人材……國家也因此變得比過去更豐足。最重要的是……他結束了泥淖般的漫長戰爭。那兩人完成了我所辦不到的事……所以我不會說他做錯了。我現在還不會這麼說。」

不能說他做錯了，但也不願意認同。還有其他更好的辦法。而或許就是為了證明這一點，自己才用了一輩子的時間，直到現在都還努力著。有時候，旺季會這麼想。

「……為了討厭的東西，我才走到今天。我從未有過和你一樣，為了『喜歡』的人事物努力的念頭。連一次都沒有過。既不覺得必須去為人民或為誰實現心願，也不覺得那是為政者的使命。我認為那種想法只不過是自我滿足罷了。」

「……咦？」

「……請聽好了，我接下來要對陛下說的話，不會再說第二次——至少我認為真正的政治，不是不斷為人民實現『心願』，而應該是盡量去為人民減少『討厭的東西』。一直以來我抱定的都是這樣的信念。無論是去著手減少饑饉、旱災、水災、瘟疫，或是去減少偏見、歧視、弊害、毫無根據的迷信等……必須消滅、減少的東西堆積如山，但我從未因不知從何下手而感到猶豫。在是非對錯之前，那就是為政者非做不可的事。別人的評價根本不用在意，也不用煩惱是否會因做了這些事就獲得人民與臣下的喜愛或厭惡。」

劉輝前額的髮稍輕輕晃動著。

一開始，旺季詢問自己「是否有討厭的事物」。

這句話的意義。

「我並非『喜歡從政』才從事現在的工作。葵皇毅和孫陵王他們也都是如此……我想或許紅官員也是。」

劉輝猛地抬起頭來，旺季口中提到了紅官員。這是第一次聽到他這麼稱呼秀麗。

「她並非未經思考，只因『喜歡』官員這樣的職業而以此為志。『喜歡』這種不可靠的情感，不是用在這種地方的。不管做什麼工作都一樣。即使辛苦，仍能持續下去，一定有超越『喜歡』的理由。不管是為了填飽肚子，或是為了扶養家庭。為了不想再看見一樣的光景，為了不想再嚐到一樣的苦澀滋味。或是為了想親眼看見一個不同的世界……是像這樣的。」

最早，秀麗也對劉輝說過。說她再也不想經歷那種心情。

『人的力量，也能完成許多事。』

所以她才想成為官員。

劉輝自己，卻把她的「心願」當成飼料似的，輕易丟給她，又不由分說地從她身上奪走。

旺季這番話看似嚴厲，卻不可思議地不傷人。只是靜靜地闡述。旺季再次彈起了琴，不知為何，這次他選擇的曲調，有如搖籃曲般溫柔。劉輝還是覺得似乎曾經在何處聽過，卻想不起來。

「……我並不認為陛下特別受上天眷顧，也不覺得為了喜歡的事物成為國王的想法是錯誤的，我想那也是一種人生之道……至少你那樣的作法，不會犯下像我這樣，在苦戰的過程中，連心愛的人都失去了卻還不自覺的錯誤。」

訝異於他最後這句話，抬起頭來想問個仔細，卻劈頭迎上旺季蘊含深意的眼神。

「……不過，我並不後悔。因為雖然有過迷惘與躊躇，那依然是我自己決定走上的路。我不認為那是錯的。正因為如此，陛下，我無法相信。」

旺季的眼神直視著劉輝。

「為了消除討厭的事物而走到今天這一步的我，實在無法相信，為了守護心愛事物而成為國王的這種作法。對於自己不喜歡的東西，你總先不去看或置之不理，就像一直以來對我們門下省所做的那樣……陛下，在你對我們視若無睹時，我們還是一直存在的。身為你的臣子之一，一直在你身旁盡心盡力……一直都是。」

明明存在著，明明一直發出聲音，卻被自己當作不存在，那另一半的世界。

那是多麼危險的事。

「只要心愛的事物有所改變，你也會受到影響跟著改變，陷入深沉的沮喪或絕望之中。就算明天後天世界還是照常運轉，你卻不再是昨天的自己。就像清苑皇子出事那時候一樣。你不像你的父親，不夠堅強地足以和前一日般若無其事出席朝議。這一切都是因為你太溫柔。」

劉輝完全無法反駁。

嚷著不想當國王而躲在後宮不出現的理由，正是為了兄長清苑。現在回想起來，自己和那個時候相比仍一點長進都沒有。採用女人為官，或因不想結婚而逃避，都是為了心愛的那個少女。去藍州那件事，真要追究起來也是「為了帶回楸瑛」。

旺季對這一切，一直都採取告誡、反對的立場。然而劉輝卻連一次都沒有聽進去。沒錯，劉輝一直苦於面對旺季。或許是因為知道他的嚴厲並非出自愛護之心吧。只因為那是他的「職責」所在，他討厭劉輝的態度也很明顯。對於這樣的旺季，劉輝自然而然想要逃避，也就不曾好好聽他說話了。

『你身為國王，需要一肩挑起國家與人民這個重擔。只要做錯一件事就可能招致慘事發生……到時候後悔也來不及了。』

然而，旺季卻不同，就算不喜歡劉輝，他也不曾逃避，總是正面相對，必要的時候給予必要的忠告。腳踏實地完成自己的「工作」。相較之下，憑自己的喜好用人，最後把一切都搞砸的人是劉輝。現在自己面臨的一切，只不過是過去種下的因導致的惡果。

「我不認為你，或是你的想法不好。只是，我無論如何都無法接受。只為了喜歡的事物存在，那麼你生存的世界當然永遠都能怡然自適。盡可能不去思考討厭的事物，這也是人之常情。不過，當你身在朝廷，當你身為一國之君時，就不能夠這麼任性。這就是我的信念，也是我的生存之道。同時，今後我也不打算改變……你問我，你是不是無論如何都做不好，而這就是我的答案。」

劉輝表情苦澀。

你無論如何都做不好。他這番話的意思就是如此，再清楚也不過。

「陛下，我期待看見一個新世界。在戩華王與霄太師所打下的江山尚未完全動搖之前，有必須完成的事。那是唯有現在才能完成的事……可是，那些事卻是你絕對辦不到的吧。你臉上的表情好像寫著現在正面臨人生的谷底，但就我對你的認識，現在恐怕是你人生中表現得最好的時代。即使如此，這一切對你而言還是太沉重的負擔。沒辦法，王位是冰冷而毫無慈悲的孤獨場所。而你最不能忍受的卻正是孤獨。因為你還沒找到足以支撐自己承受孤獨的理由……不是嗎？」

「……」

「覺得難受的話，儘管逃避沒關係。」

旺季靜靜說完他過去從未說過的話。

劉輝睜開眼睛以沙啞的聲音反問：

「……逃避也沒關係？」

「是啊。從現在起——我離開朝廷這段期間，對你來說將是個比過去更難受，一切變得更沉重的時期。老實說，我不認為你撐得過，也不打算要求你撐下去。你如果覺得自己已經不行了，再也撐不下去的話，就儘管像當初逃往藍州一樣逃得遠遠的吧……不過，這次將會是最後一次。請你謹記，這次不會像上次一樣，還有重返王座的一天。」

這時劉輝心中翻湧著一股難以言喻的激烈情感。

湧上心頭的感覺雖然類似怒意，但又夾雜了不甘與悲憤，同時也夾雜著慚愧。這些複雜的情緒在體內捲起了漩渦，比起過去遭到的責難、彈劾，或任何嚴厲的話語，這番話帶來的刺激最強烈。沒想到聽到「你逃避也沒關係」、「你不需要再努力了」的話，會令人產生如此強烈的情緒，整個人天旋地轉。旺季是真的認為自己沒救了，說再多都沒用，已經無法挽回了。他對劉輝，也不再有任何期待。

當劉輝打從心底理解到，旺季對自己真的已經不抱絲毫期待的瞬間。

不自禁地，眼淚便不聽話地滾落而下。熱淚如斷線的珍珠不斷湧出，無法抑止。雖然想忍住不哭出聲，卻反而大聲哽咽了起來。

劉輝這時也忽然察覺，莫非秀麗也曾有過這種感受。當劉輝要她放棄官員身分時——等於是告訴她「妳不當官員也沒關係」的那個夜晚，她究竟帶著何種心情說出「沒關係」的呢。究竟帶著何種心情微笑以對呢？

一陣無言的沉默之後，只見旺季朝自己遞出一條白手巾。

接下手巾，才知那既不是絲綢也不是什麼高貴的布料，只是到處都買得到的白棉布。劉輝這才發現，旺季向來維持整潔的儀容，但不管是官服的布料或是戒指耳環等飾品，皆非高價之物。這些，都是在自己正視旺季之後才總算發現的。沒錯，因為自己眼中，只看得見自己喜歡的人事物。

劉輝總是這樣，做什麼都為時已晚。發現的時候，總是來不及挽回。

「……你啊，還真常在我面前哇哇大哭呢。這點倒是令人佩服。」

「抱、抱歉……孤沒打算……哭成這樣的……」

劉輝話只說到一半就難以繼續。儘管自己常常都不明白弄錯了什麼，只有這一點他很清楚，那就是今後不管再如何希望旺季傾聽自己的話，旺季的心都將不為所動。劉輝總是希望有誰來傾聽自己說話，而那對象從秀麗變成絳攸，然後是悠舜，只是現在改成旺季而已。或許就是自己這種態度，才是旺季放棄自己的最大原因。而現在的劉輝，再也說不出任何話。想必旺季也很清楚這一點。正因如此，才會如此平靜地告知自己「你已經不行了」。就像說出一件理所當然的事實，同時也等於告訴自己，自己坐在王座上的時日所剩不多了。

由於劉輝將幾滴眼淚滴落琴上，旺季便開始一邊整理擦拭著琴，一邊嘆了口氣。

「……你真的是一點都沒變。不好意思，但我真的想不通，為什麼你那樣的父母，卻會生下像你這樣的孩子，真是不可思議。」

劉輝用手巾擦著臉，聽見旺季的美妙琴聲再度響起。那明明是一首陌生的曲子，劉輝卻又覺得似曾相識。在遙遠的過去曾經聽過。那應該是當兄長突然從皇宮中消失，又還沒遇見邵可的那段時期吧。自己孤單一人鎮日如遊魂般徬徨於宮中，空白的一年。

聽著從某處傳來奏著搖籃曲的琴聲，獨自入睡。就是那時候。

（那是……）

當時彈琴的人，莫非就是……

當劉輝停止哽咽，琴音也到了尾聲。聽來那並非一首正式的曲調，比較像是隨時可以結束，即興創作的樂曲。

「……你差不多該回去了，陛下。天快亮了，數刻鐘後待天色全亮，我也將啟程前往紅州。時間寶貴，請容許我不再去向你道別……這應該是我們最後的會面了吧。我向你道別，陛下。下次再見時——」

旺季話只說到這裡，便不再繼續下去。然而劉輝已有預感，下次再見時，彼此之間的關係應該會與現在完全不同了吧。劉輝與旺季，一直以來維持的表面形式將會面臨結束。兩人像這樣見面、交談，這或許是最後一次。

真想永遠坐在這張椅子上。然而劉輝還是只能緩緩站起身來。

夜色退去，天色漸明，東方的天空也從黑暗轉成淺淺的藍色。看著這樣的天色，從劉輝口中說出最後一句話：

「……旺季大人，紅州就拜託您了。請一定要拯救……」

最後，他再次看了看旺季的臉。這才發現一直以來，自己以直率的眼神，如此正面直視旺季的次數並不多。

兩人之間陷入奇妙的沉默。不，是旺季以奇妙的眼神凝視了劉輝片刻。或許國王今晚的造訪，不是為了說前面那許多話，他真正想說的，恐怕只是這最後兩句吧。紅邵可曾說過，只要欠缺的部分能夠獲得補強，劉輝將會是個比旺季更適任的國王。旺季閉上雙眼，雙手交握著垂下頭，行臣子之禮。

「——臣遵旨。」

劉輝點點頭，仍然一臉茫然，轉身離開。

旺季目送著直到看不見國王的背影，才深深吸了一口氣。天亮之前那冷冽而澄澈甘美的空氣，充滿了整個胸腔。

最初感覺到那股不舒服的空氣，不知何時已經消散了。

第六章 所有門開放之時

瑠花不經意地感覺到某種變化。

慢慢睜開眼睛，只見一個男人悠然通過「門」，瑠花露出嘲弄的笑。

那神情就像她早已料到男人的到來。

「哼……我見過你。你不是回去了嗎？」

「忘了一樣東西。」

男人用唱歌似地語氣回答後，迅速拔出劍。

「我忘了帶走妳那滿是皺紋的項上人頭。」

像砍下樹梢般一劍劈下，劍光一閃，劍尖準確無比地指向瑠花的頸項。

眼看瑠花的首級即將落下的時候。

就在劍尖即將沒入，千鈞一髮之際，劍被擋了下來——被兩口來自不同方向的劍。是「干將」與「莫邪」。

擋下劍的同時，一人將男人的劍反彈擊回，另一人則一腳踹飛了那男人。

殺手難以應變，向後飛身而出。

楸瑛看了迅一眼。當秀麗提出可能有人趁機前來企圖謀殺瑠花時，他馬上和珠翠飛奔趕來——但出乎意料地，迅竟也是來救瑠花的。

迅則是不可置信地看著和自己同時擋下殺手的楸瑛，似是沒想到他也會趕來。

「……這應該是小姐的意思吧？真是的，她越來越聰明啦。」

「秀麗大人也說了，殺手有一半的可能性會是你啊，迅。」

「她說得很正確啊——的確有一半的可能性是我。只不過另一半的可能性，是我被吩咐了必須留下瑠花性命。我才過來守著，殺手果然就現身了……」

雖然被迅一腳踢飛，那男人卻露出不痛不癢的表情馬上站起身。看清楚他的長相之後，楸瑛不由得大驚，竟然是在大迷宮中企圖殺害珠翠的殺手。

迅面向殺手，舉起「莫邪」。看他的樣子，似乎早知道殺手的身分。

「這邊還有非做不可的事需要瑠花完成，所以可還不能允許你殺了她。」

殺手一臉無趣，聳聳肩，一頭長髮便隨之搖晃起來。

接著，他更乾脆轉身離開。迅並未追上，楸瑛也就留下不動。畢竟讓迅與瑠花以及珠翠三人單獨共處更是危險。

瑠花皺起眉頭。

「紅秀麗倒是很守信用，自己沒來，卻派了藍楸瑛來啊。不過……我沒料到的是你，司馬迅，這麼做好嗎？竟然願意幫助我。」

「妳應該很清楚，至少還有一件事，是非妳辦不可，所以我才選擇讓妳活命。不過，這麼一來我的任務也算結束，接下來就看他們囉。」

迅望向楸瑛，楸瑛也正望著迅。在縹家短短的這段期間，他們兩人像是暫時回到了孩提時代。本不可能重新擁有的這段時光，也即將結束了。

與楸瑛交換一個眼神之後，迅將「莫邪」拋了出去，轉身離開。時間到了。

「劍我還你了，畢竟我帶回去應該不大好吧……再見了，楸瑛。」

彼此都很清楚，兩人都不可能背叛自己選擇的主君。

「『母親大人』……」

迅一離開，珠翠便緩緩走向瑠花所在的寶座。

瑠花只是冷冷地望著她。

——珠翠已經擁有能直接打開「通路」，將藍楸瑛送往大巫女寶座所在的神力。

孤身一人逃往「外面」的世界，這丫頭卻又回到這裡。

在人人都離開瑠花到外面去時，只有她回到這裡來。

她的眼神和遙遠的從前，都已經逃到大槐木下卻還是回來的瑠花沒有兩樣。

在「時光之牢」中忍受了一千刻鐘沒有發狂，體內裝滿瑠花分給她的力量，然後回來了。

「……哼，在最後一刻，妳總算趕上了啊，珠翠。當代大巫女只能有一人，不容兩人並存，妳打算殺了我，自己成為大巫女嗎？」

一如過去的自己所做的那樣。

珠翠緩緩爬上三層高的寶座，與瑠花正面相對。曾是「暗殺傀儡」，也歷經「風之狼」身分的珠翠，在這麼近的距離之下，要取瑠花性命可說易如反掌。楸瑛站在相隔一段距離之處遠望著這一切。這是縹家的問題，他不能夠插手。

「──不，母親大人。我應該說過，我是為了改變而回來的。」

聽到這句話，瑠花眼神忽然一變……十幾年前，也有個女孩說著同樣的話嫁進縹家。

「我無法認同的事，一定會和母親大人奮戰到底。可是我並不是為了殺妳而回來的。我是為了改變……為了幫助，所以才回來的。我希望能為母親大人分擔，那長久以來壓在妳肩頭的重擔，哪怕只是一點一滴慢慢的改變。」

很快的，珠翠就將爬到能夠低頭望向瑠花的高度了。

異能遭到封印，被洗腦，被關進時光之牢，但這些她都撐過來了。雖然逃離過一次但還是回到這裡。為了改變，這個和瑠花相同的目的。只是最後的最後，珠翠選擇的是將一切肅清的瑠花不同的道路。

在瑠花的刻意安排之下，珠翠很可能步上瑠花的後塵……唯有最後，在瑠花意料之外。

「母親大人……璃櫻大人與監察御史紅秀麗大人正等著您。關於這次的災害，希望您能將縹家所有知識解放，發動救災工作。這是正式的要求。母親大人……長久以來縹家封閉起的對『外』之門，請您全部打開吧。讓縹家恢復本來該有的面貌。」

「……丫頭，妳還真敢說哪。」

珠翠感到不可思議，現在的自己，就算遭到瑠花冷漠對待，也能微笑以對了。

珠翠打開「耳朵」。打從離開「時光之牢」之後，珠翠已能使用多種異能。

用「耳朵」仔細聽，就能聽見在「通路之室」中秀麗與神社寺廟之間的對話。

「這裡就交給我。母親大人，縹家系所有神社寺廟……面對數十年未曾發生的蝗災，雖然察覺得太遲，但追加確認的結果，所有神社寺廟這次都已將蝗災認定為縹家一級災害，在各自判斷之下分別做好因應的救災準備了。」

「……做好所有準備了?在中級以上術者無暇支援的狀態下，怎能辦到?」

「負責準備工作的，是不具異能的族人，以及歷代以來為『外面』的神社工作的族人。他們雖發現與縹本家及仙洞省之間的聯繫中斷，但仍因察覺蝗災發生，各自做出判斷而開始行動，事先做好萬全準備。他們說，這是過去瑠花大人將相關知識傳送出去時，一併指導的。」

「……我完全不記得哪。」

瑠花如此低語，這是真的，她根本不記得自己做過這些。最近記憶力也衰退到難以回想的程度了。所有的過去都在腦中模糊成一片。不過，這不是藉口。

都忘記了。這就是造成一切的原因，忘了過去的自己和現在的不同。只因為還有比蝗災更重要的事，就連一根手指也不願意為蝗災而動……若是從前的自己，一定會同時做出不同指示吧。過去的自己無論何時何地都不曾怠惰——沒錯，當時的自己就像紅秀麗那個小丫頭一樣。

「然而沒有大巫女縹瑠花的直接命令，他們不願採取行動。璃櫻大人與紅御史大人已經盡力想說服所有神社與寺廟的族人，但他們依然堅持到底。在確認母親大人您平安無事之前，他們不會有所行動。」

聽到璃櫻的名字，瑠花有了些許反應。那個儘管無能，卻為了蝗災四處奔走的孩子。主張即使無能也有什麼是他辦得到的，如果瑠花與父親辦不到的話，那就由自己來。

明明「聽得見」璃櫻這樣的聲音，瑠花仍恍若未聞……沒想到，縹家所有神社寺廟都已做好萬全準備了。

或許錯看一切的人，是瑠花自己。曾幾何時，她把弱者當成什麼都辦不到的無能之人了。

「縹家麾下所有神社寺廟，都已做好萬全準備。現在只等母親大人您一聲令下。請您下指示吧，我將從旁協助。所有『通路』都由我來打開。如果您是因為無法離開這裡，才不能採取行動的話，現在情況已經不同了。現在這裡——由我來承擔。」

不該降落的雪，現在應該也已經停了。

而那並非出自瑠花的力量。

眼前是擁有成為大巫女一切資格與神力的年輕大巫女繼任者，且她願意在瑠花剩餘的生命結束之前，以輔佐的形式發揮神力。

「母親大人，這漫長的七十年來，全神社寺廟效忠的都是母親大人您。對他們而言，不管是新的『大巫女』或是『大巫女繼任者』都不行……還不行。現在的他們，還需要您的一句話。」

迅說的，非瑠花不可的事。這是留下她性命的理由。瑠花托著下巴說：

「那好，開始工作吧。我現在就交給妳，撐住。」

看似漠不關心的模樣，瑠花舉起手一揮。

——隨著一聲鈍重的聲響，珠翠全身上下立刻承受了難以名狀的負荷，幾乎無法呼吸。

清楚感受到全身上下的力量如奔流般宣洩而出。

一陣暈眩，膝蓋發軟，勉強維持正座姿勢，趕緊調整呼吸，眼前金星直冒。

（……這、這些……八十年來，您一直都……）

一個人承受著。

「妳得自行分配控制那些從體內宣洩的奔流。首要對象是『羿之神弓』已遭破壞的碧州，此外還得同時將『通路』的門全部打開。各處都做好準備了是吧？」

珠翠感到另一種不同意義的暈眩。一直以為像瑠花那樣同時操控複數法術是輕而易舉的——根本不是這麼一回事。一想到不知道是哪個混帳破壞了神器——害得自己必須這麼辛苦，就完全能體會瑠花為何發怒。連珠翠都火大了，真是開什麼玩笑。

「……要是找到那個破壞神器的混帳……絕對要痛毆他一頓……」

「我可是打算宰了他呢。妳還太嫩。」

瑠花沒好氣地丟出這句話，化作美少女的身影，便消失在「通路」的另一端。

珠翠覺得現在自己甚至有點想笑，應該是錯覺吧。

●　●　●　●　●

「所以說！現在就是要越快打開越好啊！怎麼都聽不懂呢你這個臭鬍鬚老頭！」

「璃櫻……你怎麼好像變了一個人啊。」秀麗心裡想著這句話，不過沒有說出來。

因為她完全贊同。這個臭鬍鬚老頭，雖然看不到他的長相，不過鐵定是個臭鬍鬚老頭沒有錯。

「沒錯！這是來自仙洞令君與監察御史的正式要求。目前事態緊急分秒必爭，再這樣蹉跎下去，我家那個冷血殭屍長官可是會殺進你們神社，殺得你們片甲不留喔！到時候啊，你就是想後悔也來不及喔！」

不管秀麗和璃櫻好說歹說，最後甚至搬出自暴自棄的理論，對方無論如何就是堅決不願退讓。而且後來秀麗和璃櫻也發現其實在拜託他們之前，對方早已完全準備好驅除蝗災的各項前製作業，其實隨時都可以行動。但是不管怎麼請求，就是沒有一個人應允。似乎因為縹家對外聯絡完全斷絕的緣故，所有人都擔心瑠花——也就是縹本家是否出事了。

（的、的確是出事了沒錯！）

再次說服失敗之後，秀麗顯得相當灰心喪氣。

「……縹璃櫻大人說的是真的呢。看這情形，就算他真的將宗主之位讓給璃櫻，恐怕也改變不了什麼。非但如此，他們說不定還會認為是璃櫻你為了圖謀宗主地位，對瑠花大人做了什麼大逆不道的事，反而讓事態變得更嚴重。」

秀麗雖是無心地說出這句話，璃櫻聽了卻一陣心驚膽跳。確實如此。光是接連兩代由男人擔任宗主，恐怕就會受到嚴厲批判了吧。要是父親當時真的接受小璃櫻請求，讓出宗主之位，說不定縹家現在反而會為此鬧得不可開交，更無法協助蝗災的驅除工作了。現在回想起來，父親說不定正是預料到這一點，才沒有那麼做的吧。

「請珠翠前往瑠花大人的所在之處，不要緊吧……」

璃櫻沉默不語，再次靠近自己打開的「通路」。

幾何形狀的「通路」方陣，散發淡淡光芒。璃櫻還沒說話，就聽見另一端傳來說話聲。

「璃櫻少爺，你在嗎？」

璃櫻記得這副沙啞的嗓音，是最初對話的那位老翁。他負責統轄的神社，在「外面」的縹家系神社寺廟之中，規模算是首屈一指。他雖出身縹家，但因為不具備異能，所以活了超過七十歲數，身體還很硬朗。

「在……我還在。」

「抱歉哪，我們這些臭老頭這麼頑固。但那是因為，我們很了解從前的瑠花大人。」

璃櫻猛然抬起頭。秀麗似乎顧慮著什麼，所以並沒有靠近。

「璃櫻少爺，其實我們並非不願聽從你說的話。老實說，我很驚訝。這麼說或許很失禮，但不久前的你，還是那麼安靜不起眼，和現在簡直判若兩人。」

璃櫻知道這句話並非讚美，他想說的是，過去的自己只是個可有可無的存在。

「……你是否想說，一直以來姑媽大人所累積下來的功績太多，而我什麼都沒有做過。」

「沒錯。就算那已經是數十年前的功績，但守護我們的始終是瑠花大人，而不是你，也不是你的父親。縹家是弱者和無能為力的人最後的避難所，而瑠花大人一直以來都以一己之力守護這裡。璃櫻少爺，我很明白你想說什麼，你的姑媽大人已經和從前不同了——是嗎？」

「……」

「或許她真的變了吧。神事的領域雖然很難預測會發生什麼事，但面臨第一級蝗災時卻關起門來，至今不聞不問，沒有任何指示……這的確不是從前瑠花大人的作風。這幾十年來，縹家的空氣一點一點停滯、沉重，最後沉澱。或許我們只想要聽見她親口說出自己的改變。如此一來，我們才能前進。因為，就算瑠花大人變了，年輕時的她所賜給我們的，卻永遠不會改變。」

「長老……」

「璃櫻少爺……你父親真的是個不管事的人，所以恕我們無法聽命於他。但今後對你……就很難說了。不惜忤逆那位令人畏懼的大巫女，也一定要幫助災民的你，讓人想起從前的瑠花大人……所以璃櫻少爺，我決定了——我就聽命於你吧。但是，只限這一次。」

璃櫻聽了不禁目瞪口呆。

「蝗災乃一級災害，這我們明白。雖然已經數十年沒有發生過了，但我曾直接經歷過距今最近的上一次蝗災，那是令人不願回憶的十年。我無法為了等待瑠花大人的指示，而繼續蹉跎下去了。在我的判斷之下，將打開大社寺系所有通路的門。當然，也會提供你想知道的驅除法……因為從前的瑠花大人，她就是這麼做的。」

就在這時候。

「——就這麼做吧。」

冷然如冰的聲音響起。明明不是怒斥，卻帶著令人不寒而慄的威嚴。

璃櫻抬頭，只見瑠花翩然而降，秀麗也驚訝起身。

「瑠花大人！」

瑠花一瞥秀麗。

「……沒想到妳這個毛頭小御史，竟能說動得我啊，紅御史。」

「是。」

挺直背脊，雙手低垂交握，行以對等之儀。

區區一介御史竟敢與縹家大巫女平起平坐？真是狂妄。

然而，激瑠花出面，在「外面」改變了珠翠，改變了璃櫻，並將他們兩人送回縹家的，可說正是這個丫頭。還以為她不過是個愛哭鬼，沒想到她竟有本事找出縹家祕藏的蝗災驅除法，並從大社寺系中獲得這個方法。

「膽敢喚我出來相見，妳好大的膽子。當初可是妳自己先來找我的吧？」

「呃，對不起！我是想盡快解決蝗災的事……」

在十惡之最的謀反罪與數萬人的生命之間，秀麗選擇了先驅除蝗害以拯救生民。

……瑠花想起剛才長老那番話。自己過去曾有過那樣的作為……或許吧。

眼前這個丫頭，雖然只是一點點，但或許連瑠花都被她改變了。不，是在她的影響下而硬生生想起了過去的自己。

要是起初的自己，根本不當一回事吧。至少不像現在這樣輕易放過，一定會先經過一番鬥智，好達成某種目的吧。例如要對方忘了九彩江一事，別多加猜疑，像這樣條件交換。當然一開始自己是打算這麼做的。

瑠花很清楚，在這縹家握有最終決定權的人是自己。無論秀麗與璃櫻如何奔走，最後一定總會撞上「縹瑠花」這堵高牆。只要自己不採取行動，一切都無法進行。最後的關鍵由瑠花掌握。如此一來，任何條件對方都得接受。這本是瑠花的如意算盤。然而——

她的目光落在聯繫大社寺系最高位長老的「通路」。

『我決定了——我就聽命於你吧。但是，只限這一次。』

……說不定，不需要與瑠花鬥智交易，這丫頭——以及璃櫻，都能完成所有他們想做的事。而最諷刺的是，打動長老的卻是「從前的瑠花」。

突然腦中一陣朦朧，彷彿記憶消失了一瞬間。瑠花用力皺眉，甩甩頭想甩去腦中那片朦朧。

其實現在，只要瑠花願意的話，還是能拿出許多交換條件與秀麗談判，一如起初自己的計畫。然而那麼做，也等於瑠花不在乎拿即將因蝗災而亡的數萬名百姓的性命作為要脅朝廷的交換條件。

「我聽珠翠說了——紅御史，我接受妳的要求，並視為來自朝廷的正式要求。」

瑠花身後，所有的「通路」各自紛紛描繪著幾何形狀的光芒一一開啟。

是這個丫頭，讓瑠花想起了瑠花之所以是瑠花的自尊。

在這層意義上，紅秀麗的確動搖了瑠花。讓瑠花無條件地說出這句話。

「——我接受了，紅御史。縹家一門雖主神事，但這並非縹家的本質。自古以來大槐樹下的誓約，說明了縹家的生存意義，乃在於弱者的保護者，作他們最後的後盾。無論是誰，只要伸出求助的手，縹家就不能置之不理。這才是縹家的驕傲，也是不成文的規定。」

瑠花的話語，透過「通路」傳遞給縹家系全神社寺廟的長老。

「沒有我的指令就不能採取行動？快把這無謂的傷感拿去對付蝗蟲吧——這是命令。以我縹瑠花之名下令，現在立刻開放縹家一門及縹家系全神社寺廟之門。」

「通路」另一端的長老沉默不語，為瑠花的威嚴而震懾。

「全社寺即刻洞開門戶，毫不保留對朝廷與人民展開救援。朝廷之中雖應有十年來累積的儲糧，但想必只夠當前使用。各神社寺廟可將各自儲藏之南栴檀、糧食、醫藥品、知識、蝗蟲之防治與驅除法盡數開放。我特別許可開放儲備百年份的糧食。」

秀麗驚訝地瞪大雙眼。最後，瑠花說了什麼？

「百年？」

「……沒錯，的確有百年儲糧。在姑媽大人的指示之下，醫藥與糧食用法術保護著，隨時維持於足夠使用百年份的狀態。全縹家系神社寺廟的總數共有數千社，且各自擁有田地與山林。再加上幾乎全部位於治外法權區域，稅也便宜，因此辦得到……各州向來都虎視眈眈覬覦著，意圖爭奪。不過，現在不開放就沒有意義了。」

瑠花望向璃櫻，璃櫻也沒有別開目光。姑媽像這樣正視自己，說不定還是有生以來頭一遭。她眼中看到的已是璃櫻本身，而不是「父親的兒子」。

「……沒錯，一切都是為了現在。對付蝗災的馴鳥人也全部派出。我們是熟知風向、天空、氣候與土地的縹家，我現在命令各地確實計算風向、濕度、氣溫、風土，全力協助朝廷驅除蝗災——聽好了，現在正是各神社寺廟作為據點的價值面臨考驗的時刻，深入民間，幫助災民吧——別忘了身為縹家人的驕傲。」

最後一句話之後，似可聽見「通路」另一端傳來跪拜的聲音。

「——遵命，瑠花大人……能夠再次領受您的命令，欣喜萬分。」

其中一人如此低語，聽來像是長老的聲音。

——這段漫長的時光之中，對「外」頑固閉鎖的縹家之門，終於完全開放了。

……

「通路」關閉之後，秀麗抬頭望向瑠花，這次對她行以跪拜之禮。

「……我代當今陛下，打從內心向您致謝。縹家大巫女，縹瑠花大人。」

陛下。瑠花因這句話而轉過頭來。

「……我問妳，察覺到哪個地步了？」

「……是，首先，我已經知道有人想藉著這場蝗災，趁亂殺害身為縹家重鎮的妳。目的是令縹家全體衰敗。」

瑠花面無表情地催促秀麗繼續往下說。

「當得知有人想取珠翠性命時，我認為這可能有兩個目的。第一是『先下手為強，將可能成為大巫女繼任者的珠翠解決掉』，第二則是『除掉縹瑠花可能使用的身體』。而同樣作為『瑠花大人下個可能使用的身體』的我也頻頻遭遇殺手這點看來，便可推測出凶手的目的了……換句話說，有人不希望妳繼續擔任大巫女，想要直接除掉身為縹家中心的妳。另一方面只要取下珠翠性命，妳就無法進入使用她的身體了吧。」

「沒錯。肉體死亡，靈魂也將死亡。就算我再怎麼想要妳的身體，只要妳小命不保我也沒轍。朝廷之中有誰為了想封我的口而派人來此，這點我也預測到了。就算殺掉借來的身體，我只要回到原本的身體『避難』即可。不過如果沒有了可供借用的身體，回到原本的身體也只是等死。所以對方也想藉由減少身體數量達到取我性命的效果吧？妳還知道什麼？」

「襲擊我的，是『暗殺傀儡』。但他們本該是盡忠於妳的部下。」

「……」

「璃櫻也說，縹家內部一定有什麼不對勁。有人不斷在縹家內部興風作浪。也就是說，縹家之中有內奸與朝廷中的『某人』串通。只要在縹家內放一把火，妳就必須為了滅火而奔走。當然也就無暇接受我的請求。因為妳必須專注於縹家的工作，以及找出內奸。」

瑠花凝視著秀麗。

「現在是妳將我喚來，但這件事該由妳自己來見我——今晚，我在我的御座等妳。讓珠翠替妳打開通路吧。接下來的話，到時候再說。」

當晚——

瑠花望著已可較輕鬆活動的手臂，叫住身邊忙個不停的年輕巫女。她在得知瑠花已從大部分大巫女職責中獲得解放之後雖然也感到欣慰，但另一方面得知珠翠將代替瑠花之後，又是一臉複雜表情完全寫在臉上。

「……立香，妳過來。」

「是。」

聽見瑠花召喚自己，立香真的非常高興。來到瑠花身邊，跪在她的腳邊。

瑠花伸出手指，托起立香纖細的下巴，這讓立香微微羞紅了臉。

「……是妳吧？」

「咦？」

「串通那傢伙，擅自借出『暗殺傀儡』，暗中動了不少手腳，並洩漏內部情報的人，是妳吧？」

由於中位階以上的巫女與術者為了守護各地神器，導致縹家幾乎唱了空城計。「無能」的立香因此有機會接近瑠花，一手掌握相當機密的情報。相對的，瑠花為了盡量不使用法術好節省體力，將本該自己用「眼睛」取得的情報交給立香處理。如此一來，就算從這邊阻斷聯絡，透過立香還是能接收外部進來的情報。

立香露出困惑的表情。

「怎麼說我串通……」

「一開始是藍州。妳是否跟那傢伙提了與藍州神器相關之事？」

似乎被說中了，立香表情僵硬起來。

「知道最初破壞的其實是假神器之後，恐怕那傢伙馬上派人試著毀壞真正的神鏡吧。料想妳連縹家與碧家因此忙得不可開交的事都洩漏給那傢伙了。不多久，藍家便下起莫名的久雨，那傢伙當然很清楚這是怎麼一回事。接著是碧家的『羿之神弓』受到殘暴破壞。這件事，妳又是一邊和那傢伙小酌一邊全盤托出的是嗎？」

「……但茶家的事……我什麼都沒說……」

「茶家的事，那傢伙比妳還清楚。」

瑠花不耐煩地繼續說著。因為她看起來似乎不像在發怒，立香便也鼓起勇氣辯駁：

「我……我的確是說了沒錯，但只是閒聊而已。再說，就算知道了又如何，一般人會因迷途而無法到達那裡啊。反正那位只是普通人而已吧？」

「……是這樣嗎？外表看似普通的人，不一定真的是普通人。」

瑠花也知道這句話是玩文字遊戲。真的很久不曾出現那種類型的人了。姑且不管他背後跟了「什麼」，他本身就是帶著妖星降生的罕見人類。擾亂了天文，令人覲而不覺。更別說，他還有著妖魔般的聰明才智。

「我是在有人入侵『時光之牢』襲擊珠翠時，確定了內奸就是妳。否則那傢伙怎能看準珠翠所在，好前往取她性命呢。」

那是在瑠花對立香說過，不管誰想進入「時光之牢」幫助珠翠，都可「隨他們去」之後的事。

「……那傢伙很清楚，我口中『隨他們去』指的是什麼場所，以及我有什麼目的。我對妳說『珠翠無論生死都不須理會』，而妳卻擅自將這句話解讀為『殺了她也沒關係』，並將如何前往時光之牢的捷徑告訴那傢伙，不是嗎？」

立香緊咬雙唇。因為一切正如瑠花所言。對立香而言，萬一珠翠活著走出時光之牢，瑠花一定又得為此傷神，唯有殺了她才能杜絕後患。再說如果不殺了她，立香就得眼睜睜看著瑠花進入她的身體，這也令人不快。不過，只要殺了她……

瑠花的指尖，沿著立香的下巴劃過臉頰。接著，瑠花嘆了一口氣。

「……立香，妳雖然完全中了那傢伙的詭計，但我不認為妳想刻意加害縹家與我。妳之所以假借我的命令派『暗殺傀儡』狙殺紅秀麗，也是因為怕紅秀麗逮捕我吧？這就是為何妳寧可不留下她的身體，也要選擇殺害她的原因。甚至不惜違抗我的命令……是不是？」

立香點頭。此時才終於發現，瑠花其實正安靜地發怒。

「立香，妳不明白嗎？那傢伙甚至不用自己動手，全都利用妳來完成——也就是利用了『縹家』，妳沒有發現嗎？這才真的是陷我與縹家於不利啊。」

「瑠、瑠花大人……」

「不只是妳，我們縹家一族可說全都中了那傢伙的圈套。關於這次神域與神器一事，某種程度需要術者的力量。年輕的族人之中，恐怕不乏因此而內心竊喜之輩吧。現在的縹家遠離政事，看似不受重視，他們一定認為這麼一來縹家的地位又將可提升……接著便發生了碧州『羿之神弓』之事，茶州也發生同樣的事。我接到這樣的報告。愚蠢的是，破壞神器的不是別人，竟是我縹家家系之下的人。」

不管是久雨，或是地震。沒想到都是縹家人造的孽，而且他們似乎未曾想過，這麼做只會招致反效果。不僅如此，至今都沒有發現，自己是踏入別人設下的圈套才這麼做的。

立香緊張地扭動身子，瑠花定睛觀察這樣的她。

「……不滿是很容易散播的。妳一定用類似的話，煽動了不少縹家年輕一輩的族人吧。而且在那傢伙的教唆之下，妳連這些情報都洩漏出去了。」

「那是因為……」立香終於低聲反駁。

「那是因為，我既不出身縹家一族，也不懂法術，無法讓您使用身體。除此之外，我不知道自己還能有什麼貢獻。瑠花大人您離魂在『外』時，我一直思考著有什麼是我能做的──」

實情其實不僅如此。縹家內部大亂之後，立香終於有機會接近瑠花身邊。雖然只是照料她的生活起居，但光是聽到她呼喚自己的名字，立香好希望盡可能服侍瑠花久一點。真的只是內心的妄想而已。

這是為縹家好，也是為瑠花好。當那個人這麼對自己說時──

「我忍不住就──對那個人──」

「立香。」

在瑠花冷冷一喝之下，立香馬上噤口不語。

「──不要再說了。聽仔細了，今後一輩子都不要再提起那個名字。」

瑠花睥睨著立香。她緊抿雙唇，抬頭瞪視著瑠花。

……這是咎由自取。瑠花接受了立香的目光。長久以來，瑠花都沒有正眼看立香與族人，才會演變成如今的後果，一口氣反彈回來。

瑠花沒有發怒，只是靜靜地挪手指，輕輕揮手。

「……把她帶走吧。不必殺她，隨便關到哪去就行了。」

「暗殺傀儡」出現，架起立香。這時立香的臉上才頭一次出現恐懼。

這裡——好久以前，只有這裡是願意接納自己的場所。而現在，要失去瑠花與這裡了。

「瑠花大人！求求您，讓我留下來！」

瑠花沒有回答。但她並未一如往常地閉上雙眼，直到最後都看著立香的眼睛。

從角落陰影傳來輕微的腳步聲。現身的是秀麗，瑠花托著下巴望向她。

「妳想知道是誰嗎？」

「那當然。」

「知道了，立香和妳都會沒命……是這麼樣一個對手，妳可有所覺悟？」

「即使如此，等我說完接下來的話之後，還是非問出那個名字不可。」

瑠花用著年長貴婦的眼神凝視著秀麗。

「……那麼，妳想說什麼？」

被這麼一問之下，秀麗稍作思考後，有了選擇。

「和藍將軍一起進入縹家的司馬迅——迅應該是奉了『某人』之命而來的。」

「似乎是如此沒錯。」

「在九彩江，妳和迅一起行動。當時迅是由那個『某人』暫時借給妳的。就像珠翠一樣，夏天之前只要你們雙方利害關係依然一致，妳便會像這樣不時出借人手。迅的『主子』，以前也說過了，是朝廷的某位『大官』吧？」

瑠花沒有承認，但也沒有否認。只是換了個方式詢問：

「妳已經知道司馬迅的主子是誰了嗎？」

秀麗深吸一口氣。從璃櫻母親的事也可推測得出來，怎麼想都只有一個可能。

「……門下省長官旺季大人，沒錯吧。」

瑠花雖笑了起來，卻仍然不承認也不否認。真的是個很謹慎的人。

「那麼，司馬迅是『什麼人』，來這裡為了什麼目的？」

「這些我也想過，但不知道我想的對不對。」

「司馬迅來這裡，有一半可能性是打算來殺我的。」

秀麗睜圓了眼，沉默著等待瑠花繼續說下去。秀麗自己也想到了這半分的可能性。

「我為了集中力量，阻斷了所有『通路』。我不知道旺季怎麼看待此事。但他或許為了找出我封鎖縹家的理由，也為了試探縹家——也就是我將如何面對這次的蝗災，願不願意為了蝗災動起來，同時也為了尋找縹家祕藏的驅除法，而將迅送了進來。」

看到秀麗對這番話挑起眉毛有所反應，瑠花也露出饒富興味的表情。

「迅不是暗示過嗎？『來這裡是為了確認瑠花或縹家是否有心採取行動。如果有縹家人得知蝗災後願意自動協助，那就可以合作』。」

秀麗想起迅對璃櫻的態度。說著「現在還不算是敵人」，而出手相助。對秀麗也一樣，總站在協助的立場。

「旺季不是簡單人物。想必他一定交待了迅『如果誰都不願採取行動，你就得讓他們動起來。瑠花應該會拿交換條件來談判，也交給你交涉；如有萬一，就得找出她本體所在地，以此要脅。若仍行不通，就殺了她。縹家暫時可全權移交給羽羽大人。如果瑠花什麼都不做，留著她還比較麻煩』。只不過——」

「……只不過『在還無法判斷之前，不能殺瑠花大人』……？」

如果不是這樣就太奇怪了。迅對縹家原本的使命，以及過去瑠花在發生災害時的對應方式，全部調查得很清楚。所以他一定知道瑠花一死，將掀起不必要的混亂。與其讓事態發展成那樣，不如靜觀其變到最後一刻方為上策。這麼說來——

「……想來殺妳的凶手，就不會是迅。」

瑠花噤口不語。

「也就是說，殺害妳的命令並非來自迅的主子旺季大人。由此便可推測出，還有另一個認為必須盡快殺了妳的人存在。我想，幕後操控立香的『大官』，另有其人。」

「紅秀麗。」

瑠花像阻止立香時一樣，低聲再次詢問：

「妳真的想繼續深入這件事嗎？妳之所以被安排進後宮，也是因為這個。不需要打草驚蛇吧。」

「引蛇出洞才是我的工作。」

「但蛇一出洞可會吃了妳。」

秀麗有一種似曾相識的感覺。會被吃掉——過去彷彿有誰對自己說過類似的話。但究竟是誰，想不起來。

「我說了，這番話結束之後，我必須問出那個名字……我一直覺得很奇怪，和迅的對話也總是有不合理的地方。但若是幕後黑手有兩人——事情就說得通了。」

剛才瑠花大概是故意撒餌。迅來這裡是為了調查封鎖的理由——

「妳的意思是，迅——旺季大人並不知道『封鎖的理由』是嗎？他甚至能將迅出借給妳，但你們之間的關係卻不涉及這一部分；至少就算有也不夠深入。那就證明教唆立香姑娘，擾亂縹家內部的『某人』必然不是旺季大人。他們的目的不同。」

旺季將迅送入縹家的目的，是為了盡可能利用縹家之力來對付蝗災。如果辦不到才使出殺害瑠花這張最後王牌。但殺害瑠花卻不是首要目的。然而，另一人則不同。他的作法是先在縹家興風作浪，製造亂源，最終目的則要結束瑠花的性命。

「他的企圖是令縹家無法插手蝗災的驅除工作，同時令縹家衰敗，對於妳，他只想盡可能削弱妳的力量。一樣是盡可能利用妳，等到無可利用了便視妳與縹家為阻礙，除之而後快……所以，妳也料到一定會有人來殺妳。」

瑠花並未發怒。或許因為這些事實她早已察覺。

「我怎可能輕易任人宰割。至少那時候還不行。我也採取了幾種對策，光是把注意力引到妳身上事態就不同了……事到如今，也沒必要殺我了吧。」

瑠花說得沒錯。對方的目的幾乎都達到了。瑠花不但被迫讓出大巫女寶座，異能也很明顯地幾乎衰退殆盡，說不定連轉移肉體的神力都不留了。這麼一來，即使放著她不管，瑠花的壽命也所剩無幾。

「……雖然有珠翠繼任，但現在她只能將心思放在應付各種災害與神域發生的異變之上，暫時無法插手朝廷政事。再說關於神器，說不定還未——」

瑠花皺起眉頭，不再繼續往下說。

「另外……我還很在意一件事。在妳與大官利害關係一致時，願意提供力量協助……看起來是這樣……我聽說妳在九彩江對國王說過『他不適合當國王，其他還有更適合的人，而且不認同他的人，不只縹家』。」

瑠花一時竟也難以回應這番話。

不認同的人不只縹家——不只瑠花。

「……我想，應該就是這樣吧。」

秀麗將這半年來，自己在御史臺經手的案件如拼圖般拼湊起來，得出一個事實。

而迅在秀麗面前，也已不再隱瞞自己真正的「主君」乃是旺季。秀麗不由得認為，這是因為已經不需要隱瞞，或說不隱瞞也不會有問題的緣故。

秀麗短促地吸一口氣。

那些一點一滴浮現的事物，現在都圍繞著蝗災這件事，開始有了清晰的輪廓。

瑠花認為適合成為國王的人，應該與旺季相左吧。在出現這個分歧點之前，兩人尚可通力合作，往後就未可而知。而現在，瑠花已經被超越了。

只有一件事，秀麗非問不可。

「……為什麼，劉輝就不行呢？我想妳所謂的『有其他更適合的人』，有一半以上只是想想而已吧？」

認識瑠花之後，秀麗更加深這個念頭。

如果她真的希望由別人代替劉輝成為國王，必然會採取更激烈不留情的手段與謀略。就像現在其他人正在做的那樣。

可是，瑠花所做的一切都太溫和了。照理說，她如果意志夠堅定，即使必須打破不成文的規定，顛覆縹家的中立立場，她都將在所不惜才是。但與其說她仍在猶豫，不如說她只是消極地協助旺季而已。正因如此，這次才會讓人有機可乘，落到今天的地步。她或許的確認為劉輝不適合當國王，心中或許的確另有適任人選。那卻不像瑠花的作風。

瑠花有太多理由可以舉出，但最後，她卻低聲說出最接近真心話的理由。那或許再也不會說出口的，讓她迷惘的理由。

「……或許光是因為是那男人的兒子，就讓我有所執著了吧。」

紫戩華。主司神事的縹家不可干涉王位，這是瑠花的信條。然而，只有那個男人，因為某種原因，讓瑠花無論如何無法認同他。雖然不管有多麼正當的原因，或許當瑠花親手破壞不成文的規定時，自己就逐漸有了改變。有時彷彿心血來潮而插手，就像有時忽然想起他是那男人之子一樣。抱持這種不夠堅定的心情，也難怪會栽在那男人手中。

「至少，我的確認為有其他人比那年輕的王，還要適合成為國王。事實上，對方在各方面都比他出色。沒錯，各方面，包括血緣。」

只有這時，秀麗驚訝得說不出話……血緣？

「我和其他人不同，不以是非來判斷。然而，我還是認同。或許因為我心中認為由那位來當國王並不壞，所以才給予協助。並非我個人認為他適合……如果是他的話，縹家將無異議。」

瑠花尚且這麼說了，其他官員又將如何。

實際上，蝗災發生之後，秀麗也逐漸改變想法。

儘管如此。

「瑠花大人，請告訴我。這次陷害縹家的人——那另一個幕後黑手的名字。」

看著秀麗，瑠花托著下巴，低聲說出那個名字。

聽見那個名字後，秀麗低頭沉默了許久。很長一段時間之後，才靜靜地抬起頭。

「——我明白了。瑠花大人……今後，只要妳離開享有治外法權的這裡，我一定會逮捕妳。所以請妳千萬不要再度——即使是離魂也不要，離開這裡到『外面』去。」

這究竟是為了保護瑠花，還是出於御史的職責，秀麗自己也不明白。

唯一可以確定的是，瑠花一旦真的到了「外面」，秀麗一定說到做到。

而秀麗並不喜歡這樣，所以才要勸阻她。

「妳還是決定要回到『外面』去，是嗎？」

瑠花這句話中，有幾種不同的含意。

在秀麗聽來，瑠花似乎在說「妳決定要帶著這樣的身體回去？」

「妳問出那個名字，離開縹家領地後，或許會比原本應享的陽壽更早死也說不定。但留在縹家，就可倖免於難。就算沒有這個威脅，妳的身體也撐不了多久。在縹家，也多得是工作可以讓妳做。

只要妳願意，珠翠……還有我弟弟想必會喜極而泣吧。至於我……我已不再需要新的身體了。」

因為繼任的大巫女，終於決定了。

秀麗沒再提起白色棺木裡那姑娘的事。瑠花已經說出答案了，而秀麗也一樣。她們兩人，終究是「喜好」不同。

所以，彼此都很清楚對方的答案。因為「喜好」不同。

「我要回去。回到『外面』的世界。還有蝗災等著我忙呢。」

秀麗笑了。

「還有很多事等著我去做。」

瑠花短暫地回想起年輕時，自己也曾說過同樣的話。一樣是有很多事等著自己去做，那時的瑠花，哭著選擇使用「白色姑娘」的身體活下去。然而眼前這丫頭，卻笑著選擇出去做自己。

瑠花能夠推算出她大概還剩下多少壽命，但並不打算告訴她。

「那麼，我會再努力一下的。」

瑠花歪著頭試著問她。這並不是思考過後的疑問，只是突然想這麼問。

「為了什麼？」

「——為了我自己。」

「這樣啊。」

瑠花閉上眼睛。想起另一段回憶。從前，有一個人也曾經說過一樣的話。而瑠花將那人送出了縹家。

那人找到了自己的路，踏上少數幸運者的旅程。

「既然如此，我也只能送妳出去了，沒辦法……祝妳好運。」

秀麗轉身，離開了瑠花的房間。

黑暗中，緩緩滲出一道紅色。一身古典裝扮的巫女，優雅地收起紅傘，以滑過永恆靜寂一般的腳步，來到瑠花身邊。瑠花身邊向來隨時有「暗殺傀儡」保護，此時卻沒有半個人靠近。

巫女的手搭上瑠花的喉頭，就這麼靜止了一段時間。最後她挪開手指，轉而撫摸瑠花蒼老的髮。瑠花嚴峻的表情，似乎也因此放鬆了一些。

「……瑠花，長久以來妳真的很努力了。在一族之中，僅次於初代的我，這麼漫長……這麼漫長的一段時間，妳連一次都未曾逃避……縱使妳自己已如此扭曲。」

巫女仰起頭來，閉上眼睛。雖然她平常應該沉眠在大槐樹神木下的墓地，但有時也會受到強烈意志的動搖，而以現在這樣的「身影」出現。大多是在有人尋求幫助的時候。明明什麼忙都幫不上，她卻還是會現身，四處遊走。她一直都暗中看著瑠花，看著她背負著縹家的沉澱，漸漸改變扭曲。

瑠花的改變，不知是因為誰都不曾愛過她，還是因為她的孤獨所導致。又或是因為她右手助人，左手冷血肅清的作風，過多的殺戮造成了扭曲呢……可能都有吧。

羽羽離開之後，就沒有人能阻止瑠花了。強大的神力伴隨著孤獨，漸漸侵蝕了她。她的內心或許期盼著血緣相繫的弟弟，總有一天也能愛自己吧。只靠著這唯一的「希望」維持精神狀態的均衡，不知不覺，她的世界也變得以縹璃櫻為中心。眼中看不見縹家一族與「外面」的世界，越來越封閉，就像一個團團轉的圓環，一切都停滯於其中。

不過現在沉睡中的瑠花，看來就像擺脫了附身妖魔一樣的清爽。那是因為——

「——妳是誰？」

聽見珠翠的聲音，巫女回頭微笑了起來。

沒錯，就是從這姑娘回到縹家之後，瑠花開始萌生變化。即使心懷畏懼，她還是以自我意志選擇回到瑠花身邊。無論被拒絕多少次，都要見瑠花。

瑠花始終獨自守護縹家而產生的孤獨，因為珠翠而起了變化。只有高傲的自尊，無法保護瑠花數十年不受孤獨侵蝕。說來諷刺，最後讓瑠花恢復正常的，也正是過去她引以為傲的自尊。是紅秀麗和小璃櫻讓她回想起來的。

「……沒想到妳真能從『時光之牢』中逃出呢，珠翠。讓我想起當年的瑠花。」

珠翠看著紅傘，露出些許詫異的表情。從秀麗和楸瑛口中，聽說過紅傘巫女的事。幽靈這類東西，在縹家並不稀奇。但眼前的巫女卻有種不同於其他的感覺。

「珠翠，縹家是守護弱者的最後一道堡壘。要成為這裡的大巫女，光有神力是不夠的。更需要的，是無論多苦都不逃避的堅強。因為大巫女一旦逃避，就等於拋棄了那些拚命求助而來到這裡的

『孩子們』。」

珠翠驚訝地望著巫女，再看看深深沉眠的瑠花。連一次都未曾逃避的「母親大人」。

「『時光之牢』本來的用途，便是用來測試大巫女是否足夠堅強的一個最終試驗場所。不管自己多痛苦，是否都願意為了守護他人而奮戰到底。是否具有充分的意志力，不放棄活下去的希望。當妳能夠發揮前所未有的力量，便能一口氣擴展神力的範圍。迷宮是為了讓外部進入救援時使用的通路，像那樣使人困在其中，成為廢人或死亡，並非當初建造的本意。」

不知從何時起，巫女心痛地現身，為迷途者指引方向。然而那也僅限於出現救援者時的情形。她畢竟早已不在人世，幾乎幫不上任何忙。

瑠花被丟進「時光之牢」時，只有七歲左右。而當她拚死逃出時，已經能自在操控與生俱來的絕大神力，任何法術或洗腦都無法傷害她了……而她帶著弟弟逃到大槐樹神木下，是在那之後不久發生的事。

「……其實呢，珠翠。成為縹家的大巫女，並非自我犧牲喔。縹家的女兒必須身為巫女，一生被束縛在這座天宮——這種說法是不對的。不是這樣的，我是為了幫助無法好好活下去的人，為了接受需要幫助的人，才興起了縹家。就算我們身懷異於常人的『異能』，也不該與外界格格不入。我希望人人都能找到『自我』，並離開這裡，到『外面』去……究竟是從何時起，縹家變成這樣呢……」

珠翠想開口說話，卻發不出聲音。眼前發生的一切宛如夢境，令她頭暈目眩。

「雖然方法扭曲，但瑠花也以她自己的方式想要遵守這一點。可是……我想她也到了極限。就幫她結束這一切吧。讓她落個輕鬆吧。不過，還不是現在。」

巫女嘆了口氣，像對著沉眠中的瑠花說話似地展開獨白。

「……是啊，事情既然走到這一步，或許還需要妳的力量。再一會就好，妳要好好努力啊……」

巫女撐開紅傘，轉身面對珠翠，開心地微笑了……其實本來，珠翠也可憐得讓她不忍看。心想如果也能讓她輕鬆點該有多好。沒想到卻是小看珠翠了。

「謝謝妳，珠翠。謝謝妳沒有殺了瑠花。不殺生，找到自己的道路，這也都是我的信念。不過，妳要當心，事情還沒結束，今後一定還有——」

……珠翠一眨眼，再睜開眼睛時，眼前已經沒有半個人了。而連自己剛才和誰說了什麼話，她也都將不復記憶。

●　◉　●　◉　●

紅州——紅本家宅邸。門可羅雀的紅本家，出現了一位訪客。

接待的女子，一見到來訪的這位壯年男子，什麼都不問，只說了一句「請隨我來」，便轉身為他帶路。

女子帶著他穿過幾道迴廊，領他來到一處別屋。到了門前，女子對男子深深一鞠躬。

「這裡便是。閒雜人等也已先行支開。紅州州牧您公務繁忙，還特地撥冗前來，實在非常感謝。劉志美大人……我小叔，就拜託您了。」

劉志美不打一聲招呼，便逕自走入室內。站在那裡的黎深出神地望著庭院，並未回頭。不是刻意無視志美的存在，而是真的沒有注意到的樣子。那個黎深竟會如此。

志美一愣，接著嘆了一口氣。想起十多年前的那場國試——如今人稱「惡夢國試」。和黎深的交情從那時起，這傢伙卻到現在一點進步都沒有，真是個蠢蛋。

志美拋開生疏的態度，單刀直入進入正題。

「……黎深你啊，當初國試時人家告訴過你吧？『只要他沒有聯絡，人家是不會主動聯絡他的唷！』一場誤會，到今天人家和悠舜再也不曾聯絡。」

聽到那說話的語氣，以及「悠舜」的名字，黎深放空的眼神才終於聚焦。板過志美的身子，直勾勾地瞪著他。

「……志美。」

「我在聽啊。聽說你在王都時完全不工作，給悠舜添了一堆麻煩，最後還被罵了一頓開除了是吧？你真是個笨蛋。這人家早就說過了嘛。」

「少囉唆。你才真是夠了，已經是個年過五十的老伯啦，都沒有一點自覺嗎？」

劉志美挽起後頸的髮絲。志美化妝技術很好，既不怎麼長鬍子也沒有禿頭，而且他很注意保養身材，所以也沒有啤酒肚。當然他並不會真的穿女裝。不過，近來確實是上了年紀。雖然說話的口氣，依然維持著他強烈的個人風格。

「有什麼關係，人家這樣講話比較輕鬆嘛。當州牧的時候人家可都好好地扮演老伯喔。再說，該抱怨的是人家吧。上次你們紅家搞什麼經濟封鎖，把人家給整慘了呢。明明忙得要死的時候，州府的紅家系官員接二連三辭職。那時候啊，連人家這麼溫柔優雅的個性，都忍不住拿起刀子丟過去，破口大罵：『你們這些傢伙現在馬上給我進墳場！』」

雖然志美邊說邊「呵呵」地竊笑，但最後那一句威脅，在黎深耳中聽來可是相當認真。令人想起志美原本軍人的身分。

「你這個萬惡的根源啊，真想先揍你幾頓，再把你埋到田裡去唷……不過啊，一看到你根本變得像個稻草人，就懶得跟你計較了啦。人家就聽你說說吧，跟悠舜發生什麼事了嗎？」

黎深表情僵硬了起來。志美聳聳肩。

「……人家就知道。這點小事怎麼會不知道。從以前就是這樣，只要你為了什麼不知所措，猶豫不決，就一定是跟悠舜有關。」

不知情的人看來，被黎深耍得團團轉的人總是悠舜。但事實卻正好相反。悠舜絕對不會聽黎深的，也不會因為黎深而改變自己的想法。在所有人都拗不過黎深時，只有悠舜不一樣。直到最後都不退讓，甚至能改變黎深，讓黎深讓步。反過來說，悠舜是唯一無論黎深怎麼做，都無法動搖的人。過去是，現在更是如此。這樣的悠舜和黎深的兄長邵可看似相仿，實則有著決定性的不同。那就是相對於邵可與黎深的血緣關係，悠舜對黎深而言，不過是個「毫不相干的人」罷了。

「你倒是說說話啊，語無倫次也沒關係，人家會聽的。」

黎深依然不發一語。看來他不是不想說，而是真的不知道該說什麼才好。混亂導致沉默。雖然黎深沒有說話，志美卻有種初次「聽見」黎深示弱的感覺。他看起來就像一直以來正確動作的機關人偶，忽然毫無理由地壞了，不知該如何是好。

不，應該說，是機關人偶某一天突然發現自己原來是真正的人，而不知所措。

黎深的冰冷傲慢，原因來自他對他人毫不在乎。對他人完全不關心，總是一個人了結一切，活在自己頑強的世界中。黎深的世界，正因如此才能維持完美，準確無誤。然而現在，那世界正面臨崩壞，他卻不知道究竟發生了什麼事。

悠舜終於動手，將黎深從精密的機關人偶，打回人形。

黎深張嘴似乎想說些什麼，卻又緊緊閉上。露出拒絕的態度別過頭去。無言地表示自己什麼都不想做了。志美雙手抱胸看著他。

「……黎深你啊。人家為什麼百忙之中還過來看你，你可明白？」

「……」

「因為在我們這群人之中，只有你能改變悠舜的命運啊。」

黎深額前垂落的髮絲搖晃。

「你也不用這麼沮喪。說服不了悠舜的又不是只有你。」

黎深確實連悠舜的一根小指頭都無法改變，灰心喪志地回來了。直到最後。

然而，不只是黎深，志美也好，鳳珠、飛翔也罷，大家都一樣。悠舜臉上掛著的溫柔微笑之中，隱藏著比誰都堅強的意志。只要做了決定，絕對不會退讓。過去他決定前往茶州時，同期的所有人都勸阻不了他。志美低聲說道：

「……黎深，人家呢，當悠舜成為尚書令時，心想這一刻終於到了……他已經選擇了某條路，而且絕對不會再回頭。他是下定決心才回來的。」

從漫長的人生假期之中，他終於回來了，做了某種選擇。

「……那樣的悠舜，會願意接受尚書令的職務耶。你想他會像那些沒品的高官一樣，打算先隨便當個幾年尚書令，然後轉任不管哪裡都好的州牧或尚書，幹個幾年後把退休金領了好躲起來養老嗎？想也知道不可能。他一定是為了完成某種目的，才決定回來的啊。做好徹底而絕對的覺悟，打算回來完成『某件事』，這才是悠舜啊！」

當悠舜接受尚書令的職務時，志美心想這一定是最初也是最後一次了。

一旦決定的事，絕對不改變，不回頭。把一切都賭進那一次之中。

所以是最初也是最後。

……老實說，志美也不懂為什麼會是現在。每次那個天真的年輕國王與他的近臣搞砸什麼，悠舜都得承擔那後果。悠舜回到貴陽半年了，每天都在幫國王擦屁股。因此黎深一直想說服悠舜辭職的心情，也不難理解。

悠舜乃是歷代難度最高的「惡夢國試」狀元，而且還是國試舉辦以來首位平民狀元，對國試派官員來說更是特別的存在。他成為尚書令這件事，就等於「國試出身者中首次出現了平民宰相」。這也一口氣拉近了向來與國王保持距離的國試派，對於與貴族派之間的鬥爭，也更為有利。可說是最高招的一步棋。實際上，紅州州府那些貴族官員也在得知悠舜回貴陽時，人人變了臉色。沒想到這堪稱逆轉王牌的鬼才鄭悠舜，卻被那個國王這麼糟蹋，完全將他當成平凡的庸才來用。實在不免教人失望。

（……不過換個角度想，那些年輕人簡直是比黎深等級還高的超級大蠢材啊……）

將悠舜召回貴陽的原因，並非認為可將國家的未來託付在他身上。對於悠舜這被先王藏在茶州的祕密武器，國王只是抱著「茶州好像有個比黎深還厲害的人」的隨便心態叫他回來吧。春天以來，感受到危機意識而接連展開怒濤般攻勢的貴族派，若能因為這愚蠢的結果而安心收手，那倒也還好。然而現在卻是陷入最糟糕的事態。

（這麼說來，一定有「誰」暗中計畫，一手主導了這一切……）

從利用紅家一族這件事看來，朝廷之中必然有個頭腦非常出色的「某人」存在。毫無疑問正與悠舜展開鬥智。悠舜雖然勉強保住最後一線，但國王與近臣那些不假思索的衝動行動扯了太多後腿，最後被將一軍的日子看來也不遠了。志美與藍州的姜文仲縱使有心回貴陽，地方人事也已無法調動。紅家與藍家都被對方漂亮地「制住」了。

老實說，志美已有半分認為沒救了。

（……將兵馬權交給旺季大人時，就已經完蛋了嘛……）

或許這樣也好吧。志美很了解旺季是個什麼樣的人物。雖然只有一次，但志美從軍時曾是旺季麾下的小兵。那場戰役結果是吃了敗仗，但打輸也是理所當然的。與敵軍的軍力相差十倍以上，率領敵軍的又是那曾被冠以死亡皇子稱號的先王，敵方陣營的大將包括司馬龍、宋隼凱、霄瑤璇等惡名昭彰的破壞魔神。就連當時只為了混口飯吃而從軍的志美，不由得哀號著「這是什麼披著人皮的牛頭馬面軍團啊？這太犯規了吧！」心想絕對會就此送命，選擇投入這支軍隊真是大錯特錯，還一邊哭著一邊寫遺書給朋友呢。

（……現在回想起來，我還真是命大啊……）

那是一場敗仗。生還時，志美還曾想過「莫非人家還挺強的？」不過現在他很明白，沒有送命是因為當時領軍的指揮官，是旺季與孫陵王的緣故。對手太強了。因此後來那場戰役，被稱為奇蹟的敗仗。

而當時的戩華王已經不在了。紫劉輝不是紫戩華，這件事，朝廷中人已開始漸漸驚覺。戩華死後過了數年，人們才終於從他壓倒性的魅力之中解放……戩華王就是如此一位霸王。而今，決定接受尚書令的職務回到貴陽，是出自悠舜自己的選擇。

……悠舜決心回來完成的，究竟是「什麼」呢。

無論他內心真正的想法為何，他都已經打算付出自己的身家性命了。

悠舜早已決定，該將自己這條命用在什麼地方。

「……悠舜的決斷，或許誰都無法改變。可是啊，悠舜的命運或許還能改變。」

黎深手中的扇子似乎微微晃動著。或許只是錯覺也說不定。

「……人家只是來跟你說這個的。以老友的身分像這樣來見你，這或許將是最後一次——再見了，黎深。」

志美轉身背對黎深，離開房間之前，耳朵靈敏的志美聽到只有他聽得見的低語：「……奪走悠舜雙腳的人，或許是我。」那是如機關人偶一般不帶感情的聲音。然而志美不再回頭，也不打算安慰黎深。

「——那又如何?和紅家至今奪走的相比，這恐怕是最微不足道的了吧。」

以紅州州牧的語氣冷冷丟下這一句，志美頭也不回地離開了。

黎深用力闔上扇子。

●　●　●　●　●

王都——絳攸造訪那個房間時，已是深夜時分。對方信中回覆道，這一天的這個時刻或許有空。而實際上來到時，閒雜人等也都被支開了。

報上姓名之後，門的另一邊，熟悉而溫柔的語氣說著：「請進。」

絳攸進入室內，望向房間的主人。早已有所耳聞，但親眼一見，他果然看起來非常疲憊。

「……對不起，這麼晚來打擾您——我有事想要問您，悠舜大人。」

悠舜臉上，掛著已經知道絳攸想問什麼的表情，緩緩笑了。

後記

本書出版時應該已是櫻花季了吧。大家好，我是雪乃紗衣，書寫原稿才是不久前的事，我卻已經沒印象了。只記得那段時間無論公私都相當忙碌，有時甚至失去意識……（汗）不經意地看錶，卻發現太陽能電池的手錶呈現瀕臨死亡狀態。原來……沒有外出，太陽能電池當然毫無意義了嘛。

這次這本《蒼》就像封面畫的，是這四個人的故事。小璃櫻和珠翠真的越來越像真正的人了。秀麗的堅強是不回頭看，珠翠的堅強則是即使回頭，仍能重新望向前方。我很喜歡這樣的珠翠……只有楸瑛從第一集開始便毫無改變呢……王都裡的問題也堆積如山。好多人露出各種不同面貌，特別是這次某位人物登場的篇幅相當多，讓我的編輯質疑：「……他是主角嗎？」與劉輝之間的對話，或許堪稱本集的隱藏版重頭戲。

下一集，請給我多點時間構思。如果大家願意等我的話，我會很開心的。

最後，要先感謝由羅カイリ老師。這次（也）真的麻煩妳許多地方……托由羅老師的福，小璃櫻也登上封面了。接著要感謝我的家人與朋友。最後也是最重要的，打從內心將感謝之情獻給我的讀者（最高齡紀錄更新中）——那麼，我們下次見。

雪乃紗衣

©Michiru FUSHINO 2009

Kadokawa Light Novels

貴族偵探愛德華 1~10 待續

作者：椹野道流　插畫：ひだかなみ

Kadokawa Midori Novels

名偵探愛德華ＶＳ怪盜維優雷，
豪華遊輪上進行對決的本傳第9彈登場!!

為了追捕宿敵絲卡莉特，前往東方島國齊諾的愛德華一行人，竟然要搭乘豪華郵輪出海旅行!!而謎樣的怪盜維優雷竟也出現在那艘遊輪上!?在男扮女裝的人氣劇作家尤金所編寫的戲劇中，維優雷以華麗的表演登場！這次維優雷的目標到底是……!?

各 **NT$160/HK$45**

台湾角川

Kadokawa Light Novels

龍的溫柔殺伐 1~6（完）

Kadokawa Midori Novels

作者：津守時生　插畫：加藤絵理子

「我愛你」乃是最強的咒文，
劍與魔法的幻想大作及全新篇章登場!!

為了維持陰陽兩界的平衡，少年龍王・幻獸王烏蘭博克遵守千年之前祖先許下的誓約前來陽界，期間遇見具有聖王血統的原聖騎士・亞肯傑爾，並將他視為終生守護的誓約者。兩人在亂世中產生真摯的情誼，強烈羈絆的命運始動！

台湾角川

各 **NT$180~200/HK$50~55**

國家圖書館出版品預行編目資料

彩雲國物語：蒼迷宮巫女 / 雪乃紗衣作；由羅カイリ插畫；
邱香凝譯. -- 初版. -- 臺北市：臺灣國際角川, 2010.10
面； 公分. -- (Kadokawa fantastic novels)
譯自：彩雲国物語 蒼き迷宮の巫女

ISBN 978-986-237-878-6(平裝)

861.57 99017870

Kadokawa
Fantastic
Novels

彩雲國物語 蒼迷宮巫女

（原著名：彩雲国物語 蒼き迷宮の巫女）

2024年4月30日 二版第1刷發行

作　　者：雪乃紗衣
插　　畫：由羅カイリ
譯　　者：邱香凝

發 行 人：台灣角川股份有限公司
總　　監：呂慧君
總 編 輯：蔡佩芬
主　　編：林秀儒
編　　輯：黎夢萍
設計指導：陳晞叡
美術設計：宋芳茹
印　　務：李明修（主任）、張加恩（主任）、張凱棋

發 行 所：台灣角川股份有限公司
地　　址：104台北市中山區松江路223號3樓
電　　話：（02）2515-3000
傳　　真：（02）2515-0033
網　　址：www.kadokawa.com.tw
劃撥帳戶：台灣角川股份有限公司
劃撥帳號：19487412
法律顧問：有澤法律事務所
製　　版：巨茂科技印刷有限公司
ISBN：978-986-237-878-6